늑대의
심장

늑대의 심장

초판 1쇄 찍은 날 | 2018년 8월 24일
초판 1쇄 펴낸 날 | 2018년 8월 31일

지은이 | 문희
펴낸이 | 예경원

편집 | 주승아

펴낸곳 | 예원북스
등록번호 | 제396-2012-000132호
등록일자 | 2012. 7. 25
YRN | 제1-0227호

주소 | 경기도 고양시 일산동구 호수로 646-24 위너스21-Ⅱ 206A호 (우) 10401
전화 | 031-819-9431 팩스 | 031-817-9432
http://cafe.naver.com/yewonromance
E-mail | yewonbooks@naver.com

ISBN 979-11-89450-08-3 03810

늑대의 심장

문희 장편 소설

YEWONBOOKS
ROMANCE
STORY

Contents

프롤로그 ······································· 7

1장 ··· 23

2장 ··· 51

3장 ··· 87

4장 ··· 115

5장 ··· 141

6장 ··· 169

7장 ··· 201

8장 ··· 227

9장 ··· 259

10장 ·· 291

11장 ·· 317

에필로그 ······································· 343

외전 ·· 357

프롤로그

'울프 빌리지.'

같은 간판을 벌써 세 번째 보고 있었다.

"길을 잘못 든 게 맞다니까."

"시끄러우니까. 좀 조용히 해 봐."

마치 뭐에 홀리기라도 한 것처럼 같은 장소를 세 번째 돌고 있었다. 해가 지면서 점점 어두워졌다. 목적지는 야생 동물 보호 구역.

하지만 이런 상황에 곧 늦은 밤이 될 테고, 초행길이기에 산속은 더욱 위험했다.

"너무 어두워지기 전에 가야 하는데……."

운전석 옆에서 샘이 계속해서 중얼거리며 신경 쓰이게 하고 있었다.

"정신없으니까 조용히 좀 해."

카메라맨인 샘과 기자인 루나는 늑대에 관한 자연 다큐 촬영 팀에 합류하기 위해 스네이크강 동쪽 끝에 위치한 앨로스톤 국립공원으로 가는 중이었다. 운전은 번갈아 가면서 했는데 지금은 루나가 운전 중이었다.

그녀는 베스트 드라이버까지는 아니어도 운전은 남들에게 뒤쳐지지는 않는데 오늘은 좀 이상했다.

"루나, 저 표지판을 세 번째 본다고. 이제 네 번짼가?"

"나도 알아!"

"워, 워, 진정해."

평화주의자처럼 피스(Peace)를 손가락으로 표시하며 샘은 날카로운 루나를 진정시키고 있었다. 하지만 제자리를 계속해서 돌고 있는 루나는 좀처럼 진정이 되지 않았다.

"내가 운전할까?"

"아니."

그때 루나의 앞에 차 한 대가 들어왔다.

"안녕하세요?"

창문을 열고 구원자를 보는 루나의 표정이 밝았다.

"앨로스톤으로 가려고 하는데 계속해서 같은 자리만 돌아서요."

"내일 가요. 지금 가기엔 좀 위험해."

"왜요?"

"길을 잘못 들었어. 날이 밝으면 내가 빠져나갈 길을 알려 줄 테니 오늘은 여기서 묵어요."

일정에 없던 일이라서 샘과 루나는 서로의 얼굴을 쳐다봤다.

"저녁엔 늑대와 곰이 자주 나와서 위험해. 우리 집에서 하루 묵어도 되니까 내일 일찍 출발해요."

"네, 그럼 그렇게 할게요."

노부인의 친절에 루나와 샘은 마을에서 하루를 묵기로 했다. 노부인의 집은 굉장히 오래되어 보이는 목조 건물이었다. 하지만 안으로 들어가자 내부는 아주 현대적이었다.

"이쪽 길로는 외지인들이 잘 안 들어오는데 너무 깊숙이 들어왔어."

"그래요?"

방을 정해 주며 노부인이 말했다.

"소개가 늦었습니다. 저는 루나고, 이쪽은 샘이에요."

"난 마티나라고 불러."

꼬르륵!

샘의 배에서 커다란 소리가 났다.

"마을에서 축제가 있지. 여기서 그리 멀지 않고 거기에 맛있는 것들도 많아."

샘과 루나는 저녁을 해결하기 위해 마을의 축제가 열린다는 곳으로 향했다.

"이상하지? 우리가 이렇게 화려한 불빛을 못 본 게 말이야."

"그땐 밝았잖아."

"하긴."

그들은 마을 축제가 열리는 곳에 도착했다. 작지만 아기자기하게 잘 꾸며진 축제였다.

"샘."

"왜?"

샘은 뭔가 먹을 걸 찾느라 정신이 없는 상황이었다.

"우리 저기 가서 점이나 한번 볼까?"

"난 배고파."

핫도그를 허겁지겁 먹고 있는 샘이었다. 하지만 루나는 핫도그보다는 점집에 신경이 가 있었다.

"이거 마저 먹어."

"루나."

루나는 반이나 남은 핫도그를 샘에게 넘기고는 천막의 점집에 들어섰다.

천막 안에는 망토를 쓴 노파가 앉아 있었다. 루나가 자리에 앉자 샘도 어쩔 수 없이 그녀의 옆에 앉았다.

"순수한 피를 가진 늑대가 늑대의 피를 가진 여인과 사랑에 빠졌을 때 늑대의 심장을 가진 자는 천하를 지배하리니, 세상의 모든 것이 그의 앞에 무릎 꿇으리라."

유리구슬 앞에 검은 망토를 한 점쟁이 노파가 제법 그럴싸한 목소리로 루나를 보며 말했다.

"무슨 뜻이에요?"

카메라맨인 샘과 함께 나란히 앉은 루나는 묘한 느낌을 풍기는 점쟁이 노파에게 물었다.

"시간이 흐르면 깨닫게 될 터."

"이런 묘한 말은 필요 없는데……. 제가 알고 싶은 건요? 이 망할 촬영이 언제 끝이 나는지, 그리고 멋진 남자 친구는 언제 나타나는지가 궁금한 거라고요."

"쿡쿡……."

옆에 앉은 샘은 낮은 소리로 웃고 있었다.

"제가 저 통에 2달러짜리를 넣게 될 텐데 이렇게 엉뚱한 소리만 하시면……."

루나가 2달러짜리 지폐를 흔들어 보였다. 돈이 눈에 보이니 노파의 표정이 달라졌다.

"샘은 얼마나 주려나……."

노파의 말에 샘과 루나는 서로의 얼굴을 바라봤다. 이 천막 안에 들어와서 그 누구도 샘의 이름을 말한 적이 없기 때문이었다.

"제 이름을 어떻게……."

"카메라를 맨 여자가 보여. 통통한 금발의 아가씨……."

샘의 얼굴에 화색이 돌았다. 노파가 말한 여자는 분명 샘이 짝사랑하고 있는 멜라니가 분명했다.

"저는요?"

갑자기 노파의 말에 신뢰가 가면서 루나는 자신에 대해 뭐라고 말할지 궁금해졌다.

"아……우……."

갑자기 노파의 눈이 뒤집어 지면서 흰자가 보였다. 그리고는 계속해서 알아들을 수 없는 짐승의 소리를 냈다.

"왜, 왜 그래요? 무섭게."

잘못 본 것일까? 노파의 눈에서 야행성 짐승들에게서 볼 수 있는 빛이 났다가 사라졌다.

인간이 동물의 반사판 역할을 하는 타페텀을 가질 수 있는지 의문이었지만 루나는 확실하게 노파의 눈에서 나는 빛을 똑똑히 보았다.

"순수한 혈통인 알파가 너의 영혼을 사로잡을 것이다. 화이트,

그레이, 블랙 울프들이 늑대의 피를 가진 여인을 향할지니……."

"진짜 이상하시네. 왜 그래요? 무섭게."

루나는 자리에서 일어나 돈 통에 2달러 자리 지폐를 넣었다. 안 넣고 가다가는 왠지 저주를 받게 될 것 같았다.

"일어나. 나가게."

루나가 자리에서 벌떡 일어났다. 목적지까지 가지 못한 것도 큰 일인데, 이런 이야기까지 듣게 되니 오늘은 운이 안 좋은 날이라 는 생각이 들었다.

"왜 난 재미있는데……."

샘은 멜라니 얘기에 아주 들떠 있어서 분위기 파악이 안 되는 모양이었다.

"샘!"

"알았어."

샘도 1달러짜리 두 장을 돈 통에 넣고는 루나와 함께 천막을 빠 져나왔다.

"왜 그렇게 예민하게 굴어?"

"무섭잖아."

"그냥 재미로 보는 거야. 너무 신경 쓰지 마."

그녀보다 다섯 살 많은 샘이 오빠처럼 그녀의 어깨를 토닥여 주 었다.

"우리 기분도 그런데 회전목마나 탈까?"

샘이 루나의 손을 잡아끌었다.

현재 그들이 있는 곳은 아이다호 근처의 작은 마을인데, 이곳의 이름은 '울프'였다.

늦은 저녁 배도 고프고 해서 들른 마을 축제에는 도시에서만 자란 루나에겐 신기한 것투성이였다.

작은 회전목마가 있었고 천막으로 된 간의 음식점에선 맛좋은 음식들을 팔았다.

마을 사람들이 많지는 않았지만 모두들 이 축제를 즐기는 분위기였다.

"여기서 얼마나 지내야 하지?"

"한 달쯤?"

"후……."

절로 한숨이 나왔다. 정치부 기자인 루나는 지금 갑자기 다큐멘터리 팀으로 쫓겨 나왔다. 하긴 잘리지 않은 게 더 신기한 일이었다.

거물 정치인의 뒤를 캐다가 동료 하나를 잃었다. 지금 생각해도 이상한 일들이 한두 가지가 아니었다.

대권주자인 정치인이 살인을 하는 것도 목격했다. 동료는 살해를 당했는데 자살로 처리가 됐고, 그녀는 워싱턴에서 야생 동물 보호 구역으로 쫓겨났다.

"한 달……."

동료의 억울한 죽음과 그날 그녀가 보았던 이상한 일들을 다시 조사하려면 일단은 후퇴를 해야 했다.

"안 돼."

"뭐가?"

"절대로 이번 일 다시 파헤치면 안 돼."

샘은 진한 동료로서 그녀를 걱정하고 있었다.

"올리버의 죽음을 이대로 묻을 순 없어."

"너는 괜찮고?"

이곳까지 오는 동안 그녀는 언제 납치당할지도 모른다는 두려움에 시간을 보내야 했다.

그걸 너무나 잘 아는 샘이었다.

"누리 촬영지는 천국은 아니지만 도시하고는 다를 거야."

"난 벌레도 무섭다고."

루나가 툴툴거렸다.

"잠깐!"

무언가 빠르게 그들 앞을 지나쳐 갔다. 샘이 잡아 주지 않았다면 루나는 그 자리에 넘어졌을 것이다. 검은 그것은 달려간 게 아니라 거의 날아간 느낌이었다.

"뭐지?"

잠시 후에 그것이 왔던 방향에서 비명 소리가 들려왔다. 찢어지는 여자의 목소리가 심상치 않은 일이 일어났음을 말해 주고 있었다.

루나는 본능적으로 비명이 들리는 곳으로 달리기 시작했다.

"루나!"

샘이 그녀를 큰 소리로 불렀지만 루나의 귀에는 들리지 않았다.

"헉헉헉……."

숨이 턱에 닿도록 뛰어간 곳에는 마을 사람들이 몰려 있었다.

"잠깐만요."

피비린내가 코를 진동하고 있었다. 그녀는 방송국 기자였지만 사건 사고 현장엔 나가지 않았기 때문에 이런 장면엔 익숙하지 않았다.

사람들 발아래 덩치가 커다란 남자가 쓰러져 있었고, 그의 가슴에서 피가 뿜어져 나오고 있었다.

"욱!"

그 모습에 놀란 루나는 이곳에 도착하자마자 먹은 핫도그를 다 쏟아 내고 말았다. 오늘 하루는 정말 이상한 일의 연속이었다.

"괜찮아?"

"아니. 욱!"

샘도 얼굴의 창백한 것이 루나 때문에 참고 있을 뿐, 속으로는 무서워하는 것 같았다.

"경찰은?"

"아직."

그때였다. 요란한 사이렌 소리를 내며 경찰차 두 대가 도착했다. 그리고 거대한 사람들이 차 안에서 내렸다. 이 동네 경찰은 도시의 경찰들보다도 몸이 훨씬 좋았다.

"누구야?"

"길버트……."

"가슴 부위가 완전히 뜯겨 나갔어."

경찰들이 하는 이야기를 옆에서 들은 루나는 시체를 한 번 보고는 다시 토하기 시작했다. 그때 그녀의 앞에 아주 반짝이는 검은 구두가 보였다.

"처음 보는 얼굴인데?"

낮은 저음의 목소리가 그녀의 귓가를 사로잡았다. 루나는 고개를 서서히 들어 목소리의 주인공을 보았다.

170cm가 넘는 키의 루나도 한참을 올려다본 후에야 남자의 얼굴을 볼 수 있었다.

경찰 제복을 입은 남자는 밤인데도 선글라스를 끼고 있었다. 회색빛 머리가 인상적인 남자였다.

영화배우를 해도 무방할 정도로 남자의 겉모습은 아주 멋있었다.

선글라스를 벗겨 그의 눈을 보고 싶었지만 그럴 수 있는 상황은 아니었다.

"안녕하세요? 저희는 늑대 촬영을 하러 온 CBC 방송의 다큐멘터리 팀인데요, 산림청에는 허가를 받았고 경찰서에도 공문을 보냈는데……."

샘이 그녀 대신 말하며 남자의 눈치를 살폈다. 샘도 남자의 옆에 있으니 작게 느껴졌다.

"봤습니다."

"다행이네요."

루나는 갑자기 가슴이 답답함을 느끼기 시작했다. 심장이 조여드는 느낌이 자꾸만 들었다.

가슴을 부여잡을 정도는 아니었지만 고통이 느껴지기는 하는 정도였다.

그런 루나를 남자가 빤히 보고 있었다. 선글라스를 끼고 있어서 정확하게 그의 표정을 볼 수는 없었지만 그는 분명 루나를 응시하고 있었다.

"루나?"

"어?"

"왜 그래? 불편해?"

샘이 걱정이 되었는지 루나에게 물었다. 샘은 그녀에게 친오빠 같은 존재였다.

끔찍한 장면을 본 루나가 걱정이 되는 표정이었다. 하지만 루나의 신경은 온통 그녀 앞의 남자에게 가 있었다. 왜 이렇게 의식이 되는지 알 수 없었다.

"어……."

갑자기 어지러웠다. 그녀가 휘청거리자 남자가 그녀를 재빠르게 안아 들었다. 너무 빠른 동작에 루나와 샘은 멍하게 그를 보았다.

착각일까? 인간이 낼 수 있는 속도가 아니었다.

루나는 결코 왜소하다고 할 수 없는 그녀의 몸을 마치 깃털을 들 듯 가볍게 안고 있는 남자를 올려다보았다.

아래서 보니 선글라스 안에서 그녀를 내려다보고 있는 남자의 눈동자가 보였다. 에메랄드 빛깔의 눈동자에서 빛이 났다. 점쟁이 노파에게서 보았던 그 빛을 이 남자도 가지고 있었다.

"루나, 괜찮아?"

"아니……."

하나도 괜찮지 않았다. 아까부터 조여 오던 심장이 남자의 품에서 더 고통스럽게 조여들고 있었다.

그의 가슴에서 북소리와 같은 심장 소리가 들렸다. 심장이 터질 것같이 빠르게 뛰었다. 그도 고통스러운지 팔이 가늘게 떨리고 있었다.

"당신 누구야?"

루나가 힘겹게 물었다.

"내가 더 묻고 싶군. 넌 누구지?"

"……."

둘의 눈이 위험스럽게 마주쳤다. 스파크가 튄다는 게 무엇인지 루나는 오늘 확실히 알게 되었다.

"대장!"

누군가 그를 다급하게 불렀다.

"블랙이 다친 것 같습니다. 피가……."

"알았어."

남자가 그녀를 내려놓고는 다른 경찰들과 함께 움직였다.

"길버트……. 흑흑흑."

"길버트가 확실해?"

"네, 길버트…… 불쌍한 길버트……."

마을 사람들은 피해자 주변에 서서 슬퍼하고 있었다. 마치 가족들처럼…….

"죽은 사람이 마을 사람들과 친한가 봐."

샘도 그녀처럼 마을 사람들의 슬픔이 그대로 느껴지는 것 같았다.

"작은 마을이니까……."

남아 있는 경찰이 그들의 연락처를 받고는 보내 주었다. 내일 아침에 경찰서로 오라고 했다.

아직 촬영도 시작하지 않았는데 이런 일이 벌어지다니…….

출발이 좋지 않다. 하지만 루나가 신경 쓰이는 건 살인 사건이 아니라 그녀를 안아 들었던 경찰관이었다.

스쳐 가는 남자인데 그의 하나하나가 루나의 머릿속에 각인되었다. 그의 촉감까지도……. 그녀의 모든 감각이 그를 향해 열린 것 같았다.

"이상해……."

루나는 그가 블랙이라는 존재를 쫓아간 쪽으로 시선을 돌렸다. 깜깜한 숲이 보일 뿐 불빛 하나 없는 숲에서는 남자의 그림자조차 찾을 수가 없었다.

"왜 그래?"

"아니야."

"아까 그 남자 멋지긴 하더라. 오늘 상황이 안 좋아서 그렇지……."

샘이 루나와 같이 남자가 사라진 쪽을 보며 말했다. 묘한 매력
을 가진 사람이었다.

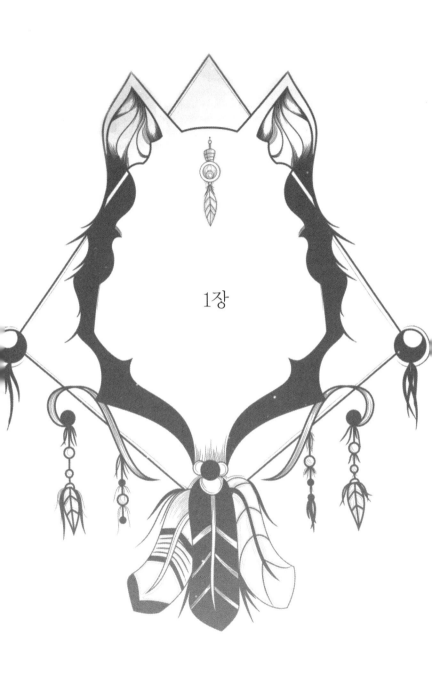

1장

한 달 전.

뉴욕의 밤이 축제와 같다면 워싱턴의 밤은 큰 도서관같이 늘 조용했다. 하지만 겉으로 나타난 모습과는 다르게 밤인데도 뜨거운 곳도 있었다. 물론 축제의 밤이 아닌 처절한 기다림의 밤이긴 했지만 말이다.

루나는 기자 생활 6년 차의 베테랑이었다. 주로 정치인들의 뒷이야기를 취재하는 기자라서 정치인들의 파파라치로 불릴 정도였다. 그들의 정책도 중요했지만 기사가 되려면 그들의 가십이 더 중요할 때가 있었다.

지금은 미국의 대선을 앞둔 아주 중요한 시기였다. 이번엔 집권당의 대표이자 차기 대권주자인 미카엘이 그녀의 먹잇감이었다. 이름처럼 천사의 이미지를 가진 그는 대천사 미카엘처럼 집권당의 총수로 군림하고 있었다.

　물론 집권당의 의원들이 천사란 소리는 아니었다. 굳이 선과 악을 나눈다면 악마 쪽에 가까웠다.

　"미카엘이 아니라 루시퍼가 맞는 것 같은데……."

　솔직히 악마를 이끄는 건 루시퍼니까.

　미카엘은 언제나 사람들 위에 군림하기 좋아했고, 종교적인 이미지가 강한 그는 아주 독실한 가톨릭 신자이기도 했다. 그런 그는 기자들 사이에서도 털어 봐야 먼지 하나 안 나오는 사람이라는 소문이 자자했다.

　하지만 루나는 미카엘이 결코 깨끗한 인간이 아니란 걸 알 수 있었다. 그의 탐욕에 젖은 눈동자는 결코 순수함과는 거리가 멀었다.

　오늘은 뭔가 큰 게 걸릴 것 같은 느낌이었다. 이건 어디까지나 기자의 촉이었다.

　"루나, 이건 좀……."

　같은 팀의 올리버가 구시렁거리고 있었다. 올리버는 사진기자였다.

"왜?"

그들은 미카엘의 대저택이 아닌 변두리의 작은 주택 앞에서 이 틀째 잠복을 하고 있었다.

"배도 고프고……."

"잠깐……."

저택 앞에 검은색 캐딜락이 섰다. 미카엘이 평소에 타고 다니는 차는 아니었지만 이곳과 어울리는 차도 아니었다.

"왜 또 그래? 이 동네에 캐딜락이 오면 안 돼?"

"안 어울려."

잠시 후, 캐딜락 안에서 사람들이 내리는데 그 모습이 심상치 않았다. 검은 옷을 입은 사내들이 보였다.

"찍어!"

"어? 어……."

올리버가 바쁘게 셔터를 눌렀고, 루나는 핸드폰으로 동영상을 찍기 시작했다. 남자들이 여자 하나를 끌고 들어갔다. 그리고 그 뒤로 검은 차들이 들어오고 있었다. 워싱턴이라고는 하지만 이곳 은 다른 집들과는 좀 거리가 있었다.

흉가 같은 느낌이 들 정도로 썰렁한 이곳에 차들이 계속해서 몰 려들기 시작했다.

"좀 오싹한데?"

올리버는 몸을 부르르 떨었다.

"집중해."

루나는 절호의 찬스라는 생각에 온 신경을 집중시켰다.

"왜 미카엘은 안 오지?"

"들어갔을 수도 있어."

"하긴."

사람들이 들어서면 당연히 불이 켜져야 하는데 집 안에선 불이
비치지 않았다.

"왜 불을 켜지 않지?"

"글쎄."

루나가 생각해도 이상했다. 20명 정도의 사람들이 들어갔지만
이상하게 집 안엔 불이 들어오지 않고 있었다.

"지하가 있나? 아니면 암막커튼?"

"커튼은 열려 있었어."

낮에 분명 저 집의 커튼이 열려 있었다. 안에 사람이 없었으니
누가 그걸 닫았을 리도 없는 상황이었다. 이대로 가만히 있을 수
는 없었다. 루나는 밖으로 나갈 차비를 했다.

"뭐 하는 거야?"

놀란 올리버가 그녀의 손을 잡았다. 나가지 말라는 의미였다.

"가 봐야지."

올리버에게 잡힌 손을 빼내며 루나가 말했다.

"위험해."

"올리버, 넌 여기 있어."

"루나……."

올리버가 말렸지만 루나는 거침없이 차에서 내렸다. 그리고 몸을 숙여 집 근처로 이동했다. 기회란 항상 찾아오는 것이 아니다. 그리고 아주 좋은 기회일수록 위험하기 마련이다.

집 앞에는 경호원들이 줄지어 경계를 하고 있었다. 그나마 입구 쪽에만 있어서 다행이었다.

루나는 몸을 숨기며 천천히 집 안으로 들어갈 수 있는 공간을 찾기 시작했다. 작은 몸은 아니었지만 날렵함을 주신 부모님께 감사하며 루나는 주변을 살폈다. 그런데 루나의 눈에 빛이 새어 나오는 곳이 보였다. 루나는 그쪽으로 가서 구멍 안을 보았다.

"읍!"

루나는 저도 모르게 자신의 입을 한 손으로 막았다. 조금 전 보았던 여자가 완벽한 나체의 상태로 손과 발을 구속당한 채 십자가에 묶여 있었다. 금발의 아름다운 여인이었다. 여자의 입에는 베이지색 테이프가 붙여져 있어서 마치 입이 없는 것 같아 보였다.

검은 망토를 쓴 남자들이 그녀를 둘러싸고 있었다. 여자는 필사적으로 몸을 비틀며 저항했다. 루나는 핸드폰으로 이 장면을 찍었다. 무슨 말을 하는지 들리진 않았지만 주문 같은 걸 외오고 여자를 죽이던 영화처럼 지금 장면이 딱 그랬다.

그때 가운데 있던 남자가 아주 묘한 짓을 하려 했다.

"으읍!"

루나는 비명이 나오려던 걸 꾹 참았다. 아니, 아예 혀를 물었다. 더 이상의 소리는 곤란했다. 구멍이 작아서 지금의 장면은 도저히 카메라로 찍을 수가 없었다. 루나는 우선 끝까지 지켜보기로 했다.

남자가 망토 사이에서 갑자기 자신의 페니스를 빼냈다. 크고 징그러운 살덩이가 마치 뱀 같아 보였다. 그 뱀같이 생긴 것이 여자의 벌린 다리 사이로 들어가려 했다.

그런데 아무리 봐도 저 크기의 페니스는 여자가 받아들일 수 없는 사이즈였다.

들어간다면 여자의 몸이 둘로 갈라질 것만 같았다. 생각만 해도 이렇게 겁이 나는 데 저 안의 여자는 얼마나 무서울까?

"읍!"

다시 한 번 루나는 자신의 입을 가렸다. 방금 그녀는 분명 여자와 눈이 마주쳤다.

'신이시여!'

검은 망토의 남자가 여자의 몸에 자신의 페니스를 찔러 넣자 여자가 고통스러워하며 몸을 틀었다. 주변의 남자들은 이 장면을 그저 무심하게 보고 있었다. 어떻게 저런 장면을 보고 가만히 있을 수 있을까? 여자가 갑자기 몸을 파르르 떨더니 축 늘어졌다.

죽은 것 같았다. 남자가 여자의 몸에서 자신의 페니스를 빼더니 피 묻은 페니스를 흰 천으로 닦았다. 뭔가 그들의 계획대로 되지 않은 것 같았다. 남자가 화를 내며 돌아서는데 망토가 벗겨졌다.

그리고 루나는 정확하게 보았다. 그 남자는 바로 미카엘이었다. 항상 단정하게 올백으로 넘긴 그의 검은 머리카락이 오늘은 헝클어져 있었다.

그 순간 갑자기 누군가 그 안으로 뛰어 들어왔다.

"들켰다."

루나는 직감적으로 알아 차렸다. 누군가 그들을 보고 있었다는 걸 들킨 것이었다. 도망쳐야 했다. 발각이 된다면 자신도 저런 처지가 될 것만 같았다.

"올리버……."

루나는 올리버가 있는 쪽으로 향했지만 그들의 차 안에는 올리버의 흔적이 하나도 없었다. 놀란 루나는 경찰에 신고를 하고 허름한 집으로 향했다. 하지만 그녀가 왔다 갔다 하는 사이에 집 안

의 사람들은 온데간데없이 사라져 있었다. 꼭 무언가에 홀린 느낌
이었다.

경찰차의 사이렌 소리가 들려왔다. 그녀는 그렇게 텅 빈 집 앞
에 덩그러니 서 있었다.

워싱턴 경찰서는 평소와 다름이 없었다. 사건 사고가 다른 곳에
비해 많지 않은 곳이라서 그런지 평온한 느낌마저 들었다. 하지만
경찰서장실의 풍경은 다른 곳과는 많은 차이가 있었다.

"올리버는?"

보도국장의 천둥 같은 목소리가 경찰서 안을 울렸다. 멍하게 서
있는 루나는 정신이 없었다. 루나의 정신이 멀쩡하다면 그게 더
이상한 상황이었다.

"올리버가 실종이라는 게 말이 돼?"

"……."

올리버의 모든 게 지워져 버렸다. 차 안에 있는 그의 소지품도
없어졌다.

단지 그녀의 핸드폰 안에 녹화된 화면이 전부였다. 그것도 결정
적으로 그들의 여자를 죽일 당시의 장면은 그녀의 눈으로만 확인
을 했을 뿐이었다.

"미카엘의 짓입니다."

"닥쳐!"

미카엘이란 거물의 이름이 나오니 듣기 싫은 모양이었다. 정치인과 언론이 얽혀서 좋을 게 없다고 생각하는 본부장이었다. 특히 그 정치인의 위력이 막강한 경우는 더욱더······.

루나의 이런 말에 본부장인 캘빈은 완전히 뚜껑이 열린 상황이었다.

"증거도 없이 그 이름을 함부로 올리면 어떻게 되는 줄 알아?"

그 이름이라고 말을 하니 이번엔 루나의 뚜껑이 열렸다.

"전 봤어요. 그가 살인하는 걸."

"루나! 지금 누굴 건드리는지 알기나 하는 거야?"

루나보다 더 큰 소리로 본부장이 소리를 질렀다.

"알아요. 너무 잘 알아서 탈이죠. 올리버는 아직도 못 찾은 건가요?"

아마 그녀가 그 자리에 있었다면 그녀도 올리버와 함께 실종됐을 수도 있었다.

"일단 올리버가 돌아올 때까지 얌전히 있어."

루나는 그럴 수가 없었다. 올리버를 누가 데리고 갔는지 알고 있으니 거기 가서 물어보면 되는 것이었다.

미카엘의 사무실 앞에 기자들이 즐비하게 서 있었다. 요즘 그의 미담 하나가 퍼지며 지지율이 치솟았기 때문이었다.

"저기 나온다."

검은 양복 속에 50대 중반의 나이라는 게 믿어지지 않을 만큼의 탄탄한 몸을 가진 미카엘이 자신의 사무실을 나오고 있었다.

"아이의 목숨을 구하셨는데, 감사 인사는 받으셨습니까?"

"네. 당연히 할 일을 했을 뿐인데, 감사하게도 아이와 아이 엄마가 감사의 인사를 전해 왔습니다."

"어떻게 곰을 이길 수 있었죠?"

"총 덕분이죠. 전 초능력자가 아닙니다. 우리의 목숨을 지키기 위해 우리는 반드시 보호용 총을 소지해야 합니다."

미카엘은 총기 규제에 대한 반대를 하는 입장이었고, 그는 이번에 숲속에서 곰의 습격을 받은 캠핑 중이던 아이를 총으로 구해 냈다.

"올리버!"

사람들 사이에서 루나가 실종된 올리버의 이름을 부르며 소리를 질렀다.

"올리버는 어딨죠?"

"······."

그녀의 목소리는 거의 발악에 가까웠기에 모두의 시선이 동양인 여자에게 쏠렸다.

"올리버?"

"CBC 카메라맨인 올리버 허드슨이 당신의 별장 앞에서 어제저녁 사라졌습니다."

"참고로 의원님은 별장을 안 가지고 계십니다만."

미카엘의 보좌관이 옆에서 얄밉게 나섰다.

"누군가 실종이 된 건 안타까운 일입니다. 제가 경찰에 말하겠습니다. 올리버라고 했던가요?"

미카엘이 그녀를 내려다보며 말했다. 그의 음성은 부드러웠지만 그의 눈빛은 웃지 않고 있었다.

"그날 밤 왜 그 여자를 죽인 거죠?"

모든 기자의 플래시가 그녀와 미카엘을 향해 있었다.

"죽이다니요? 누가?"

"당신이 여자를 죽이는 걸 봤어요."

"내가?"

"언제?"

"어제저녁에요. 분명히 그 집에서 올리버가 사라졌고, 당신은 여자를 죽였어요."

그가 아주 보란 듯이 그녀를 비웃었다.

"어제 뉴스 안 봤나?"

"난 어제저녁에 대통령과 함께 만찬을 했지. 한 100명쯤 증인이 되겠군. 미스……?"

그가 루나에게 이름을 물었다.

"CBC 루나 테일러입니다."

"루나, 정신을 좀 차리는 게 좋을 것 같군요. 정치인이라고 다 참는 건 아니니까."

미카엘이 그럴싸하게 경고를 날리고 있었다.

"그야 조사해 보면 알겠죠."

루나도 물러서지 않았다. 그러자 미카엘이 호탕하게 웃더니 자신의 검은색 벤츠 리무진에 몸을 실었다.

미카엘의 차가 조금씩 멀어지고 있었지만 루나는 발을 뗄 수가 없었다.

"루나, 어제 미카엘이 있었던 파티에 우리도 있었어. 난 어제 인터뷰도 했고."

타 방송사의 친한 기자가 루나에게 말해 주었다.

"올리버 일은 안됐어."

"……."

모두가 안됐다고 말은 하지만 그녀의 말은 믿지 않았다.

일주일이 흘러도 올리버의 생사는 확인이 되지 않았다. 그는 고아라서 슬퍼해 줄 가족조차 없었다. 입양아 출신인 루나의 입장에선 더 가슴 아픈 일이었다.

그리고 며칠이 흐른 뒤에 루나는 올리버가 사라진 미카엘의 별장으로 갔다. 그리고 아직 그 자리에 서 있는 올리버의 차를 바라보고 있었다.

"올리버……."

그때 그녀의 앞에 검은색 차가 섰다. 미카엘의 차였다.

"타지."

"내가 여기에 온 거 많은 사람들이 알고 있어요."

"그런가?"

미카엘은 아무렇지 않은 표정을 지으며 그녀를 보았다.

"대화나 할까 해서. 다른 의도는 없고."

"말해요. 왜 올리버를 납치했는지……."

루나는 녹음기를 틀고 있었다.

"보지 말아야 할 것을 봤으니까."

"어쩔 거죠?"

"사라져야지."

"전요?"

녹음이 되고 있다. 미카엘이 결정적인 말을 한다면 죽어도 상관없었다. 그게 올리버의 복수가 된다면 더더욱.

"올리버와 같은 신세가 되겠지."

결정타였다. 조금 더 욕심이 생긴 루나는 질문을 이어 갔다.

"여자는 왜 죽였나요?"

"늑대의 피를 가진 여자인 줄 알았거든."

알 수 없는 말을 하는 그였다.

"늑대의 피라니……."

"인간들은 모르지. 늑대의 피를 가진 여자와 순수한 피를 가진 늑대가 만나면 어떻게 되는지 말이야."

"어떻게 되는데요?"

"늑대의 심장을 갖게 되지."

미카엘은 이상한 말만 골라서 했다.

"약 먹었어요?"

"어쩌면……."

미카엘이 '어쩌면'이란 말을 하면서 웃었다. 왠지 오늘 미카엘은 뭔가 달라 보였다.

뭘까? 마치 영화 속의 드라큘라처럼 창백한 살결에 날카로운 이빨, 거기에 붉은빛을 띠는 눈빛. 모든 것이 사람 같지 않은 느낌이었다.

달빛에 미카엘이 비춰지고 있었다.

"나에 대해 너무 캐는 건 좋지 않아."

"……."

"정치인들이란 게 비밀이 많은 족속들이거든. 그래서 말이야."

순간적인 일이었다. 어떤 강한 힘에 의해 그녀는 그대로 밀려나며 땅바닥에 처박혔다.

확실히 미카엘이 그런 건 아니었다. 미카엘의 손이 그녀를 잡기 전에 일어난 일이었다.

미카엘의 경호원이 밀친 건가?

루나의 의식이 점점 사라져 갔다. 올리버처럼 어디론가 끌려가는 건 아닐까 하는 생각이 들었다.

눈을 떠 보니 엄마의 얼굴이 보였다. 백발에 백인인 엄마는 동양인인 그녀가 어렸을 때 입양해 준 좋은 분이었다.

"루나……."

얼마나 우셨는지 눈이 토끼눈이 되어 있었다. 온몸이 맞은 것처럼 아팠다. 뼈마디 하나하나가 다 따로 노는 것 같았다.

"윽!"

"루나야, 괜찮은 거야? 선생님 여기요!"

모든 엄마가 그렇듯 루나의 양어머니 제시도 루나에게 지극한 사랑을 주었다.

아버지 스티븐도 마찬가지였다. 자식이 없었던 그들에게 루나는 선물과 같은 존재였다. 친부모는 아니지만 그들이 그녀를 얼마나 사랑하는지 알았다.

"아빠는?"

"여태 있다가 담배 한 대 피우러 갔어."

"얼마나 이러고 있었어?"

"이틀."

그사이 이틀이란 시간이 흐른 것이다.

"루나야, 올리버 시신이 발견됐어. 자살 같다고 하더라."

"자살?"

"올리버의 집에서 발견됐다고 하더라."

올리버의 집에는 그녀가 매일같이 갔었다.

"내가 매일 갔는데?"

"그 지하실에서 발견됐는데 목을 맸다고 하더라고."

"가 봐야겠어요."

"어딜? 지금 밤이야."

스티븐이 담배를 피우고 들어오며 말했다.

"아빠."

"지금은 너무 위험해. 병원에서도 아까부터 검은 양복을 입은 남자들이 돌아다니고 있어."

"왜요?"

"미카엘이 피습을 당했다는구나."

"피습이요?"

그녀를 밀친 게 미카엘의 부하들은 아닌 모양이었다.

"손이 칼에 베이듯 아주 날카로운 물체에 베였다는데, 분위기가 너무 험악해서 더 이상은 못 물어봤어."

"누가 그러는데요?"

"여기 의사."

아빠는 발이 넓으신 분이었다. 이 지역에서 오랫동안 고등학교 선생님으로 계셔서 웬만한 사람들은 거의 다 아셨다.

쾅!

문 여는 소리에 모두가 깜짝 놀랐다. 정말 예의라고는 약에 쓰려고 해도 없는 본부장이었다.

"야! 내가 미카엘 건드리지 말라고 했지! CBC 문 닫아야 속 시원하겠어?"

"……."

"우리도 먹고 살아야지. 정확하지도 않은……."

"정확해요. 내가 두 눈으로 봤어요."

"증거 있어?"

"핸드폰하고 녹음기……."

루나는 자신의 핸드폰과 옷 속에 있던 녹음기를 꺼냈다.

"확실해요."

올리버가 없어졌던 날, 그녀는 남자들이 들어가는 동영상을 찍

있었다.

미카엘의 얼굴은 찍히지 않았지만 검은 옷을 입은 경호원들과 여자가 끌려 들어가는 장면이 남아 있었다.

"여기……."

하지만 어디에도 그 화면은 없었다.

"녹음기……."

치익 치익 치익—

아무것도 없었다. 모든 게 사라졌다. 그녀가 보았던 모든 게 사라졌다. 올리버의 죽음도 자살로 되어 버린 상태에서, 지금 그녀가 밝힐 수 있는 건 아무도 믿지 않을 말들이었다.

"증거가 어디 있냐고!"

루나는 화가 나기 시작했다. 지금은 본부장이 소리칠 때가 아니었다.

"나요. 내가 증거라고요!"

"루나, 미쳤어?"

소리를 질렀지만 단단히 화가 난 본부장에게는 통하지 않았다.

"아아악! 진짜 환장하겠네."

"이봐! 이제 그만해. 아픈 애 앞에서 뭐 하는 거야!"

아빠가 따지듯 말했다.

"다 됐고, 마음 같아선 잘라 버리고 싶지만 일단은 내일 출근해."

"……."

본부장이 병실을 나갔다. 아마 본부장은 미카엘에게 손이 발이 되도록 빌 것이다. 그게 본부장의 주된 일이었다. 힘 있는 사람에게 아부하고 힘없는 사람에겐 큰소리치는 일 말이다.

그 후로도 이상한 일들이 계속되었다. 미카엘을 취재하려고 할 때마다 뭐라고 설명할 수 없는 일들이 일어났다.

다 촬영한 영상은 날아가고 사진도 지워졌으며 심지어 녹음 파일까지 지워졌다.

"이상해."

문제는 그것뿐만이 아니었다. 올리버처럼 납치가 되지는 않았지만 카메라맨들이 사고를 당하고 있었다. 교통사고도 아닌 강도를 말이다.

대부분 팔이 부러져 카메라를 들 수 없게 되었다.

"내가 손 떼라고 했지?"

본부장의 날 선 소리가 매일같이 지속되었다. 다른 건 참을 수 있었지만 동료들이 위험한 처지에 놓이는 건 싫었다.

"당장 집어치워!"

"본부장님."

루나의 입장에서도 솔직히 미안한 일이었다. 동료들까지 희생

시키며 계속해서 취재를 하는 건 무리였다.

"당분간 여기로 가 있어."

"……."

본부장이 내민 서류에선 '아이다호'와 '늑대' 두 글자만 들어왔다. 좌천이었다.

"이건……."

"당분간 자연과 함께해."

"본부장님."

"이건 내가 줄 수 있는 마지막 선물이야."

본부장은 화가 많이 났는지 이마의 땀을 닦으며 선심 쓰듯이 말했다. 당장 때려치운다고 하고 싶었지만 기자는 루나의 오랜 꿈이었다.

6년 동안 즐거운 일만 있었던 건 아니지만 루나는 보람과 만족감을 느끼고 있었다. 그렇게 루나는 뜻하지 않은 일을 하게 되었다.

지도에도 없는 '울프'라는 작은 마을은 아이다호에서도 가장 안쪽에 있는 곳이었다. 이곳은 앨로스톤 국립공원과도 거리가 있었다.

이곳의 마을은 마치 옛날 서부 영화를 연상시킬 정도로 개발이

덜된 곳이었다.

지도에도 없는 조용한 마을에서, 어제 비극적인 사건이 벌어졌다. 도시에서는 일어날 수 없는 아주 끔찍한 사건이었다.

어제의 그 검은 존재는 사람이었을까? 아니면 짐승? 그도 아니면 생각하긴 싫지만 영적인 존재?

루나의 머릿속이 아침부터 바쁘게 돌아갔다.

현재 그녀는 어제의 살인 사건 때문에 경찰 조사를 받으러 샘과 함께 경찰서에 와 있었다.

이곳 사람들은 다 키가 큰 것 같았다. 샘은 지금 자신보다 두 배는 더 커 보이는 경찰 앞에 앉아 있었다.

"이곳에 왜 온 거죠?"

경찰은 그녀에게 시선도 주지 않고 심문을 하고 있었다.

"우리는 늑대에 관한 다큐멘터리를 찍고 있는 CBC 소속의 촬영 팀입니다."

"허가는?"

"산림청과 야생 생물국 그리고 이 지역 동물 보호 단체의 허가를 받았고, 선발대는 이미 촬영 중입니다."

"우리는 보고받은 바가 없는데……."

갑자기 문을 열고 누군가 들어오며 말했다. 어제의 그 남자가 분명했다. 루나의 심장이 다시 거칠게 뛰기 시작했다. 검은 선글라스와 회색빛 머리카락이 아주 인상적인 남자였다.

루나는 저도 모르게 남자의 몸을 위에서부터 아래로 훑어 내리고 있었다.

남자를 보며 이렇게 성적인 욕구를 느낀 적인 처음이었다. 마치 발정기의 암캐처럼 말이다.

루나는 익숙지 않은 이런 느낌이 싫고 부끄러웠다. 물론 남들은 모르지만 말이다.

"지역이 조금 달라서 그럴 겁니다. 우리는 앨로스톤 국립공원의 허가도 받았고, 만약에 부족하다고 생각하시면 며칠 전부터 와서 촬영을 하고 있는 팀장님에게 물어보셔도 됩니다."

샘이 열변을 토하며 그들을 설득하고 있었다.

"왜 합류가 늦어졌지?"

"오다가 이상한 사고를 당해서 이 마을 주민이 도와줬어요. 아주 고마운 분이죠. 어제는 그 집에서 묵었습니다."

"그 집이?"

"마티나 씨라는 여자분이신데……,"

"어머니의 집에 묵었군."

"어머니?"

그러고 보니 지금 남자와 아주 비슷한 생김이었다. 상냥함에 차이가 느껴지기는 했지만 말이다.

"그분이 마을 축제에도 데려가 주셨어요."

"……."

"축제까지는 아주 좋았는데 하필 그 자리에서 살인 사건이 일어난 거죠."

"검은 형체를 봤다고?"

"네, 하지만 그게 다예요. 빛보다 빨리 사라져 버려서……."

그동안 루나의 눈은 남자를 향해 있었다. 멋지고 잘생긴 남자들을 많이 봤지만

이렇게 심장까지 조여들 정도의 매력을 가진 남자는 처음이었다. 입술이 타들어 가는 느낌이었다. 그래서 저도 모르게 혀로 입술을 축였다. 그런 그녀를 남자가 힐끔 보았다. 그도 그녀처럼 자극을 받은 것일까? 몹시 궁금했다.

루나는 남자의 두꺼운 허벅지를 보았다. 아무래도 미친 게 분명했다. 그의 품에 안기고 싶었고 그와 키스를 나누고 싶었다. 아니, 정확히 말하자면 그와 섹스가 하고 싶었다.

"미쳤어."

"……."

그녀의 목소리가 컸는지 경찰서 안의 사람들이 모두 그녀를 보고 있었다.

"우리의 조사가 끝이 났다면 우린 촬영 장소로 가고 싶은데요."

"그런 좀 곤란할 것 같군. 유일하게 검은 형체를 봤고, 또 아직 살인 사건 조사 중이라……."

"이봐요. 우린 가야 한다고요."

"당신 촬영 팀에 연락해서 며칠은 이 마을에 묵어야 한다고 말해요."

남자는 이렇게 말을 하고는 자신의 사무실 안으로 들어갔다.

"저 사람 누구예요?"

"보안관."

"농담할 기분 아니에요."

덩치 좋은 경찰을 보며 루나가 물었다.

"아더는 이 마을을 지키는 보안관이요. 우두머리지."

"왕?"

샘이 왕이라는 표현을 했다. 아더는 지도자라는 말의 뜻을 가졌다.

"옛날로 말하자면 그럴지도……."

딱 어울리는 이름이었다.

"아더……."

"샘, 일단 촬영 팀에 전화를 걸어서 양해를 구해."

"그래야지."

루나는 아더가 사라진 사무실을 바라보았다. 도대체 뭘까. 이런 두근거림의 정체는?

샘과 함께 경찰서를 나오는데 그들을 취조하던 경찰이 불렀다.

"일주일간 보안관의 집에서 묵으시랍니다."

"아더?"

"도주의 우려도 있고 하니……."

"뭐요?"

샘이 발끈했지만 루나는 그 자리에 멍하게 서 있었다. 경찰서에서 아더가 나오고 있었기 때문이었다.

"우리는 호텔에서 묵어도 되고, 아니면 어제 묵었던 마티나 씨 집에서 묵어도 됩니다."

"여긴 호텔이 없고, 마티나는 나이가 있어서 당신들 챙기려면 힘이 들지."

"……."

샘도 그의 말에 토를 달지 못했다. 이곳은 도시가 아니었다. 이웃과 이웃 사이의 집도 멀리 떨어진 곳이었다.

"어떻게 하지?"

"일단은 아더란 사람의 말을 들을 수밖에 없는 것 같아."

루나는 솔직히 자신의 신체적인 반응이 궁금했다. 왜 처음 보는 남자에게 이렇게까지 끌리는지 궁금했다.

"그래? 그럼 갈 거야?"

"응, 달리 방법도 없고."

"하긴."

아더의 지프 뒤를 따르며 샘은 연신 마을의 분위기가 이상하다는 말을 했다.

"이상하지 않아?"

"뭐가?"

"마치 옛 서부의 마을처럼 발전도 되지 않아 보이는데, 어떻게 보면 아주 발전이 되어 있고."

"뭐가 발전이 되지 않았고, 뭐는 발전이 됐는데?"

"여기 사람들이 살고 있는 집은 다 100년은 넘어 보이는데 그들이 사용하는 기기들은 완전히 다 최신품이야. 하다못해 청소기까지."

마을의 분위기가 이상하다고 느낀 건 루나도 마찬가지였지만 그건 샘과는 조금 다른 방향이었다. 마을 사람들이 그녀를 바라보는 눈빛이 이상했다. 마치 두려워하는 것 같은 그런 눈빛이었다. 왜일까?

어쨌든 일단 아더의 집에 묵으면 무언가 결론이 나지 않을까 하는 생각이 들었다.

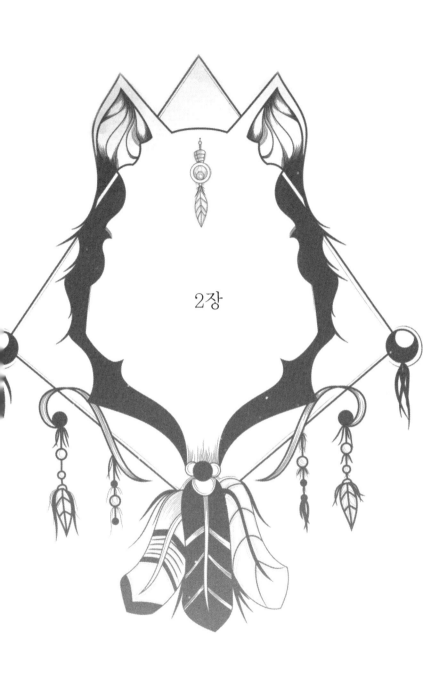

2장

아주아주 오래전……

거대한 숲에 걸 맞는 커다란 동굴엔 늑대들이 살았다. 이곳에 숲이 생겨났을 때부터 그들은 숲을 지배하며 살았다.

인간이 이곳에 오기 전부터 그들은 이 아름다운 숲에서 동물들과 함께 먹이사슬을 이어 가며 그렇게 평화롭게 지냈다. 아더는 알파로 태어나 우두머리로 자랐다. 그의 부모도 알파였고, 그 부모의 부모도 알파였다. 그들은 알파, 베타, 감마에서 오메가까지 계급을 나누었다.

무시하려는 게 아니라 보호하려는 뜻이 강했다. 그게 우두머리의 뜻이었다.

수컷 알파와 암컷 알파가 만들어 낸 최고의 작품이 아더였다. 그래서 아더의 뒤에 태어난 에드윈은 항상 불만이었다.

그들의 부모가 죽고 아더가 무리의 우두머리가 되었을 때도 에드윈은 기뻐하지 않았다. 아더의 지배 방식이 마음에 들지 않았기 때문이었다. 다른 이들의 눈에 띄지 않고 침묵을 지키며 살아가야 하는 아더의 지배 방식을 몹시 싫어한 에드윈이었다.

그렇게 침묵 속에서 1,000년을 살았다. 작은 마을이 아닌 숲 전체를 지배하던 그때에도 아더는 침묵을 지켰다. 순수 혈통인 그가 단순한 늑대의 삶이 아닌 영생의 삶을 누리며, 마을의 모두가 그처럼 영생을 누리게 된 것도 욕심 부리지 않은 그의 침묵의 통치 때문이었다.

숲의 정령들과 그를 만든 신은 아더를 사랑했다. 그래서 그에게 수많은 축복을 주었는데, 그중 하나가 영생이었다.

동생 에드윈의 불만도 그렇게 쌓여 가고 있었지만 아더는 변함없이 조용한 삶을 원했다.

"형, 우리는 강력한 힘이 있고 인간들은 나약해."

에드윈은 항상 형을 설득했다. 더 넓은 영토에서 그들의 뛰어난 능력을 사용해서 세상을 지배하고 싶었다. 하지만 형에게 들은 답은 없었다. 이 얘기만 하면 형은 늘 묵묵부답이었다.

"……"

"우리가 인간들을 지배할 수 있어."

"아니, 우리는 인간들을 두려워해야 해."

"뭐?"

"우리의 침묵이 우리를 영원히 살 수 있게 만드는 거야."

에드윈은 형과 자신의 생각이 많은 차이가 있음을 알고 자꾸 다른 생각을 하게 되었다. 형으로부터의 독립을 말이다. 자신의 뜻을 펼치기 위해서.

"형은 비겁해."

"난 비겁한 게 아니라 우리 종족을 지키려는 것뿐이야."

200년 전 그들은 인디언들과 섞여 살았었다. 밤이 되면 인간의 모습이 될 수 있었던 그들은 인디언들과 평화를 유지하며 살았다. 하지만 인간들을 너무 믿었던 탓일까? 늦은 밤 모두가 잠이 든 그 시간에 그의 마을은 인간들에게 공격을 당했다.

늑대가 불에 약하다는 걸 안 인간들이 그들의 숲에 불을 지르고 겁먹은 늑대들을 칼로 베고 활로 쏘아 사정없이 죽였다. 숲은 늑대의 피로 물들었고 불바다가 되어 버렸다. 약하고 어린 늑대들의 죽음이 그의 눈앞에서 펼쳐지고 있었다.

"눈에 띄는 인간들은 모조리 죽여라!"

아더는 미친 듯이 살육을 하기 시작했다. 그에겐 용서란 없었다. 그런 아더를 죽이기 위해 인디언들이 모여 주술을 걸기 시작했다. 늑대의 신인 아더를 옭아맬 주문을 말이다.

늑대 제사장들은 자신들의 피를 바쳐 주문을 걸었다. 하늘의 신에게 아더의 힘을 봉인시켜 달라고 기도하고 또 기도했다. 그들의 노력은 헛되지 않았고, 아더의 힘은 신에 의해 봉인이 되었다.

아더뿐 아니라 그를 따르는 모든 늑대들의 힘이 인디언 주술사들에 의해 봉인이 되었다. 그렇지만 봉인이 되었다는 건, 풀 방법도 있다는 것이었다. 그것은 바로 늑대의 피를 가진 여자와 사랑을 하는 것이었다.

하지만 늑대와 인간은 섹스를 할 수가 없었다. 그들이 아무리 인간의 모습을 하고 있어도 인간 여자는 순수 혈통의 늑대의 페니스를 감당할 수가 없었다. 때문에 그 후로도 많은 인간 여자들이 희생되었다.

아더는 그런 상황이 싫었다. 하지만 그렇다고 늑대와 사랑을 나누고 싶지는 않았다. 어린 늑대들의 죽음을 또 보기가 싫었기 때문이었다. 지금은 그저 영원처럼 긴 시간을 죽이며 살아가고 있었다. 인디언들이 자신에게 어떻게 했든지, 그들은 지금 평화로웠고 더 이상의 피를 보는 건 싫었다.

그렇게 조용하게 살아가던 그에게 에드윈이 도전장을 내밀었다.

에드윈은 미카엘이라고 이름을 바꾸고는 인간 세상을 지배하려

들었다. 이제까지는 침묵을 지켰지만 더 이상은 두고 볼 수가 없는 아더였다. 거기다가 미카엘은 지금 미치광이가 되어 마을 사람들까지 공격했다.

길버트는 마을의 파수꾼이었다. 그게 자랑스러웠고 그의 적성에도 잘 맞았다. 울프 빌리지는 인간들과는 떨어진 곳에 마을을 형성했다. 따로 또 조용히 자연과 더불어 사는 그들이었다.

"길버트."

마티나가 그에게 찾아 왔다.

"네, 마티나."

그녀는 어릴 때부터 그를 길러 주신 분이었다. 어머니와도 같은 분이 마티나였다.

"이거 먹어."

저녁거리를 싸 오신 모양이었다.

"오늘 마을의 축제잖아."

고기로 된 스테이크 샌드위치를 가져오셨다.

"너무 맛있어요."

"이거 먹고 약도 마셔."

"네, 매번 감사해요."

마티나는 어릴 때부터 약골인 길버트를 위해 약을 지어다 주었다. 그 약으로 버티고 살았다고 해도 과언이 아니었다. 마을의 예언가가 마티나라면, 마을을 파수꾼은 그였다. 발도 빨랐지만 그의 후각은 아주 예민해서 근방에서 나는 수상한 냄새는 다 맡을 수 있었다.

"킁킁킁……."

"왜 그래?"

그의 코에 아주 진한 여자 늑대의 향이 감지됐다.

"마티나, 여자 늑대의 진한 향이 느껴져요."

"누군데?"

"우리 마을 사람이 아닌데……."

"마을 사람이 아니야?"

"인간 여자의 향도 나요. 왜일까요?"

길버트가 아주 묘하다는 표정으로 마티나를 보았다.

"사람 안에서 늑대의 향이 느껴져요. 그것도 아주 강한 피의 향이요."

"늑대의 피를 가진 여인이라……."

"마티나? 블랙의 냄새도 나고 있어요. 빨리 피해요. 여자도 구해야 하고……."

"우선 내가 여자를 우리 집으로 데리고 갈 테니 넌 블랙의 침입을 사람들에게 알려."

"네."

마티나에게 여자의 위치를 알려 준 길버트는 블랙을 쫓기 시작했다.

"위치를 알려야 해."

길버트가 빠르게 아더에게로 향하는 도중에 길버트는 블랙과 마주했다. 길버트는 처음으로 필사적으로 도망쳐야겠다는 생각을 했다. 하지만 길버트보다 블랙이 더 빨랐다. 길버트는 자신이 죽을 것임을 직감했다.

"블랙……."

순수한 혈통인 그레이 울프의 아더와는 다르게 미카엘은 블랙 울프였다. 그래서 미카엘과 그의 무리를 블랙이라 불렀다. 그들은 잔인했고 목적을 위해선 종족까지 헤치는 아주 비열한 족속들이었다.

"후……."

"아더……."

그의 충직한 알렌이 그를 불렀다.

"루나를 어떻게 할까요? 마티나에게 계속 맡기기가 힘이 들 것 같아서요. 언제 놈들이 공격할지도 모르고……."

"하긴 마티나 혼자선 무리야."

"우리가 왜 동양의 피를 생각하지 못하고 있었을까요?"

미국에 사는 늑대들은 인간과 결합하지 못했지만 동양의 늑대들 중에 작은 체구의 늑대들은 인간 여인과 잠자리를 해서 아이를 만든 일이 있다고 예전에 들은 기억이 있었다. 하지만 그건 어디까지나 전설이었다.

그리고 루나가 늑대의 피를 가진 여인이라는 확증은 없었다. 다만 무리의 예언가인 마티나가 루나를 본 순간 그녀가 늑대의 피를 가진 여인이라고 말했다.

그게 그가 루나를 보호하고자 하는 유일한 이유였다. 아니, 유일한 이유여야 했다. 혀로 입술을 축이던 루나의 모습이 섹시하다는 생각이 들어서도, 그리고 그녀의 풍만한 가슴을 만지고 싶어서도, 잘록한 허리 아래 Y자 계곡이 보고 싶다는 생각이 들어서도 아니었다.

"루나와 남자는 당분간 내가 보호하지."

즉흥적인 답이었지만 그의 마음은 이미 루나에 대한 궁금증이 가득한 상황이었다.

"아더께서 직접이요?"

알렌의 눈이 커졌다.

"그래. 저들을 불러 세워."

아더는 턱으로 창 너머 루나를 가리켰다. 인간보다 시력이 좋은 아더는 멀리 떨어진 루나를 가까이서 보는 것 같았다. 조금 전 그가 경찰서 안으로 들어왔을 때 루나의 심장이 미친 듯이 뛰는 소리가 들렸다. 그건 그도 마찬가지였다.

아주 신기한 일이었다. 이런 반응은 발정기 때 늑대들이 보이는 반응이었다. 자신의 짝을 찾았을 때 느끼는 것이었다. 늑대인 그도 인간인 루나에게 그런 느낌을 받았다는 게 놀라웠지만 루나 역시 그와 같은 반응을 보였다는 게 신기했다.

"설마…… 정말 늑대의 피가……."

인디언의 저주 때문에 빼앗긴 그의 수많은 능력들을 과연 찾을 수 있을까?

하지만 지금은 능력이 문제가 아니었다. 당장에 루나를 바닥에 쓰러트리고 탐하고 싶었다.

"아더, 정신 차려!"

아더는 몸을 일으켜 밖으로 나갔다. 루나를 자신의 집으로 데려가기 위한 일이었지만 사실은 그녀를 다시 한 번 보기 위함이었다.

경찰서 밖으로 나온 아더의 눈에 보이는 건 눈부신 햇살 아래의 요정이었다.

"정말 이상해."

햇빛에 반짝이는 여자는 처음이었다. 눈이 부시게 아름답다는 말은 이럴 때 쓰는 것이었다. 동양인인 루나는 갈색 머리에 옅은 갈색 눈동자를 가지고 있었다. 여자치고는 큰 키였지만 아더에 비하면 아담한 루나였다.

잘록한 허리에 풍만한 가슴이 그의 눈길을 사로잡았다. 청바지에 흰색 티를 입고 머리를 느슨하게 묶은 모습이 참 편안해 보였다. 기자란 직업보다는 농장에서 말들을 키우는 게 더 어울려 보였다.

그의 눈엔 루나만 보였다. 그 옆에 있는 샘이라는 남자는 안중에도 없었다.

정신을 가다듬은 아더는 자신의 지프에 몸을 실었다. 세상이 바뀌면서 아더의 마음에 드는 건 편리한 이 쇳덩어리들이었다. 아더는 가끔 이런 걸 만들어 낸 인간들이 대단하다는 생각을 하곤 했다.

그의 차를 따라오는 루나와 샘의 표정은 그리 편안해 보이진 않았다. 아마 첫날부터 살인 현장에 있었으니 더할 것이었다.

하지만 그의 보호를 받는다면 그들은 안전할 것이다. 아더는 두근거리는 심장을 느끼며 자신의 집으로 천천히 이동했다.

아더의 지프는 그의 주인처럼 컸다. 은색 지프는 주인과 흡사한 점이 많았다. 탄탄해 보이는 뒤태와 회색 머리카락을 닮은 회색빛 차는 마치 건장한 남자 같았다. 이제는 차까지 그를 연상시키니, 이제 루나는 중증 짝사랑에 빠진 것 같았다.

마을과 그의 집은 약간의 거리가 있었다. 경찰이면 마을 가까운 곳에 살 줄 알았는데 그렇진 않았다. 그의 집에 거의 다 도착해서는 그가 개인적인 시간에는 혼자 있고 싶어 하는 것 같다는 생각이 들었다. 집이 거의 산속에 있었기 때문이다.

"우와!"

"헐……."

오래된 구조의 집이었지만 집이라기보다는 거대한 성 같은 느낌이었다. 마을의 집들과는 차원이 달랐다. 물론 세월의 흔적이 보이는 곳이었지만 말이다.

"진짜 멋진데."

샘은 감탄을 연발했다.

흰색 벽돌로 지어진 집이었다. 넓은 잔디밭이 있고 벽에는 넝쿨장미가 커튼처럼 드리워진 다른 집들과는 다르게, 이 집은 그냥 숲속에 집이 있었다. 자연과 하나인 집이었다.

도시에서 태어나고 자란 루나는 모든 게 신기했다. 그리고 그들 앞에 차를 세우고 내린 남자는 더 신기했다. 경찰복이 참 잘 어울렸다. 경찰복은 그의 단단한 허벅지와 섹시한 엉덩이를 더 부각되게 만들었다.

"남자가 봐도 멋있다."

"……."

루나는 여자가 보기엔 그 이상이라는 말이 툭 튀어나올 뻔해서 아랫입술을 살짝 물었다. 심장이 다시 빠르게 뛰었다. 이러다가 심장 마비로 죽을 것 같았다.

"심장 마비 증상 알아?"

루나는 뭐에 홀린 듯 중얼거렸다.

"어지럼증, 호흡 곤란, 가슴 통증, 피로감, 구토."

샘이 줄줄 읊었다.

"어떻게 그렇게 잘 알아?"

"경험이 있었거든."

"아⋯⋯."

샘의 키는 그녀 정도 됐지만 덩치는 훨씬 좋았다. 나쁘게 말하면 비만이었다. 인심 좋은 아저씨 같은 몸이었다. 그런 샘이니 잦은 병치레를 할 수밖에 없었다.

"그런데 왜?"

"자꾸 가슴이 아파서."

그만 보면 가슴이 두근거렸다.

"그래? 왜?"

"몰라. 자꾸 그러네."

"이번이 처음이야?"

"응, 어제부터 그래."

"병원에 다녀오자."

샘이 다정하게 말해 주니 고맙게 느껴졌다. 하지만 그녀는 병원에 간다고 해서 나을 병이 아니란 걸 알고 있었다.

"다른 증상은 없어?"

"몸에서 열이 나는 것 같아."

"알았어. 너무 힘들어서 그래. 이상한 일도 많고."

그들 가까이 아더가 왔다. 샘에 비해 너무나 거대한 그였다.

"짐을 챙겨서 나를 따라오면 돼."

아더가 무심히 말해도 루나의 관심은 오로지 아더뿐이었다.

"루나가 몸이 안 좋다는데, 병원은 어디죠?"

샘이 다시 차에 타려고 했다.

"아픈가?"

아더가 그녀를 바라보며 물었다.

"조금……."

루나는 거의 기어들어 가는 목소리로 말했다. 마치 그녀의 병에 대해 그가 아는 듯한 느낌이 들었기 때문이었다. 그녀는 아더의 선글라스를 벗겨 버리고 싶었다. 그의 속을 들여다 볼 수 없으니 더 답답했다.

"짐 정리하고 병원에 같이 가지."

"네?"

"내가 마을까지 데려다줄 테니까. 어차피 나가 봐야 하고. 거실에서 기다리지."

"그래, 그렇게 해. 난 이 주변을 좀 둘러볼 테니까."

샘이 자상한 눈으로 그녀를 바라보며 말했다. 샘은 참 좋은 사람이었다.

그런데 집 안에서 젊고 아름다운 여자가 나왔다. 샘의 눈이 아주 커다랗게 변했다. 멜라니하고는 비교도 되지 않는 미인이었다.

"오셨어요?"

인사는 했지만 여자의 인사는 오로지 아더에게 향해 있었다.

"손님들이 오셨으니까 우선 식사부터 준비해 줘."

"네."

"이쪽은 우리 집을 관리해 주는 이브야. 아까 본 알렌의 부인이지."

마음이 놓이는 건 왜인지 모르겠지만 루나는 가슴을 쓸어내렸다.

"이쪽은 루나와 샘. 방으로 안내해 줘."

"네."

이브는 루나와는 달리 기분이 좋지 않아 보였다. 마치 경계를 하고 있는 것 같았다. 유부녀가 경계를 해도 소용없지만 말이다.

"두 분이 방을 같이 쓰나요?"

속 보이는 질문이었다.

"나는 좋지만 루나는 싫어할 거예요."

샘이 농담 같지도 않은 말을 했다.

"그럼 이 방은 남자분이 쓰시고, 이쪽 방은 여자분이 쓰세요."

"집이 좋네요."

샘이 감탄하며 말했다. 내부는 건물 외관과 전혀 달랐다. 무척 현대적인 감각의 집이었다.

"아더 님께서 항상 새로운 것을 사 오시거든요."

"아더 님?"

"네."

이브는 아주 당당하게 아더를 극존칭으로 불렀다. 그게 아주 당연한 것처럼 말이다.

"씻고 내려오세요. 식사 준비해 놓을게요."

이상한 분위기를 풍기는 여자였다.

게스트 룸은 깔끔한 화이트 톤이었다. 창밖은 온통 푸르른 숲이었고 풀냄새가 방 안에도 가득했다. 루나는 샤워를 하기로 결정하고는 옷을 벗었다. 입고 있던 청바지를 벗고 셔츠의 단추를 풀었다. 이제 남은 건 하얀 브래지어와 팬티뿐이었다.

동양인임에도 루나는 커다란 가슴을 가지고 있었다. 베이비 페이스에 글래머러스한 몸은 요즘 젊은이들이 바라는 이상적인 몸이었다. 루나도 스스로 섹시한 몸매를 가지고 있다는 걸 알았지만 신경 쓰지 않았다.

그동안 수많은 남자들이 그녀에게 접근을 했지만 별 흥미를 느끼지 못했다. 루나는 연애를 못 하는 게 아니라 하지 않았다. 왜냐면 그녀는 운명을 믿었기 때문이었다.

"어?"

브래지어를 풀기 위해 후크에 손을 가져다 대는 순간 루나는 이상한 느낌이 들었다. 누군가 그녀를 보고 있다는 느낌이 들었다. 동작을 멈춘 루나는 창가의 커튼을 치고 문을 살폈다. 방 안에는 아무도 없었다.

"뭐지? 이 느낌은……."

아무래도 울프라는 이 마을은 뭔가 찜찜했다. 루나는 이곳에 온 후로 모든 게 이상하게 느껴졌다.

"빨리 조사를 마치고 촬영장에 가야겠어."

꼭 공포 영화의 한 장면처럼 온몸에 소름이 돋았다.

"내가 너무 예민한 거야."

그래도 그녀는 침실에서 옷을 다 벗지 못하고 욕실에서 나머지를 벗었다. 거기에 욕실에 있는 창의 커튼까지 다 치고 난 후에야 샤워를 시작할 수 있었다.

아더는 거실 의자에 앉아 있다가 자신의 방으로 들어갔다. 도저히 참을 수가 없었기 때문이었다. 그의 귀에 들려오는 루나의 심장 소리에 그의 심장 또한 반응을 하고 있었다.

"진짜 늑대의 피를 가진 여인인가?"

전설은 전설일 뿐이라 생각했던 그였다.

어제저녁에 마티나가 그를 찾아왔었다.

"아더 님, 분명히 늑대의 피를 가진 여인이 맞습니다."

"어떻게 확신하지?"

"한번 가져 보시면……."

"그러다가 아니면?"

"여인은 죽겠지요."

예전부터 수없이 많은 여자들이 늑대의 희생양이 되었다. 루나를 그렇게 만들 수는 없었다. 한숨이 나왔다. 아더는 루나를 향해 미친 듯이 뛰는 자신의 심장을 잡았다. 그러다가 아주 이상한 일이 벌어졌다. 그는 어느새 루나의 방에 들어가 있었다. 루나는 청바지를 벗었다. 미끈한 다리가 그의 눈을 사로잡았다. 그리고 셔츠를 벗자 루나의 완벽한 몸이 드러났다.

한번 만질 수만 있다면…….

아더는 저도 모르게 루나에게 손을 뻗었다.

하지만 브래지어를 풀려던 루나가 고개를 돌리는 바람에 그는 빠르게 몸을 피했다. 천장에 붙어서 여자를 내려다보다니. 아더의 체면이 말이 아니었다. 하지만 위에서 내려다본 그녀의 가슴은 환상적이었다.

루나가 이상함을 감지했는지 욕실로 들어가 버렸다. 샤워기 물소리가 그의 귀를 자극했다. 그녀의 매끈한 몸 위를 타고 내려가는 물줄기가 너무나 부러웠다. 보고 싶었지만 욕실로 들어가면 어떻게 될지 알기에 그는 차마 욕실 안으론 들어가지 못했다. 욕실 밖에서 그는 고통에 신음하는 자신의 페니스를 내려다보았다.

그가 살아온 오랜 세월 중에 처음 있는 일이었다. 수컷 알파인 그는 암컷 알파에게도 이런 감정을 느낀 적이 없었다. 오래전에 예언자 마티나가 그에게 말했었다. 아직 맞는 짝을 만나지 못한 거라고 말이다. 맞는 짝을 만나면 늑대의 우두머리답게 자신의 짝과 평생을 같이할 거라고.

"맞는 짝이라……."

너무 오래 살아서 그런지 그가 곁을 내주었던 사람들은 다 죽고 없었다. 그래서 아더는 사람들과의 교류를 끊었다. 하지만 그는 늑대 무리에서도 그의 짝을 만나지 못했다. 그의 자식이 태어나고 번성해야 하는데 아더는 항상 여자 늑대들을 다른 늑대들에게 양보했다.

그래서 그동안 그의 선택을 받은 알파 여자 늑대가 없었다. 이브도 외모로 보면 그의 선택을 받아야 하지만 그의 흥미를 끌지 못했다. 그런데 지금 그를 자극하고 있는 게 한낱 인간이라니, 웃기지도 않은 일이었다.

쏴악!

물소리가 쉴 새 없이 들려왔다. 아더는 안으로 들어가지 않으려 죽을힘을 다하고 있었다. 그의 손은 미쳐 날뛰는 자신의 페니스에 가 있었다. 기능을 다한 줄 알았던 그의 페니스가 언제 그랬냐는 듯 루나에게 강하게 반응하고 있었다.

건강한 인간 남자의 페니스의 몇 배가 되는 그들의 발기한 페니스는 인간 여자에겐 흉기와도 같은 것이었다. 그래서 늑대의 피를 가진 여자만이 그의 엄청난 페니스를 받아들일 수 있었다.

하지만 그건 루나와 잠자리를 해 보지 않으면 알 수 없는 일이었다. 그러다가 아니면 루나는 죽게 된다.

아더는 이를 악물었다. 그녀의 몸을 타고 내려가는 물소리를 들으며 자신의 페니스를 해방시킨 그는 눈길을 아래로 내려 자신의 물건을 보았다.

어찌나 요동을 치는지 스스로도 감당을 하기 힘이 들었다. 아더는 자신의 페니스를 잡고는 위아래로 움직여 보았다. 그가 기억하는 한 최초의 마스터베이션이었다. 자신의 손안에 쥔 거대한 페니스가 움찔거리며 루나를 원하고 있었다.

하지만 아더는 이를 악물었다. 한순간의 쾌락을 위해 루나를 죽음으로 몰고 갈 수는 없었다. 아래에서 느껴지는 뜨거운 욕망이 그를 미치게 만들고 있었다.

"저주인가?"

순수 혈통인 자신이 겪어 내야 하는 고통인가? 아니면 우연의 일치인가?

하지만 늑대는 오직 한 마리 암컷하고만 평생을 함께한다. 그는 자신의 짝을 아직 만나지 못했지만 지금의 느낌은 평소와 확실히 달랐다. 아더는 루나의 모습을 그리며 그의 밑에 루나가 있다면 어떨지를 생각하며 손을 빠르게 움직였다.

"으으윽!"

그는 몸을 빠르게 움직여 자신의 방에 있는 욕실로 향했다. 안 그랬으면 그의 욕망의 씨앗들을 그녀의 방에 쏟아 냈을 것이다.

"미쳤어."

그는 욕실 바닥을 내려다보며 중얼거렸다. 하지만 그의 페니스는 아직도 루나를 간절히 바라고 있는지 사그라들 생각을 하지 않고 있었다.

"어쩌란 말인가?"

늑대의 몸으로 이리도 인간을 간절히 원하다니. 아더는 자신의 뜨거움을 식히기 위해 그대로 샤워기 앞에 섰다.

쏴아악!

그녀의 몸 위로 흘렀을 물이 이제 그를 식히기 위해 그의 몸을 흐르고 있었다. 조각 같은 몸에 털이 쏟아나기 시작했다. 격렬한 싸움을 할 때나 나타나는 털들인데, 이상하게 지금 그의 몸에 털들이 나오기 시작했다.

"안 돼."

그는 동물적인 감으로 알았다. 그가 늑대의 모습으로 변한다면 루나의 침실로 향하리라는 것을. 아더는 그대로 숲으로 뛰어들었다. 될 수 있으면 이 뜨거운 욕망이 가라앉을 때까지 숲에 있어야 했다.

샤워를 마친 루나는 샘과 함께 아침 겸 점심을 먹었다. 아더는 어디로 갔는지 보이지 않았다. 다행이었다.

이브는 생각보다 훨씬 좋은 음식 솜씨를 가지고 있었다. 무슨 성대한 파티처럼 식탁 가득 음식이 차려져 있었다.

"음식 솜씨가 아주 좋으시네요."

평소에 먹는 걸로 스트레스를 푸는 샘은 입안 가득 음식을 넣고는 이브를 보며 말했다.

"많이 드세요."

이브도 샘에겐 아주 친절하게 굴었다.

"여기서 일하신 지 오래되셨어요?"

"네, 그쪽이 상상도 못 할 만큼이나요."

30대 초반으로 보이는 이브였다.

"아, 네."

루나는 이브와는 더 이상의 말을 섞고 싶은 생각이 없었다. 심경에 거슬리는 이브였지만 음식 솜씨는 인정하지 않을 수가 없었다. 특히 애플파이는 예술이었다. 갑자기 제시의 애플파이가 생각났다.

"전화 통화가 안 돼."

"뭐?"

"통신이 잘 안 잡혀. 잡혔다가 안 잡혔다가 해."

"그래? 제시한테 전화하려고 했는데……."

"병원 다녀오면서 마을에서 해. 그쪽은 되니까."

"고마워."

숲속이라서 전화가 안 터지는 모양이었다.

"이브는 핸드폰 안 써요?"

"필요가 없어요."

"왜요?"

"통화할 사람이 없으니까요. 그리고 남편이나 아이들은 항상 내 옆에 있고요."

"그래도 특별히 연락이 필요할 때가 있잖아요."

"우리의 안전은 아더 님이 책임져요. 아더 님은 항상 우리를 안

전하게 돌봐 주시죠."

아더 님이란 소리가 자꾸만 거슬렸다. 마치 루나와 샘에게 아더 님은 신성하니까 건드리지 말라고 하는 것 같았다.

"저기 아더 님이 오시네요."

문으로 들어오는 아더를 보며 루나가 빈정거리듯 말했다. 그러지 않고서는 어김없이 반응하는 그녀의 모습을 들킬 것만 같았다.

"식사 다 했으면 가지."

아더가 그녀를 보며 말했다.

"어서 다녀와. 아직도 창백하니까."

"……."

거의 등 떠밀려 나오듯 루나는 아더의 뒤를 따라 집을 나섰다. 문밖으로 나오자 숲의 향기가 그녀의 코를 자극했다.

"음……."

루나는 청량한 숲의 향을 깊이 들이마셨다. 도시의 매연 가득한 공기와는 차원이 달랐다. 마치 영혼까지 정화되는 느낌이었다.

"어!"

순간 걸음을 멈춘 루나는 자신을 바라보고 있는 아더와 마주쳤다. 선글라스를 꼈지만 그녀를 보고 있다는 걸 알았다.

쿵쾅쿵쾅.

심장이 미친 듯이 뛰기 시작했다. 두근거리는 게 아니라 정말 몸 밖으로 튀어나올 것만 같았다.

"저기……."

저도 모르게 그를 불렀다. 그의 시선이 완전히 그녀에게 고정이 되어 있었다. 경찰복 차림의 아더는 쉽게 범접할 수 있는 사람이 아니었다. 수많은 정치인들을 만났지만 그들에게서도 느낄 수 없는 아우라가 있었다. 정치인들이 가지고 싶어 하는 통치자의 느낌 말이다.

예전에 한 번 왕세자를 인터뷰한 적이 있었는데, 아더는 그 왕세자보다도 더한 분위기를 가지고 있었다.

"뭘까?"

루나는 혼자 중얼거리며 그에게로 한 발짝 더 다가갔다.

"그 선글라스 좀 벗으면 안돼요?"

"왜지?"

"그냥 무슨 생각을 하는지 알 수 없어서요."

"지금의 내 생각은 별로 들키고 싶지 않은데."

그의 목소리는 잠겨 있었고, 루나는 더 이상의 착각은 사양이었다.

"여자들에게 인기가 많을 것 같아요."

그가 차 문을 열었다.

"없진 않지."

"그렇군요."

그가 차 문을 닫고는 운전석에 올라탔다.

마을까지는 15분 정도의 거리였다. 가는 내내 숨이 막힐 걸 생각하니 답답했다.

"어디가 아픈 거지?"

"심장이 미친 듯이 뛰어서……."

"심장이?"

"혹시 심장 마비가 오지 않을까 해서……."

"하하하……. 가슴이 심하게 뛴다고 심장 마비가 오진 않아."

"얼마나 세차게 뛰는지 알아요?"

"그것 때문에 병원에 간다는 건가?"

"내가 얼마나 지금 심각하게 고민하는 줄 알아요? 처음이라고요. 이렇게 미친 듯이 뛰어 대는 건……."

루나는 저도 모르게 그의 손을 잡아 자신의 가슴 위에 가져다 댔다. 그리고 후회했다. 그의 강인한 손이 그녀의 가슴 위에 닿자 심장이 더 펄쩍 뛰었다.

끼이익!

그가 갑자기 차를 멈추었다. 몸이 앞으로 나가서 안전벨트를 하지 않았다면 튕겨져 나갈 판이었다.

"미쳤어요?"

"……."

"진짜 죽을 뻔했다고요!"

"미친 건 내가 아니야."

얼굴이 선글라스에 가려지긴 했지만 눈썹의 모양과 악문 입이 그가 얼마나 화가 났는지 말해 주고 있었다.

"남자를 이런 식으로 유혹하나?"

아차 하는 생각이 들었다. 이상하게 뛰는 가슴에 집착하다 보니 남자의 손을 잡아서 자신의 가슴 위에 놓았다는 걸 잊고 있었다.

"미안해요. 생각이 짧았어요."

"……."

그가 답이 없자 루나가 고개를 돌려 그를 바라봤다.

"그러니까……."

그가 선글라스를 벗었다. 선글라스 아래로 보았던 그 에메랄드 빛 눈동자가 그녀를 바라보고 있었다. 마치 주술을 걸어 꼼짝 못 하게 하듯 아더는 루나에게 마법을 걸었다.

"난……."

말이 나오지 않았다. 어색한 침묵을 깨고 싶은데 더 이상의 말이 허락되지 않았다. 그가 마치 그녀의 말을 막기라도 하는 것처럼 도저히 입을 뗄 수가 없었다.

"한 가지는 확실히 하지. 시작은 루나가 먼저 한 거야."

"읍!"

그가 양손으로 그녀의 얼굴을 감싸 안고는 그녀의 입술을 삼켜 버렸다. 그의 키스는 그녀의 영혼을 건드리고 있었다. 심장이 터질 듯 뛰기 시작했다. 그동안 했던 수많은 키스들은 지금 그와 나누는 키스와는 차원이 달랐다.

영혼까지 빨아들일 듯 그의 키스는 거칠었다. 숨을 쉴 수 없이 밀어붙였다. 그의 혀가 입술 안으로 들어와 그녀의 입안을 점령하는데도 루나는 저항조차 하지 못했다. 너무 놀라고 너무나 좋았다.

가슴의 유두가 레이스 브래지어에 쓸릴 정도로 단단해지고 팬티 안이 축축해지기 시작했다. 도대체 그녀의 몸에 무슨 일이 일어나는 것일까? 루나는 자연스럽게 그의 혀를 받아들이고 있는 자신의 혀를 느껴 놀라고 있었지만 멈출 수가 없었다.

축축하고 부드러운 그의 혀가 주는 느낌이 그녀를 황홀하게 만들었다. 입술로 그의 혀를 빨고 그의 혀를 자신의 혀로 감싸기를 반복하며 루나는 점점 적극적으로 키스하고 있었다. 예전부터 이렇게 키스를 해 온 것처럼 그와의 키스가 아주 당연하게 느껴졌다.

그와의 키스에 목이 말랐다. 더 깊이 그의 혀를 넣어 주기를 바랐다. 하지만 아더는 뭔가 망설이는 것 같았다. 더 이상은 적극적으로 굴지 않았다. 이제 애가 타는 건 루나였다. 루나는 그의 손길을 기다리는 가슴 위로 아더의 손을 올려놓았다. 아더가 움찔거리며 망설이는 게 느껴졌다.

"제발……."

남자에게 가슴을 만져 달라고 사정하긴 처음이었다. 하지만 그녀의 몸은 지금 용광로처럼 타오르고 있었다. 그의 손길이 필요했다.

"제길!"

그가 욕을 내뱉더니 그녀의 가슴을 움켜쥐었다.

"시작하지 말았어야 했어……."

"아흐……."

그가 만져 주는 가슴이 터질 듯이 부풀어 올랐다. 이렇게 흥분해 보긴 처음이었다. 마치 최음제라도 먹은 것처럼 그녀의 온 신경세포가 그를 향해 열렸다.

"더……."

그녀 스스로 티셔츠를 벗어 버렸다. 그리고 브래지어도 풀어 버렸다. 타오르는 욕망 때문에 루나는 거친 호흡을 내뱉으며 어깨를 들썩였다. 이렇게 강하게 섹스를 원한 건 처음이었다. 그것도 모르는 남자와 말이다.

"헉헉, 참고로 난 이런 적 처음이에요."

"헉헉, 나도 처음이야."

그가 루나의 가슴을 커다란 손으로 잡으며 말했다.

"빨아 줘요."

자신이 원래 이렇게 적극적이었던가? 아무리 생각해 봐도 그녀가 이렇게 섹스에 적극적인 적은 맹세코 한 번도 없었다.

"으윽……."

그가 이를 악물며 참는 소리가 들렸다.

"참지 마요."

"안 돼……."

"제발……."

"당신이 죽을지도 몰라."

"죽어도 좋아요."

섹스를 해서 죽은 사람은 없었다. 하지만 지금은 극도의 쾌감에 죽을지도 모른다는 생각이 들었다.

"내가 죽을지도 모르겠군."

그는 자꾸 알 수 없는 말만 하고 있었다. 하지만 그의 입술이 유두에 닿자 루나는 더 이상 아무런 생각을 할 수가 없었다. 그의 혀가 유륜을 돌려서 핥았고 손은 유방을 거침없이 주무르고 있었다.

"아아앙……."

길가에서, 그것도 대낮에 차 안에서 남자와 섹스라니. 보수적인 교육자 집안에서 자란 루나의 성향상 있을 수 없는 일이었다.

그의 손이 루나의 여성을 향해 내려왔다. 청바지 위로 어루만졌지만 루나의 팬티는 이미 젖을 대로 젖어 있었다. 루나는 저도 모르게 그의 페니스에 손이 갔다. 만져 보고 싶었다. 그녀의 손이 그의 페니스에 닿는 순간 루나의 눈이 커졌다.

죽을 수도 있다는 말의 의미를 알 것 같았다. 거대한 페니스는 위협적으로 솟아 있었다. 하지만 루나는 겁을 먹기보다는 궁금했다. 그의 것이 몸 안으로 들어오면 과연 어떤 느낌일지 말이다. 천국을 맛보게 될지, 지옥의 맛을 느낄지 궁금했다.

"츄읍츄읍."

아더는 그녀의 가슴을 빠느라 정신이 없었다. 마치 처음으로 여자의 가슴을 탐하는 것처럼 그는 급했다. 그의 혀가 가슴을 쓸어내리고 유두를 살짝 이로 물자 루나는 더 이상의 생각을 할 수가 없었다.

"아아아……."

거친 숨소리와 들썩이는 그의 가슴이 그녀의 눈을 스치듯 지나갔다. 그가 몸을 일으킨 것이다. 그가 루나를 내려다봤다. 에메랄드빛 눈동자가 짙은 녹색을 띠고 있었다. 그가 얼마나 강하게 그녀를 원하는지 느낄 수 있었다.

그의 회색빛 머리카락이 빛에 반사가 되었다. 그는 마치 숲의 신처럼 보였다.

그런데 왜 멈춘 것일까? 저렇게 그녀를 원하는 눈빛을 하면서 그는 뭐가 두려운 것일까?

"왜 멈춘 거예요?"

"……."

"혹시 결혼했어요?"

그녀의 말에 그가 웃음을 터트렸다. 이미 섹스할 분위기는 사라졌다.

"아니."

"그런데 왜?"

그가 그녀의 옷을 건넸다.

"아직은 몰라서……."

"뭘요? 다 해 놓고선……."

"하하하, 미안."

그의 말에 루나도 웃었다. 그러면서도 그가 결혼하지 않았다는 말에 안심이 되었다.

"애인은요?"

"현재는 없어."

"그 얼굴, 그 몸에 싱글이라니…… 거짓말."

그는 피식 웃더니 운전대를 잡았다.

"마을로 가는 건가요?"

"의사는 필요치 않을 것 같고. 난 볼일이 좀 있는데, 끝날 때까지 마을에 같이 있었으면 해."

"왜요?"

"루나는 내가 지켜야 하니까."

심장이 쿵하고 떨어지는 소리가 들리는 것 같았다.

"샘은요?"

마음을 들킬까 겁이 난 루나는 샘 핑계를 댔다.

"이브가 잘 지킬 거야."

"음식만 잘하는 게 아닌가 봐요?"

"이 마을 사람들은 제 한 몸은 지킬 줄 알지."

"그럼 살해당한 분은요."

"그건 특별한 일이지. 절대로 일어나서는 안 될 일이었어."

아더의 표정이 어두워졌다.

"범인을 아는군요?"

"……."

아더는 아무 말 없이 마을로 향하고 있었다. 루나는 더 이상은 묻지 않았다. 자꾸 알면 알수록 두려워질 것 같았기 때문이었다.

숲속의 집에 모처럼 손님이 찾아왔다. 아주 못생긴 남자 인간과 예쁘게 생긴 여자였다. 이브는 특별한 감각이 있었다. 남자들의 마음을 읽을 줄 아는 능력이었다. 인디언의 늑대 대학살 사건 이

후에 아더의 처절한 복수가 있었다. 그리고 숲의 늑대들은 자신들의 능력을 다 잃었다. 물론 아더가 가장 많이 잃었지만 그래도 아주 약하게 예전의 능력들이 조금씩은 남아 있는 늑대들이 있었다.

"난 너무 쓸데없는 것만 남아 있어."

아더가 여자를 바라보는 눈빛이 마음에 들지 않았다. 이브는 그에게 매일같이 사랑을 고백했지만 결국은 그의 신부가 될 수 없었다. 그 때문에 여자 늑대들은 오래전부터 아더는 성욕이 없는 지도자라는 결론을 내렸다. 하지만 오늘 본 아더의 눈빛은 뜨거웠다. 여자를 스치듯 보는 눈빛에는 간절함까지 있었다.

"이게 뭐냐고."

그들을 위해 놀랄 정도로 빠르게 음식을 하면서 이브는 말했다.

"뭔가 이상해. 왜 인간 여자에게 그러는 거지?"

아주 오래전 이브는 아더의 짝으로 지목된 여자들 중에 하나였다. 알파가 되기 위해 이브는 다른 여자 늑대들을 하나씩 물리쳤었다. 하지만 마지막까지 남은 그녀 역시 아더의 선택은 받지 못했다. 그래서 그녀는 죽기로 결심을 하고는 숲을 빠져나왔다.

그렇게 도망치던 날 밤, 그녀는 알렌을 만났다. 커다란 덩치의 알렌이 그녀를 잡기 위해 온 것이었다.

"이브……."

그녀는 알렌이 자신을 사랑한다는 걸 알고 있었다. 이브가 아더의 짝으로 지목됐을 때 그가 절망했다는 것 역시.

"알렌, 난 안 갈 거야."

"……."

"날 잡지 말아 줘."

그러나 알렌은 그녀를 붙잡고 끌어안았다. 그 커다란 덩치가 떨고 있었다.

"난 아더에게 널 주지 않을 거야."

"알렌."

"아더에게 말했어. 널 나에게 달라고."

"……."

"넌 이제 아더의 것이 아니라 나의 짝이 될 거야."

그렇게 알렌은 그녀의 입술을 삼켜 버렸다.

그날의 일을 떠올리자 알렌과 다시 한 번 섹스를 하고 싶어졌다. 이브는 알렌을 사랑했다. 하지만 아더를 향한 풀지 못한 욕망도 늘 존재했다.

"나보다 멋진 늑대여야지. 사람은 아니야."

이브는 속으로 구시렁거렸다. 하지만 이브는 알 수 있었다. 아더의 눈동자 안에는 이미 루나라는 여자가 가득하다는 걸 말이다.

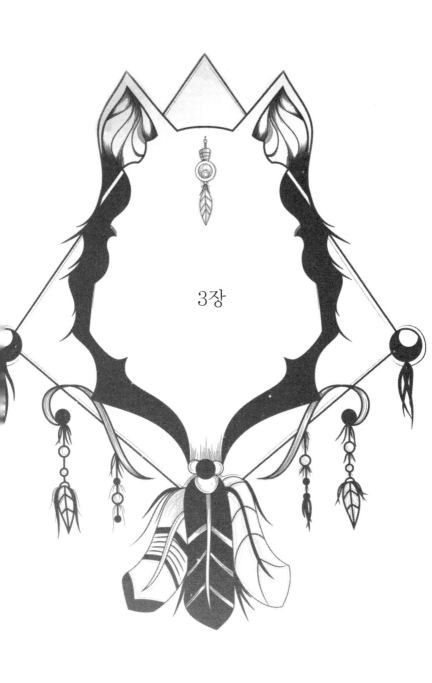

3장

자신의 트레이드마크인 블랙 양복을 입은 미카엘이 검은 머리를 올백으로 넘기고 조지의 의자에 앉아 있었다. 조지는 왠지 그 자리가 미카엘에게 잘 어울린다고 생각했다. 자신도 저렇게 멋지게 생겼다면 블랙의 끝자리에 올랐을까?

　조지는 미카엘을 존경했다. 그리고 그의 모든 걸 사랑했다. 자신이 섬기는 분이었다. 그리고 늑대의 심장을 미카엘이 갖는다면 자신도 세상의 어떤 작은 나라의 왕 하나는 시켜 주지 않을까, 하는 기대도 있었다.

　며칠 전에 조지는 아더를 가까이서 보았다. 그전에도 보았지만 이렇게 가까이서 본 건 확실히 오랜만이었다. 그리고 그의 생각은 조금 바뀌었다. 아더가 미카엘보다 더 왕다웠기 때문이었다. 그레이 울프의 왕인 아더는 숨이 막힐 정도로 멋있는 모습이었다.

그가 정찰 중인 늑대를 죽이고 마을 한가운데 버렸을 때, 아더의 표정은 부하를 잃은 표정이 아닌 가족을 잃은 표정이었다.

그것을 본 조지에게 한 가지 의문이 생겼다. 미카엘도 제가 죽으면 그렇게 슬퍼해 줄까? 미카엘은 그렇지 않을 것 같다는 생각이 강하게 들었다.

미카엘이 오늘 갑자기 자신의 사무실로 온 건 그 사건 때문일 것이다. 미카엘은 아더와 싸움을 원하고 있었지만, 이런 싸움이 아닌 미카엘이 인간의 왕이 되어 아더의 숲을 없애 버리고 난 후의 싸움을 원했다.

미카엘은 인디언과의 전쟁에서 아더가 완전히 이성을 잃어서 그의 능력을 봉인당하는 걸 보았다. 그러니 이번에도 숲속의 늑대들이 살 곳을 잃었을 때 전쟁을 할 생각이었다. 아더가 이성을 잃었을 때 말이다.

조지는 미카엘이 아주 머리가 좋다는 걸 알았다. 그는 절대로 불리한 싸움을 원하지 않았다. 아무래도 오늘은 그가 혼이 날 것 같았다. 아더의 부하를 죽였으니 말이다. 조지는 조용히 혼이 날 준비를 했다.

미카엘의 표정은 그리 좋지 않았다. CBC 본부장에게 루나를 다른 곳으로 보내라고 했지, 아더의 품 안으로 보내라고는 하지 않았다. 루나를 뒤쫓던 그의 부하가 아더의 부하를 죽인 모양인데, 그렇다면 아더 역시 루나의 존재에 대해 알게 될 게 분명했다.

"왜 알아차리지 못했을까?"

"루나의 양부모들이 표식으로 루나를 가렸기 때문입니다."

그의 충신인 조지는 오랫동안 그를 위해 늑대의 피를 가졌다는 여인들을 잡아왔다. 하지만 조지의 추측과는 다르게 그녀들은 모두 평범한 인간들이었다. 그들은 미카엘을 만족시키지 못했다.

뭔가를 하려고 하면 죽어 버리니 쓸모가 없었다. 그래서 미카엘은 아직 독신이었다. 그는 언제나 국민과 결혼을 했다고 말했다. 그래야 편안하니까. 그는 스캔들이 없기로 유명한 정치인이었다. 그만큼 자기 관리가 철저했다.

이게 다 이 나라를 집어삼키기 위한 계략이었다. 그는 참다운 우두머리가 되고 싶었다. 아더같이 나약한 우두머리는 그들을 지킬 수가 없다는 생각이 강한 미카엘이었다. 에드윈이라는 이름을 버린 순간, 그는 더 이상 늑대 소굴의 베타가 아니었다.

아버지는 아더를 형이 아닌 왕으로 받들라고 했고, 어머니는 아더를 형이 아닌 아버지처럼 섬기라 했다. 그의 앞엔 항상 아더가 있었기에 그는 앞으로 나갈 수가 없었다. 어릴 때부터 알파로 자란 아더와 베타로 자란 그는 차이가 날 수밖에 없었다.

아더는 모든 걸 다 갖고 태어난 만큼 평화로운 숲을 원했고, 미카엘은 태어나면서부터 경쟁자가 있었던 만큼 도전적이었다. 그는 피를 흘리는 게 두렵지 않았다.

"겁쟁이 아더."

그는 늘 아더를 겁쟁이 아더라 불렀다.

"루나를 어떻게 할까요?"

"확실한 거야?"

"네, 중국의 소수 민족인 그녀의 친부모는 누군가에 의해 살해됐고, 그녀는 늑대를 숭배하는 사람들에 의해 미국으로 보내진 겁니다."

"루나의 양부모는?"

"그들은 기독교 신자지만 루나를 입양하면서 받은 편지를 읽고 그대로 실행한 것 같습니다. 집 안 곳곳을 12 종류의 동물 피로 적시고 결계를 친 것 같습니다."

"피의 냄새로 혼동을 주었다는 거야?"

"밖에 나갈 땐 전통적인 부적을 몸에 걸었지만 이번에 취재를 가면서 그걸 놓고 간 것 같습니다."

그래서 루나를 만난 그가 냄새를 맡지 못한 것이었다. 진한 암컷의 향기를 말이다. 수컷 늑대 중 우두머리인 알파의 향은 암컷 늑대들을 매료시키는 향이었고, 암컷 늑대 중에 알파의 향은 수컷들을 미치게 만드는 향이었다.

다만 알파는 알파와만 결합을 했기 때문에 다른 수컷 늑대들은 그 향을 맡는 것만으로 만족해야 했다.

"하지만 너의 말을 다 믿는 건 아니야."

"미카엘 님, 이번은 확실합니다."

"지난번에도 그 말을 했었지. 그때도 그럴싸했어. 하는 도중에 찢겨 죽은 여자는 처음이었어. 얼마나 기분이 더러운 줄 알아?"

그때의 일을 생각하며 미카엘은 몸을 부르르 떨었다. 기분이 아주 찝찝했다.

"죄송합니다. 이번엔 진짜입니다."

"언제는 가짜였고?"

조지는 어쩔 줄을 몰라 했다.

"조지, 이번엔 말이야 다른 때와는 달라. 왜냐면 아더의 소굴에 루나가 있기 때문이지. 그전에 알고 잡았어야지."

"죄송합니다."

미카엘은 아더가 루나의 존재를 알았다면 결코 그에게 빼앗기지 않으려 애쓸 거라는 걸 그 누구보다 잘 알았다.

"전설이 사실일까요?"

"글쎄……."

늑대가 사람으로 변할 수 있다는 걸 믿는 사람이 없는 만큼, 늑대 사이의 전설을 믿는 늑대는 그리 많지 않았다.

"그러다가 사실이면……."

"그래서 포기가 안 되는 거야. 조지."

"미카엘 님, 꼭 잡아오도록 하겠습니다."

"아니, 지금은 아더도 루나를 건드리지 못하고 있을 거야. 그러니 동태만 살펴."

"왜죠? 먼저 우리가 데리고 와야……."

이러니 그의 부하들이 하수인 것이었다. 지금 루나가 전설의 여인인지 아닌지 확인을 하려면 그녀와 자야 하는데, 만약 아니라면 그녀는 그냥 죽는 것이었다. 그가 아는 아더는 결코 헛된 죽음을 원하지 않을 것이다. 그러니 아마 입맛만 다시고 살피고 있는 중일 것이다.

"내 말 듣고 지켜만 봐."

"그게 쉽지 않습니다."

"왜?"

"어제 제가 아더의 부하를 죽였기 때문에……."

짝!

조지의 얼굴에 선명하게 손자국이 났다.

"조지, 넌 너무 급해. 그렇게 하면 우리는 아더 손에 죽어. 알아? 아더가 가만히 있어서 그렇지, 넌 아더의 상대가 되지 못해."

"죄송합니다."

미카엘이 조지의 얼굴을 자신의 손으로 쓰다듬었다.

"그는 블랙이 아니야. 순수한 그레이지. 우리가 쉽게 덤빌 수 있는 상대가 아니야. 하지만 루나가 늑대의 피를 가진 여인이고, 내가 루나를 가질 수만 있다면…… 내가 아더를 없앨 수 있어. 그리고 우리는 세상을 갖는 거야. 알겠어?"

"네, 미카엘 님."

똑똑.

"미카엘, 기자분들이 오셨어요."

"알았어요. 엘리샤."

그의 비서인 엘리샤는 아주 미인이었다. 미인 대회 출신의 날씬한 금발이었다. 사람들은 미카엘에게 외모로 보좌진들을 뽑냐고 물어볼 정도로 그들의 외모는 아름다웠다.

인간들은 아름다움에 약했다. 그들은 예쁘면 웬만한 일은 용서해 주었다. 웃기는 집단이었다. 실력으로 살아남는 숲속과는 달랐다. 애쓰지 않아도 아름다우면 편하게 살 수 있는 곳이 인간 세상이었다.

그는 기자들이 있는 접견실로 향했다.

그들은 그의 사진을 찍으며 항상 만족스러워했다. 사진발이 좋다나? 웃기지도 않았다.

"이곳까지 오느라 고생 많으셨습니다."

그는 언제나처럼 인품이 좋은 정치인으로 그들을 맞이했다.

"이번에 출마를 선언하실 거라는 이야기가 파다합니다."

"뭘 그리 급합니까. 커피라도 한 잔씩 하고 천천히 인터뷰하죠. 내가 속에 있는 것까지 다 말해 줄 테니까."

그의 말에 기자들은 하트를 보내고 있었다. 그들이 그에게 유리한 기사를 써 줄 것이란 걸 미카엘은 알고 있었다. 미카엘은 속으로 인간들이 얼마나 한심한가를 생각하며 희미한 미소를 지었다.

경찰서 안의 지하실에선 알렌과 콘라드가 심각한 표정을 지으며 죽은 길버트의 시신을 내려다보고 있었다. 스테인리스로 된 침대 위에 누워 있는 길버트는 늑대와 인간의 중간 형태로 누워 있었다.

싸움이 격렬해지면 거의 괴수처럼 변하는 그들이었다. 보통은 인간의 몸으로 싸워도 괜찮았는데 이번 상대는 인간이 아닌 블랙 울프였다. 한 마리에게 공격당한 게 분명했다.

콘라드는 마을의 모든 의료를 담당하는 의사였다. 그래서 무슨 일이 있으면 모두가 콘라드를 찾곤 했다. 현대 의학을 배운 의사이기도 했지만 콘라드는 가벼운 병을 고치는 능력도 있었다. 목숨을 살릴 정도는 아니었지만 말이다.

"마티나가 상심하겠어."

길버트는 마티나가 아들처럼 기른 늑대였다. 공동 육아를 하는 늑대들은 인간의 모습을 했어도 살아가는 방식은 늑대였다. 그들은 알파를 중심으로 하나가 되었다. 공동 육아에 사냥을 하면 나누어 먹었고 서로를 아꼈다.

"오셨습니까?"

아더의 표정이 굳어 있었다. 알렌은 아더의 옆에서 그를 오랫동안 보좌했지만 어제 오늘처럼 표정 변화를 많이 본 적이 없었다. 그는 언제나 평온했지만 어제 오늘은 몹시 화가 난 얼굴이었다. 옆에서 보기 두려울 정도의 살기까지 느껴지고 있었다.

아더가 이런 반응을 보인다면 전쟁도 할 수 있는 상황이었다.

"발견된 건?"

"보통은 늑대의 모습으로 죽는데 이상하게 길버트는 반은 인간의 상태로 죽었습니다. 상황을 유추하자면 굉장히 빠른 블랙의 공격을 받아 늑대로 변하기 전에 당한 거죠."

"길버트를 혼자 두는 게 아니었어."

"이게 길버트의 운명이라면 받아들여야죠."

알렌은 길버트를 보며 울먹였다. 이럴 때부터 같이 자란 친구였다. 수줍음도 많고 잔병도 많았던 길버트는 다른 건 못해도 발이 굉장히 빨랐다. 늑대의 무리 중에 가장 약한 오메가 계급인 길버트가 마을의 파수꾼으로 임명될 수 있었던 이유였다.

마을을 돌며 순찰하고 무슨 일이 있으면 누구보다 빨리 달려와 알리는 게 길버트의 일이었다.

그런데 길버트가 블랙에게 당했다. 숲의 늑대들은 죽지 않는다. 죽을 수 있는 건 오로지 심장이 먹혔을 때였다.

"그런데 몇 백 년 동안 사람들 사이에 섞여 살던 블랙이 왜 여기에 다시 온 걸까요?"

"찾는 게 있으니까."

"그게 뭐죠?"

"루나."

"루나? 그 여자요? 길버트의 시신을 먼저 발견한?"

아더의 표정이 아주 묘했다. 그리고 길버트에게 가까이 다가섰다.

"심장이 정확하게 뜯겨 나갔어. 어떻게 손을 쓸 수도 없이 그렇게 갔군."

길버트는 앞가슴 부분이 완벽하게 이빨로 뜯겨 나갔다. 놈은 한 번의 망설임도 없이 같은 종족인 길버트를 죽여 버렸다. 이런 희생이 없었다면 블랙이 숲을 염탐했더라도 아더는 그냥 넘어갔을 것이다. 아더는 평화주의자였으니까.

하지만 지금은 달랐다. 옆에 있는 알렌의 털이 설 정도였다.

"콘라드, 길버트의 시신은 조상님들의 품에 가도록 의식을 준비하도록 해."

"네, 아더 님."

"내가 직접 주도하지."

"네."

아더의 눈에서 눈물이 흐르고 있었다.

"내 형제를 이렇게 만든 블랙을 가만히 두지 않겠어."

"도시로 가실 겁니까?"

"아니, 이리로 올 거야. 원하는 걸 손에 쥐지 못했으니까."

"루나는 어떻게 하시려고요."

"내가 지켜."

아더의 눈에서 불꽃이 일었다.

"마을엔 경계령을 내리되, 놈들이 눈치 못 채게 평소처럼 지내도록 해."

"알겠습니다."

아더가 밖으로 나가자 알렌은 길버트의 시신을 추스르는 콘라드를 보며 말했다.

"이번은 쉽게 끝나지 않을 거야."

알렌이 아더가 나간 문을 바라보며 중얼거렸다.

"에드윈이 미카엘이 됐다고 했지?"

콘라드가 블랙의 우두머리인 미카엘에 관해 물었다.

"응."

"아마 이번에 이름이 바뀌지 않을까 싶어."

"뭐라고?"

"헬."

"아주 좋은 이름이네. 진짜 지옥에 가 버렸으면 좋겠어."

길버트의 억울한 영혼을 달래 주고 싶은 마음뿐이었다.

경찰서는 규모가 작았지만 도시의 것과 그리 차이는 없었다. 책상도 전화기도 컴퓨터도 모두 깔끔하게 놓여 있었다. 오전에 조사받을 땐 못 봤지만 창가에 작은 화분들이 아기자기하게 놓여 있었다.

역시 이곳은 창가의 풍경이 너무나 좋았다. 나이가 들어 시골에서 산다면 루나는 이곳에서 살고 싶었다. 아이들이 뛰어 놀 수 있는 넓은 정원이 있는 아름다운 집에서 말이다.

지하로 내려간 아더는 올라올 생각을 하지 않고 있었다.

"꿀단지라도 있는 건가?"

궁금한 마음이 든 루나는 의자에서 일어나 지하로 내려가는 계단 쪽으로 몸을 옮겼다. 그때였다. 경찰서 문을 열고 마티나가 들어왔다. 백발 위로 카우보이모자를 쓰고 청바지와 흰색 셔츠를 입은 마티나는 굉장히 건강해 보였다.

"마티나."

"루나, 아직도 조사가 안 끝난 거야?"

아침에 그녀의 집에서 나오면서 샘이 투덜거렸던 걸 기억한 모양이었다.

"아뇨, 아더의 집에 갔다가 볼일이 있어서 나왔어요."

"아더와 함께 있으면 안전해."

"저야 어디서든 안전해요."

"도시로 가도 위험해. 당분간은 아더 옆에 있어. 절대로 아더와 떨어지면 안 돼."

자꾸 이상한 말들만 했다. 아더는 죽음만 얘기했고, 마티나는 어제부터 계속해서 안전에 관해 말하고 있었다.

"무슨 일이 있는 거죠?"

"……."

"나와 관련된 일인가요?"

"……."

"어릴 때부터 꿈속에 늑대들이 나타났어요. 아주 멋진 늑대들이요. 그들은 나를 데려가려고 했어요. 하지만 누군가 그들을 막아 주었어요. 엄마는 그게 다 목걸이……."

루나는 그때서야 자신의 목에 항상 걸려 있던 목걸이가 없음을 인지했다. 그러고 보니 출발 전에 화장대 위에 놓고 온 것 같았다.

"이걸 하고 있어."

마티나가 그녀의 목걸이와 비슷한 목걸이를 루나에게 주었다.

"사실은 이걸 주려고 왔어."

"이건……."

"이건 행운의 부적이 아니라 목숨의 부적이라고 해 두지."

"……"

"지금 루나는 아주 위험해. 그동안 부모님들의 노력 때문에 잘 살았지만 목걸이를 안 한 결과가 너무 커."

루나는 마티나의 말을 이해할 수가 없었다. 그동안 너무나 평범한 삶을 살았고, 그런 삶이 싫어서 기자라는 직업을 선택한 그녀였다.

그런데 마티나는 그런 그녀가 평범하지 않다고 말하고 있었다.

"마티나, 뭔가 오해를……."

마티나가 그녀의 목에 목걸이를 걸어 주었다. 가죽으로 된 목걸이였다. 메달 대신에 주머니가 달려 있었다.

"향기를 잡아 주는 목걸이지. 벌써 놈들이 냄새를 맡긴 했지만."

"향이요?"

"암컷의 향."

"마티나!"

노골적인 마티나의 말에 루나는 기분이 좋지 않았다. 왜 이 사람이 자신에게 이러는지 알 수 없었지만 목걸이를 하고 나니 뭔가 불안했던 마음이 편안해진 건 사실이었다.

목걸이를 하고 나자 이상하게 그녀의 후각이 미친 듯이 발달하기 시작했다. 뭐랄까? 냄새가 확장된 느낌이랄까? 저도 모르게 콩콩거리는 루나였다.

"이상해요."

"이상한 게 아니라 본능이 깨어나는 거지. 루나의 피에도 우리의 피가 흐르니까."

도통 못 알아들을 말이었다. 그때였다. 너무나 강하고 자극적인 향이 나기 시작했다. 그 향은 그녀의 몸을 뜨겁게 만들었다. 유두가 단단해지고 그녀의 여성이 촉촉해지고 있었다. 눈이 멍해지며 향기가 나는 쪽을 바라보게 됐다.

"나에게 무슨 일이 일어나는 거죠?"

"마티나!"

향이 진하게 나는 쪽에서 아더가 걸어 나왔다.

"어쩐 일이시죠?"

"루나의 목에 걸어 줄 목걸이 때문에……."

"마티나, 아닐 수도 있어요."

"맞을 수도 있죠. 아니라고 단정 짓지 마세요. 눈빛은 벌써 흔들리고 있으니까요."

"마티나……."

"전 이만 갑니다. 목걸이는 꼭 하고 있어요."

마티나가 부드러운 음성으로 그녀에게 경고를 하고 갔다. 루나는 저도 모르게 마티나가 준 목걸이를 잡고 있었다. 마치 동아줄처럼…….

"루나."

그녀를 미치게 하는 향을 풍기는 남자가 낮은 저음으로 그녀를 유혹하듯 불렀다.

"일은 다 끝이 났으니 집으로 돌아갈까?"

"……."

루나는 말없이 고개를 끄덕였다.

그의 지프를 탄 후 마을을 벗어날 때까지 그들 사이에 대화가 없었다. 루나는 자신의 허벅지를 잡으며 숨을 참고 있었다. 어떻게든 이 남자의 향을 맡지 않으려 애를 쓰는 루나였다.

"부모님이 동양분이신가?"

"네, 아기 때 지금의 미국인 부모님께 입양됐죠."

"그렇군."

"하지만 양부모님들이 친부모보다 더 잘 돌봐 주셨어요.

"이곳과 같군."

"네?"

"이곳에선 아기가 태어나면 마을의 여자들이 공동 육아를 하지. 그래야 아기 엄마가 조금은 쉴 수 있으니까."

이곳은 분위기가 따뜻했다. 서로를 위하는 마음도 느낄 수 있었다. 하지만 지금 루나의 머릿속은 옆에 앉은 거구의 남자로 가득했다. 그리고 그녀의 시선은 남자의 허벅지 사이에 가 있었다.

문득 그의 페니스를 보고 싶다는 생각이 들었다. 옷 속에서도 그렇게 거대했는데 만약에 실제로 본다면 어떨지 궁금했다. 루나의 손이 저도 모르게 그의 허벅지로 향했다.

끼이익!

"루나!"

차가 또다시 멈추었다. 이번에는 마을로 가기 전보다 더 으슥한 곳이었다. 하루에 차 한 대도 다니지 않을 것 같은 비포장도로였다.

"나도 내가 왜 이러는지 모르겠어요. 마치 최면에 걸린 것처럼 당신을 원해요. 키스를 안 한다면 죽을 것 같아요."

"루나……."

그의 눈빛이 호박색으로 변하고 있었다.

"날 거부하지 말아 줘요."

루나가 재빠르게 조수석 위에 무릎을 꿇고 앉아 아더의 얼굴을 양손으로 잡고 그의 입술을 삼켰다.

"으읍!"

그녀의 기습적인 공격에 아더는 속수무책으로 당했다. 그녀는 아더의 입술을 물었다. 그리고 그의 입안으로 자신의 혀를 밀어 넣었다. 그는 유난히도 긴 송곳니를 가지고 있었다. 드라큘라보다는 짧고 보통의 인간보다는 긴 그런 모양의 송곳니였다.

하지만 상관없었다. 지금 중요한 건 오로지 키스였기 때문이다. 루나의 혀가 그의 안쪽을 모조리 훑어 내리고 있었다.

그녀의 손이 얼굴을 잡고 있을 동안 아더의 손은 어느새 루나의 가는 허리를 잡고 있었다.

"으으음, 미치게 좋아요……."

"으읍. 그만, 루나……."

그가 거부의 의사를 밝혔지만 그의 손은 그녀의 허리를 타고 올라오고 있었다.

"하아…… 루나……."

거칠어진 호흡 소리가 차 안을 가득 채우고 있었다.

"루나…… 더 이상은 힘들어."

그가 루나를 떼어 놓았다.

"왜죠?"

여전히 무릎을 꿇고 그를 바라보는 채로 루나가 앉아 있었다.

"루나가 죽을 수도 있어."

"왜죠?"

"내 거대한 물건은 나의 짝에겐 극도의 쾌락을 주지만 그렇지 않은 여자들은 죽어."

"섹스를 하다가 죽어요?"

"대부분은 하기도 전에 죽지."

"난 아니에요."

아더가 그녀를 알 수 없는 눈길로 바라보았다. 그리고 커다란 손으로 그녀의 머리카락을 쓸어 넘겨 주었다. 보기와는 다르게 다정한 남자였다.

"나의 짝인가?"

"……."

그가 알 수 없는 말을 했다. 루나가 그에게 엄청나게 끌리는 건 사실이지만 결혼을 생각하진 않았다. 짝이라니? 그 말에 왠지 많은 무게감이 실려 있는 것 같았다.

"짝이라뇨?"

"나의 영혼의 반려. 나의 하나뿐인 짝. 오랜 세월 한 번도 보지 못한 나만의 짝."

"난……."

그가 이렇게 나오니 할 말이 없었다. 단순히 섹스로만 접근하기엔 아더는 신중한 타입이었다.

"너무 무거운 관계는 싫어요. 아직 우리는 서로에 대해서 아무것도 모르는데……."

루나가 기가 죽은 듯 몸을 움츠리며 말하자 아더가 웃기 시작했다.

"나도 강요하는 건 아니야. 아직 나도 루나에 대해 확신이 없거든. 그 확신을 가지려면 희생이 따를 수도 있고. 조금 더 지켜보는 게 좋을 것 같아. 우리가 짝이라면 난 루나를 반드시 차지할 거야."

"내가 마음엔 들어요?"

"응."

그의 짧은 한 마디에 루나는 기분이 좋아졌다.

"우리, 집으로 바로 갈 거예요? 난 다른 곳도 보고 싶은데……."

"……."

그가 차를 출발시켰다. 그녀의 바람대로 그는 자신의 집으로 향하지 않았다. 넓은 초원으로 갈 줄 알았지만 그가 그녀를 데려간 곳은 거대한 숲이었다.

차에서 내린 그는 한참을 말없이 루나의 앞에서 걸었다.

루나의 눈엔 숲이 아니라 아더의 뒷모습만이 가득했다. 루나의 이상형에 차고도 넘치는 남자였다. 루나는 진지한 남자가 좋았다. 정치인들을 만나다 보니 조용하고 진중한 사람이 좋았다. 거기다가 아더는 섹시하기까지 하니 금상첨화였다.

"멋져요."

"……."

아더는 아무 말 없이 걷고 있었지만 그가 미소 지었다에 한 표를 던질 수 있었다.

"와……."

한참을 걷다가 멈춰 선 곳은 거대한 폭포가 있는 곳이었다. 마치 마법사들이 나오는 영화의 한 장면 같은 곳이었다.

"너무 멋진 장소예요."

루나는 저도 모르게 감탄사를 연발했다.

"어릴 적에 놀던 곳이지. 그 오랜 세월이 지나는 동안 이곳은 하나도 변하지 않았어. 그렇게 보면 세월이란 게 자연의 세월에 비하면 아무것도 아닌데……."

"철학자 같은 소리를 하네요."

"지루했군."

"전혀요. 이곳에 이렇게 있으면 저절로 철학자가 될 것 같아요."

루나는 자신의 눈앞에 펼쳐진 거대한 폭포와 그 주변에 늘어선 수많은 나무 그리고 천연 수영장처럼 보이는 계곡물에 완전히 심취해 있었다.

"여기서 수영하면 멋질 것 같아요."

"……."

"안 돼요? 위험한가요?"

"그런 건 아니지만 내가 위험해지지."

"무슨 소리예요? 안 위험하면 같이 수영해요."

루나는 이곳까지 올라오는 동안 온몸이 땀으로 끈적였다. 시원한 바람이 어느 정도 땀을 식혀 주긴 했지만 끈적이는 느낌은 여전했다.

"그럼, 나 혼자 할래요."

루나가 셔츠를 벗고 청바지를 내리자 아더의 표정은 이내 굳어버렸다. 장난기가 발동한 루나는 브래지어와 팬티까지 모조리 벗어 버렸다. 아더는 꼼짝을 하지 않고 그 자리에 서서 그녀를 보고 있었다.

풍덩!

망설임 없이 물속으로 뛰어든 루나였다. 어릴 때 수영을 배우길 잘했다는 생각이 들었다.

푸하!

물속 깊이 들어갔다 나오니 정말 상쾌하고 좋았다.

"너무 끈적였는데 완전 좋아요."

아더가 그녀를 내려다보고 있었다.

"들어와요."

루나가 손짓하자 아더가 바위 위에서 옷을 벗기 시작했다. 루나는 숨을 들이마시며 그의 모습을 바라보았다. 아더가 경찰복 상의를 벗자 강한 그의 근육들이 세상 밖에 모습을 드러냈다. 운동을 많이 했는지 잔 근육들이 온몸을 감싸고 있었다.

그가 바지를 벗는 순간 루나는 마른침을 삼켰다. 루나의 시선은 그의 페니스로 향했다. 은회색의 체모부터 거대한 모습을 드러낸 그의 검은 페니스는 무기와도 같았다. 그가 왜 그런 소리를 했는지 알 것 같았다.

하지만 그의 모습을 본 순간 루나는 가슴이 터질 것 같은 욕망에 사로잡혔다.

풍덩!

그가 커다란 굉음을 내며 물속으로 헤엄쳐 들어왔다.

"어머!"

그리고 잠수를 해서 그녀의 옆으로 다가와 허리를 잡았다.

"놀랐어요."

"……."

루나가 그의 목을 끌어안고 얼굴을 마주했다.

"아주 잘생겼네요."

"식상해."

"그럼 뭐라고 할까요? 아주 섹시해요."

"위험해."

"그런가요? 난 자꾸 당신하고 섹스가 하고 싶어요."

솔직하게 말해 버렸다. 그에겐 숨길 수가 없었다. 몸이 벌써 그를 향해 있었기 때문이었다.

"안 돼."

그의 목소리는 욕망으로 인해 잠겨 있었다.

"당신도 원하면서……."

"……."

그도 숨길 수 없어 보였다. 루나가 그의 허리에 다리를 감았다.

"루나."

"키스해 줘요."

"……."

"내가 하지 뭐."

루나가 그의 얼굴을 잡고는 또다시 키스했다. 자신이 이렇게나 적극적인 여자인 줄은 몰랐었다. 그의 입안에 혀를 밀어 넣고 빨기 시작했다.

그를 본 지 24시간이나 지났나? 하지만 루나는 아더와 함께 있고 싶었다.

그것도 너무나 간절히…….

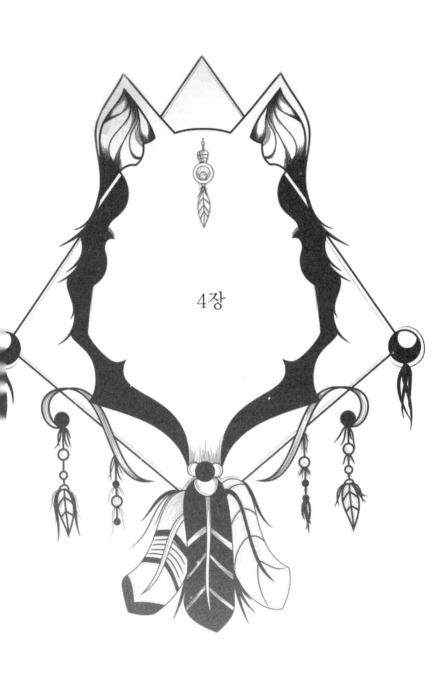

4장

폭포 소리가 아주 요란하게 들리더니 이제는 아무런 소리도 들리지 않았다. 아더의 귀에는 자신의 거친 숨소리와 루나의 흐느낌에 가까운 신음 소리만이 들리고 있었다. 계곡의 시원한 바람과 눈부신 태양이 그들을 지켜보고 있었다.

이렇게 누군가를 절실하게 원해 본 적이 없는 아더였다. 그리고 이렇게 자제하는 것도 처음이었다. 하기 싫어서 안 한 거지, 하지 못해서 안달인 적은 없었다.

"뭐지?"

의아했다. 이 여자를 처음 본 순간부터 왜 이렇게 섹스가 하고 싶어서 안달인 걸까? 너무 오랜 세월을 금욕한 것인가? 수많은 생각들이 그를 힘들게 하고 있었다.

"흐음⋯⋯."

그를 가장 괴롭히는 건 루나의 짙은 향기였다. 숨을 쉴 때마다 그를 취하게 만드는 루나의 향이었다.

"아더⋯⋯ 날 가져요."

매혹덩어리인 루나를 과연 거절할 수 있을까? 루나를 바라보며 아더는 깊은 생각에 빠졌다. 그리고 이내 루나를 거칠게 안아 들었다.

루나를 안아 든 아더는 더 이상은 자신이 참지 못한다는 결론을 내렸다. 그리고 생각했다. 아주 조금만 그녀의 몸에 들어가 보리라고, 그녀가 참지 못하면 더 이상은 하지 않으리라고 다짐을 하며 그는 자신의 입술을 거침없이 혀로 핥고 입술로 빨아 대고 있는 루나를 안고는 밖으로 나왔다.

그는 볕이 가려져 그늘진 바위로 가서 루나를 뉘었다. 바위 위에 누운 알몸의 루나는 그가 상상하던 전설 속의 여인이었다. 인간에게 이렇게 성욕을 느낀 적이 있었나?

순간 아더는 루나가 어쩌면 자신의 짝일 수도 있다는 생각을 했다. 그리고 세상을 가질 수 있는 힘보다는 지금 당장 루나를 가지고 싶은 마음뿐이었다.

"루나⋯⋯."

"어서 와요."

루나가 양팔을 벌리며 그를 맞이했다. 더 이상은 무리였다. 아더는 으르렁거리며 루나의 곁으로 다가섰다. 그런데 문제가 생겼다. 그의 몸이 늑대로 변하려고 하고 있었다. 왜 이럴까? 아마 극도로 흥분한 탓일 것 같았다.

그가 변할 때는 극도로 흥분한 상태로 적을 죽일 때 빼고는 거의 없었다. 생소한 몸의 변화에 아더는 걱정이 되었다. 하지만 루나의 자극적인 몸부림에 그는 루나의 입술에 입을 맞추었다. 좋았다.

발정기의 늑대들이 느끼는 쾌감이 그의 온몸을 덮었다. 루나는 늑대가 아닌 사람이었다. 하지만 루나의 몸을 만지는 순간 아더는 처음으로 이성을 잃을 것 같았다.

여자 늑대들이 아무리 사람으로 변한다고 해도 그에게는 그녀들의 온몸의 털이 느껴졌다. 하지만 루나는 너무나 부드러운 피부를 가지고 있었다. 마치 사냥한 물고기의 매끈함 같은 것이었다.

그는 루나의 몸을 손으로 만지는 대신에 혀로 핥기 시작했다. 늑대의 표현 방식이었다. 호감이 가는 상대를 핥아 주는 것 말이다.

그는 정성을 들여 루나의 머리서부티 발끝까지 모조리 핥기 시작했다. 그녀를 핥으면 핥을수록 아더는 루나가 자신의 것임을 느끼고 있었다.

전설이 아닐 수도 있었다. 말로만 전해지던 그 전설이 어쩌면 사실일 수 있었다. 만약 그 전설이 사실이라면 더더욱 루나를 그의 것으로 만들고 지켜야 했다.

루나에게서 자극적인 향기가 났다. 미칠 것 같았다. 하지만 맛있는 음식일수록 아껴 먹는 법이다. 아더는 서두르지 않았다. 그는 서투른 늑대가 아니었다. 아더의 혀가 루나의 여성을 향했다. 루나의 여성을 본 순간 그는 심장이 터질 듯한 욕망에 사로잡혔다.

"아름다워."

루나의 핑크빛 여성은 루나의 머리카락처럼 갈색 숲으로 덮여 있었다. 그리고 다리를 벌리면 분홍색의 여성이 고개를 들었다. 사람의 것을 보는 건 처음이었다. 아주 매혹적인 느낌이었다. 그는 혀로 여성을 정성스럽게 핥았다.

그러자 루나는 숨이 넘어갈 것 같은 소리를 내며 몸을 들어 올렸다. 활처럼 휜 그녀의 몸은 매혹 그 자체였다.

그는 조금 더 다리를 벌리고 그녀의 여성 사이에 있는 작은 클리토리스를 핥기 시작했다. 그가 몇 번 핥으면 닳아 없어질 것 같았다.

"아더…… 제발……."

그는 결심한 대로 시험을 해 보기로 했다. 그녀의 안에 살짝만 그의 페니스를 넣어 보기로 한 것이다. 그의 이성이 조금이라도 남아 있을 때 시험해야 했다. 아더는 숨을 삼키고 발기한 자신의 페니스를 한 손에 쥐었다. 이것이 들어가면 루나의 몸이 반으로 나뉠 것만 같았다.

그의 선단 끝에는 성물이 고여 있었다. 그녀의 다리를 넓게 벌린 그는 조심스럽게 그녀의 젖은 입구에 자신의 페니스를 가져다 댔다.

샤사샥…….

"으윽!"

"아악!"

그의 페니스가 그녀의 몸 안으로 빨려 들어갔다. 걷잡을 수 없이 빨려 들어가는 통에 뺄 수도 없었다.

그런데 그때 아주 이상한 일이 벌어졌다. 마치 그의 페니스가 그녀의 몸 안에 맞는 사이즈가 된 듯이 그녀의 질과 꼭 맞물렸다.

거기다가 루나는 아는지 모르는지 루나의 질이 그의 페니스를 조이고 있었다. 아더는 더 이상 참을 수가 없어서 허리를 움직이기 시작했다. 확실히 여자 늑대와 사랑을 나눌 때와는 다른 느낌이었지만 어쨌든 루나는 그의 페니스를 잡고 놓아주지 않았다. 마치 암컷처럼…….

"아……윽……."

그가 움직일 때마다 루나의 목이 힘줄이 나올 정도로 뒤로 꺾였다. 고통스러운 게 당연했다. 하지만 묘한 건 루나는 그의 것을 받아 내고 있었다. 죽을 거라면 들어가면서 죽었을 것이다. 루나는 확실히 달랐다.

거기에 루나가 주는 쾌감은 그로 하여금 이성을 잃게 만들었다. 아더가 루나를 안아 들었다. 그들의 연결 부위는 아직 빠질 줄을 모르고 있었다. 그는 루나의 입술에 입을 맞추었다.

"고통스럽나?"

"……."

온몸이 땀으로 범벅이 된 채 루나는 고개를 저었다.

"헉헉, 그러면……?"

"아아아앙, 미칠 것 같아요."

"루나……."

"아흑, 나 안 죽은 거 맞죠?"

루나의 말에 그가 따뜻한 미소를 지었다.

"헉헉헉, 그런 것 같아."

"아더…… 더 깊이……."

루나가 그에게 몸을 밀착하기 시작했다. 아더가 몸을 끝없이 움직이고 있었다. 이렇게 하루를 보낼 수도 있을 것 같았다.

해는 폭포를 넘어가려 했다. 그들의 결합은 숲을 조용하게 만들었다. 새들도 울지 않았고 풀밭의 벌레들도 조용했다. 자신들의 왕을 위해 그들은 숨죽이고 있었다.

"아아아앙……."

폭포 소리와 루나의 신음 소리만이 숲에 울려 퍼졌다.

"아더……."

"힘들어?"

"아뇨."

온몸이 땀으로 범벅이 된 루나였다. 아더 역시 계속해서 허리를 사용하고 있어서 온몸에 땀구멍이 열린 듯 땀을 비오는 것처럼 쏟아 내고 있었다.

"더워요."

아더는 루나의 말이 떨어지기가 무섭게 그녀를 안아 들고는 물속으로 들어갔다. 그들의 결합이 쉽게 풀릴 것 같지 않았기 때문이었다. 차가운 물속에 들어오니 조금은 나은 것 같았다.

"좋아요."

"시원하지?"

"네."

루나가 그에게 안겨 팔로 그의 목을 감고는 꼭 끌어안았다. 그의 몸에 어쩌면 이토록 딱 맞는지, 아더는 너무나 황홀한 느낌이었다. 그녀의 등을 손으로 쓸어내렸다.

"그거 알아요?"

"……."

"당신이 나에게 키스할 때면 당신 털이 자라는 거."

순간 아더는 숨을 멈추었다.

"이빨도 길어지고."

"……."

"눈빛도 달라지고."

"…….

"이상하죠?"

아더는 순간 말문이 막혔다. 자신의 존재에 대해 지금 말해야
하나?

"하지만 당신이 그 무엇이든 난 상관없어요. 미쳤다고 할지 모
르지만 난 당신의 운명의 짝인 게 분명해요."

"……."

그도 그런 생각이 들었다. 그렇지 않고서는 이렇게 황홀할 수가
없었다.

첨벙첨벙.

그가 다시 움직이기 시작했다.

"헉헉, 두렵지 않은가?"

"아……흐……. 하나도 안 두려워요."

"으윽…… 왜지?"

"당신이니까……."

아더는 욕망에 젖어 있는 루나를 바라보았다. 루나와 하는 모든 것이 처음이었다. 물론 그는 암컷들과의 경험이 있었지만 그것 하나 빼고는 모든 게 루나와 처음이었다. 이곳 폭포는 아무나 데려오지 않는 신성한 곳이었다. 그의 추억이 있는 곳이기도 하고 말이다. 그런데 오늘 또 하나의 추억이 생겼다. 인간 여자와 함께.

"헉헉헉……."

"아아아앙……."

아더는 끝을 향해 달리고 있었다. 그의 페니스가 팽창하며 그의 씨앗들을 그녀의 몸 안에 뿌릴 준비를 하고 있었다.

"루나……."

"아더……."

둘 다 숨넘어가는 목소리로 서로의 이름을 부르고 있었다.

"으윽!"

그의 씨앗들이 그녀의 몸 안으로 쏟아져 내렸다. 인간이 늑대의 분신들을 받아들이고 있었다. 신비로운 일이었다.

모든 게 끝이 나고 그의 페니스가 그녀의 봄을 빠져 나오는 순간 루나는 그대로 기절해 버렸다. 아더는 루나를 안아 들고는 시원한 바위에 루나를 누였다. 그리고 루나의 젖은 몸 위로 자신의 옷을 덮어 주었다. 그는 그렇게 나체로 바위 위에 앉아 루나가 일어나기만을 기다렸다.

숲속에 작은 섬광을 일으키는 두 개의 눈이 있었다. 벗은 몸의 남녀가 질펀한 섹스를 벌이고 있었다. 숲은 고요했고 마치 그들의 사랑을 축복이라도 하는 것 같았다.

"믿을 수가 없어."

조지는 살아생전에 볼 수 없을 거라 생각했던 늑대와 인간의 결합을 눈으로 보고 있었다.

"루나……."

그 여기자가 지금 아더와 사랑을 나누고 있었다. 아니, 사랑까지는 아니어도 섹스는 확실하게 하고 있었다.

"그 큰 게 들어간다고?"

조지가 미카엘에게 바쳤던 여자들은 많은 남자들을 상대해 본 사람들이었다. 그러면 미카엘의 것을 받아들일 수 있지 않을까, 라는 생각에서였다.

그런데 지금 그의 눈앞에서 보통 인간이 아더를 받아들이고 있는 것이다.

조지는 눈을 의심하지 않을 수가 없었다. 지금 벌어진 일을 미카엘이 안다면 기절할 일이었다. 루나를 아더가 차지하고 있었다. 그런데 루나는 멀쩡했다. 아더의 검은 그것이 루나의 몸으로 들어가는 걸 조지는 똑똑히 보았다.

"이럴 수가……."

늑대의 피를 가진 여자가 실제로 있었다. 그동안은 미카엘을 속이며 섹스를 잘하는 여자나 사창가의 여자들을 미카엘의 제물로 받쳤다.

많은 남자들을 상대했으니 미카엘의 대물도 상대할 거라 생각했지만 늑대의 것은 역부족이었다.

그런데 더군다나 아더는 알파였다. 미카엘의 대물은 아더의 것에 비하면 아무것도 아니었다. 그런 아더의 것을 루나가 받아 냈다.

"신기한 일이야."

조지는 블랙 늑대 중에서도 가장 빠른 늑대였다. 그를 잡을 수 있는 건 미카엘뿐이었다. 조지는 미카엘이 있는 워싱턴을 향해 뛰기 시작했다. 북아메리카 대륙을 넘나들며 다니는 조지에게 아이다호에서 워싱턴까지는 식은 죽 먹기였다.

워싱턴에 도착한 조지는 미카엘부터 찾았다. 사무실엔 없었으니 그의 집에 있을 게 분명했다.

"조지……."

임마누엘이 그를 불렀다. 임마누엘은 여자 늑대로, 블랙도 그레이도 아닌 잡종이었다.

그런 그녀가 사람으로 변할 수 있었던 건 미카엘을 홀리는 요염함 때문이었다.

미카엘의 연인인 임마누엘은 하루 종일 집에서 빈둥거리며 조지를 놀리는 재미로 살았다.

하지만 지금 조지는 그런 임마누엘의 장단에 맞춰 줄 시간이 없었다.

"미카엘 님은?"

"침대에."

"넌……."

"난 널 보러 나왔지."

옷은 하나도 입지 않고 가운만 걸친 채 소파에 반쯤 누운 자세로 그를 홀리고 있는 임마누엘을 무시하고 조지는 미카엘의 방으로 들어갔다.

임마누엘과 얼마나 질펀한 섹스를 했는지 미카엘은 침대에 엎드려 누워 있었다.

"미카엘 님."

"으으음."

아직 잠에서 깨지 않은 미카엘이었다. 평소 같으면 깨우지 않고 물러나겠지만 오늘은 아니었다.

"으으음…… 왜?"

"루나가 늑대의 피를 가진 여인이란 걸 제가 확인하고 왔습니다."

"으음, 어떻게?"

"아더와 질펀하게 섹스를 하는 걸 봤습니다."

미카엘이 침대에서 벌떡 일어났다. 아더와 섹스를?

"막을 수가 없었습니다."

"그래? 인간처럼 하던가?"

"네."

미카엘의 표정이 아주 묘하게 변하고 있었다.

"임마누엘이 보상해 줄 거다."

조지는 입가에 미소를 지으며 임마누엘이 있는 거실로 향했다. 미카엘은 보상이 확실했다. 오늘은 그가 임마누엘을 가지고 놀 차례였다.

루나는 온몸이 천 근 같았다. 살면서 이렇게 피곤한 적이 있나 싶었다. 폭포 소리가 들리는 것을 보니 꿈은 아닌 모양이었다. 달콤한 과일 향이 코끝을 간질이고 있었다.

"으으음."

눈꺼풀이 떠지지가 않았다. 하지만 루나는 힘을 주어 눈꺼풀을 간신히 들어 올렸다. 그녀의 눈앞엔 과일이 가득 놓여 있었다.

마치 수컷이 암컷에게 잘 보이기 위해 가져다 놓은 것 같아 웃음이 났다.

주변을 둘러보니 아더는 보이지 않았다. 아더의 경찰복만이 그녀의 벗은 몸을 덮어 주고 있었다. 루나는 주변을 살피며 그가 가져다 놓은 과일을 하나 먹었다.

"으음, 맛있네."

복숭아같이 생긴 과일인데 참 맛이 좋았다. 루나는 자신의 옷을 입고는 주변을 두리번거리며 아더를 찾았다. 깜깜한 저녁이라 슬슬 무서웠다.

아무도 없는 숲속이라니……. 어디선가 불쑥 짐승들이 튀어나올 것 같았다. 올 때 보니 곰에 관한 경고문도 있었다.

"아더!"

루나가 불안한 마음에 아더를 불렀다.

"아더, 무섭단 말이에요!"

이번엔 조금 더 큰 목소리로 그를 불렀다.

"어머!"

그때였다. 아더가 담요를 들고 나타났다.

"혼자 두고 가면 어떻게 해요?"

"미안, 추울 것 같아서 담요를 가져오느라……."

아더는 숨에 턱에 찬 듯 헐떡거렸다. 어두운 가운데서도 그는 선글라스를 끼고 있었다.

"왜 자꾸 밤에 선글라스를 껴요?"

처음부터 이상하다고 생각했었다.

"습관."

그는 뭔가를 숨기고 있었다. 눈가에 보기 싫은 상처라도 있는 걸까? 그렇다면 충분히 이해할 수 있었다.

"안 보일 텐데?"

"잘 보이니까 걱정하지 마."

그는 정말 앞이 잘 보이는 것 같았다. 산을 내려오면서도 한 번의 망설임이 없었다.

"진짜네."

루나는 이렇게 말을 하며 그의 뒤를 따랐다.

"샘이 걱정하고 있을 것 같아요."

"그럴까? 아마도 이브와 잘 있을 거야."

"이브는 유부녀예요. 샘에겐 멜라니가 있고."

"그런 뜻이 아니야. 이브는 재미있는 사람이니까 잘 있을 거라고."

그는 의미심장한 한마디를 남기고 앞장서서 가기 시작했다.

그의 지프에 도착한 그들은 아더의 집으로 향했다. 밤이 되니 아더의 집은 거의 보이지 않을 만큼 어두웠다.

"밖엔 조명이 없어요?"

"굳이 나가지 않으니까."

하긴 남자 혼자서 밖에서 무얼 하겠는가?

"폭포 너무 좋았어요."

그녀는 그렇게 말을 하며 아더의 손을 잡았다. 어두워서 무섭기도 했고, 이제 아더는 자신의 연인이라는 생각 때문이기도 했다. 물론 루나 혼자의 생각이긴 하지만.

"우린 연인인가요?"

"……."

집 앞에 거의 도착했을 즈음, 루나가 물었다. 아무래도 불안했기 때문이었다.

"내 영혼의 짝이지."

"……."

그의 답에 루나는 할 말을 잃었다.

"아더, 난 아직 결혼할 생각이 없어요. 우린 한 번 관계를 가졌을 뿐이라고요."

"그럼 많이 관계를 가져야겠군."

할 말이 없게 만드는 아더였다.

"난 사건이 종결되는 대로 촬영장에 합류할 거라고요."

단단히 말해 두는 게 좋을 것 같았다. 집 안에 들어서자 샘과 이브가 사이좋게 앉아서 이야기를 나누고 있었다. 주변에 보니 맥주 캔이 즐비했다.

"이걸 다 마신 거야?"

"어? 우리 루나 왔구나. 사랑하는 루나……."

샘은 완전히 혀가 꼬여 있었다.

"샘, 얼마나 마신 거야."

"샘은 얼마 안 마셨어요. 이거 다 제가 마신 거예요."

이브가 아주 자랑스러운 듯 말했다.

"처음 마셨는데, 인간들은 왜 이런 걸 마실까요? 맛도 없고."

루나는 이브의 화법을 이해할 수가 없었다. 마치 자신은 인간이 아닌 것처럼 말하고 있었다.

"이브, 이만 가 봐. 알렌이 기다릴 거야."

"알렌……."

이브는 이렇게 말을 하며 출구 쪽으로 향했다.

쿵!

술이 취한 건 이브도 마찬가지였다.

"어쩌죠?"

"알렌이 데리고 갈 거야."

아더가 어느새 연락을 했는지 알렌이 금세 집으로 왔다.

"데려가."

"죄송합니다."

"아니야. 맥주를 처음 마셔서 그래. 아무리 약해도 술은 술이니까."

알렌이 이브는 가볍게 안아 들었다.

"아, 알렌……. 내 사랑……."

밖으로 나가면서도 이브의 주사가 이어지고 있었다.

집 안에선 아더가 샘을 가볍게 안아 들고는 샘의 방 안으로 옮겼다.

"샘은요?"

"자."

"나 배고파요."

저녁을 먹지 않은 그들이었다.

"이브가 만들어 놓고 갔을 거야."

정말 그의 말 대로 식탁에는 음식이 한가득이었다.

"이브가 조금 얄밉긴 한데 이런 걸 보면 아주 사랑스럽네요."

루나는 그가 앉으란 소리도 하지 않았는데 자리에 앉아 식었지만 아주 맛있는 스테이크를 먹기 시작했다.

"따뜻하게 데워 줄까?"

"아뇨."

루나는 체력을 너무 많이 소모해서 돌도 씹어 먹을 지경이었다.

"혹시, 마을 축제 때 점집을 하던 노파를 아나요?"

"마티나야."

"아닌데……? 더 늙었던데요?"

"마티나가 맞아. 우리 마을에서 예언자는 마티나 하나뿐이거든."

"마티나가 예언자라고요?"

"그래."

루나는 좀 어리둥절했다. 하긴 오늘 그녀에게 목걸이를 걸어 준 것도 마티나였다.

"마법사 뭐 그런 건가요?"

"어쩌면……."

그는 식사를 하면서 건성으로 대답했다.

"난 궁금하다고요."

"왜?"

그가 포크를 내려놓고 그녀를 보며 물었다.

"그날 나에게 이런 말을 했어요. 순수한 늑대가 늑대의 피를 가진 여인과 사랑에 빠지면 늑대의 심장을 가진 자가 세상을 지배한다고 했나? 뭐 대충 이런 내용이에요."

"순수한 피를 가진 늑대가 늑대의 피를 가진 여인과 사랑에 빠졌을 때 늑대의 심장을 가진 자는 천하를 지배하리니, 세상의 모든 것이 그의 앞에 무릎 꿇으리라."

"어, 맞아요."

"아직 한 번도 일어난 일이 없던 일이라서 다들 그냥 전설이라고 믿었어. 물론 에드윈은 아니었지만."

"에드윈?"

"내 동생이야."

아더의 동생은 어떤 사람일지 상당히 궁금했다.

"그런데 사실이었어."

"뭐가요?"

"전설이."

전설은 어디까지나 이야기에 불과했다. 그걸 다 믿는다면 진짜 미친 짓이었다.

"문제는 전설이 맞다면, 더더욱 에드윈으로부터 루나를 보호를 해야겠지."

"왜요?"

이제 밥맛이 떨어졌다.

"그 전설의 내용엔 끔찍한 것이 숨겨져 있어."

"그게 뭔데요?"

"늑대의 심장."

"그게 뭐요?"

"늑대와 늑대의 피를 가진 신비로운 여인 사이에 아이가 생기면 그 아이의 심장을 가진 자가 천하를 다스린다는 얘기야. 만약에 그 아이가 강하게 자란다면 그 아이가 세상을 지배할 수도 있고."

"……"

"나 같은 평화주의자의 아이라면 그렇게 자랄 것이고, 에드윈처럼 욕심이 많다면 인간 세상을 가만히 두지 않을 거야."

"꼭 늑대인 것처럼 말하네요."

"……"

둘 사이에 어색한 침묵이 흘렀다.

"만약에 내가 그 늑대고 루나가 늑대의 피를 가진 여인이라면?"

"장난해요? 난 평범한 사람이에요. 그리고 내가 입양된 걸 빼면 내 삶은 무난해도 너무 무난해요. 늑대 근처엔 가 본 적도 없다고요."

루나는 슬슬 무서워지기 시작했다.

"나 무서워요."

"루나……"

"난 그냥 평범하게 살다가 사랑하는 남자 만나서 예쁜 딸 낳고 그렇게 행복하고 무난하게 살고 싶어요. 스펙터클한 삶은 체질에 안 맞아요."

아더가 루나를 안타까운 눈으로 바라보고 있었다.

"나와 관계를 맺기 전부터 루나는 나의 짝으로 태어났어."

"아더, 그만해요. 우리의 섹스가 정말 좋았다고 해도 아닌 건 아니에요. 조사가 끝나는 대로 난 여길 떠날 거예요."

루나는 자신의 일을 사랑했다. 시골에서 루나가 할 수 있는 건 아무것도 없었다.

"……."

아더는 답이 없었다. 그리고 자리에서 일어났다.

"아더……."

"생각할 시간이 필요해."

"무슨 생각이요?"

아더는 그녀의 말을 듣지도 않고 밖으로 나가 버렸다.

"무슨 남자가 저래? 붙잡지도 않고."

아더가 나가자마자 루나가 투덜거렸다. 그리고 두려움에 몸을 떨었다. 그의 말이 사실이면 어쩌나 하는 생각이 들었다.

"아닐 거야."

아니어야 했다. 이런 판타지 소설 같은 이야기가 현실일 리가 없었다.

루나는 자신의 방으로 들어가서 문을 꼭 잠갔다. 두려웠기 때문이었다. 온몸에 소름이 돋았다. 아더와 같이 있으면 마음이 편할 것 같았지만 지금은 아니었다. 루나는 그날 밤을 뜬눈으로 지새웠다.

알렌은 술에 취한 이브를 안아 들고는 집으로 향했다. 이브의 향이 그의 코를 자극했다. 덩치가 커다란 알렌은 아더 다음으로 몸이 좋았다. 그는 용사이면서 충직한 신하였다.

바른생활맨인 아더는 고지식한 성격이었다. 그런 아더의 옆에 있다 보니 알렌도 고지식했다. 하지만 알렌의 다른 면은 이브와 함께 있을 때 보여졌다. 침대에 술 취한 이브를 놓고는 그는 자신의 옷을 벗기 시작했다.

"취한 척 그만해."

"……."

그의 말에도 이브는 꿈쩍도 안 하고 있었다.

"이브."

"알았다고요."

이브가 기지개를 켰다.

"언제부터 눈치챘어요?"

"처음부터."

"재미없어라……. 어머!"

눈을 떠 그를 바라보던 이브가 실오라기 하나 걸치지 않은 알렌을 보고는 깜짝 놀라는 반응을 보였다.

"뭐죠?"

"뭐일 것 같아."

"혹시 나와 사랑을 나누고 싶나요?"

"그래."

"어머!"

그가 침대 위로 으르렁거리며 달려들자 이브가 살짝 피했다. 그리고 뭐가 그리 재미있는지 웃었다.

"이브, 난 당신이 다른 남자와 있는 게 미치도록 싫어."

"난 당신이 이렇게 질투하는 게 좋아요."

"이브……."

"날 먹어 봐요."

이브가 자신의 가슴을 그에게 보였다.

"흡!"

그는 호흡을 삼켰다. 숨이 멈추게 섹시한 이브는 그의 아내였다. 어디로 튈지 모르는 이브였지만 알렌은 알았다. 이브가 자신을 많이 사랑한다는 것을.

그들의 밤은 그렇게 진하게 깊어만 갔다.

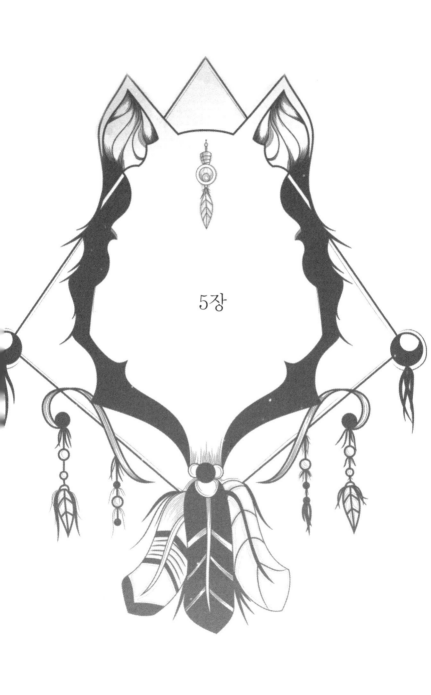

5장

이른 아침 아름다운 새소리에 잠에서 깬 루나였다. 새벽까지 잠을 이루지 못하다가 겨우 잠이 들어서 그런지 눈이 제대로 떠지지 않았다. 온 세상의 피곤이 다 그녀를 덮친 것 같았다.

두둑─

일어나려는데 뼈마디가 두둑거리는 소리를 냈다. 온몸이 매를 맞은 것처럼 아팠고 특히 아랫부분은 불에 덴 것처럼 화끈거리고 있었다. 어제의 일이 떠오르자 루나의 얼굴이 화끈거렸다.

"원나잇을 했어."

처음 보는 남자와 질펀한 섹스를 하다니 믿어지지 않았다.

"어쩌지……."

거기다가 그에게 마음까지 완벽하게 한 세트로 아더에게 빼앗긴 루나였다.

"루나, 일어났어?"

샘이었다. 놀란 루나는 침대에서 펄쩍 뛰었다.

"어."

"아더가 마을에 같이 가야 한다는데?"

"알았어."

루나는 얼른 샤워를 하고 청바지와 티셔츠 차림에 야구 모자와 선글라스를 쓰고 나왔다.

"너무 어려 보이는데?"

"고마워."

선글라스를 낀 건 아더처럼 표정을 숨기기 위함이었다. 오늘도 역시나 아더는 선글라스에 경찰복 차림이었다.

"나가지."

어제의 마을과 오늘의 마을은 뭔가 달랐다.

"뭐지?"

숙연한 분위기의 마을은 길버트를 위로하는 것만 같았다.

"지난번 죽은 사람의 장례식을 하려는 건가?"

하지만 이 마을엔 교회도 없었고 성당도 없었다.

"여긴 사이비 종교를 믿는 마을 아닌가? 예를 들어 부두교나 뭐 그런 거 있잖아."

"……."

샘은 뭐가 그리도 궁금한 게 많은지 쉴 새 없이 말하고 있었지만 루나의 눈길은 아더를 따르고 있었다. 슬픔……. 그게 지금 아더를 표현하는 적당한 말이었다.

마을 사람들이 어디론가 향하고 있었다.

"우리도 가야 하나?"

아무도 그들을 신경 쓰지 않고 있었다.

"가자."

루나는 어제 아더의 말을 확인하고 싶었다. 아더의 말이 맞는다면 저들은 늑대였다. 그건 말이 되지 않으니 저들은 늑대를 섬기는 부족일 수도 있다. 아이다호 주변엔 인디언 마을이 있었으니, 그들도 그 토속 신앙을 믿는 사람들일 수 있다. 정신을 차려야 했다.

"촬영을 해야 하나?"

샘의 말에 루나가 갑자기 동의를 했다.

"빨리 찍어."

지난번 미카엘의 이상한 행동을 담아 내지 못해서 그녀만 바보가 됐던 기억이 있기 때문이었다.

샘은 소형 카메라를 들고 그들의 뒤를 따르며 찍기 시작했다.

마을 사람들은 그리 많지 않았다. 다 해 봐야 30명쯤 되어 보였다. 물론 이게 다는 아니었다. 더 많은 사람들이 있었지만 지금 함께 하는 사람은 그 정도뿐이었다.

마을의 유지들인 듯 근엄해 보이는 사람들만 있었다. 여기엔 그들이 아는 마티나도 있고, 아더도 있다. 하지만 알렌은 없었다. 이브도 없었다.

모인 이들은 대부분 나이들이 지긋해 보이는 사람들이었다. 모두가 회색 머리를 하고 있어서 더 그런 것 같았다.

마을 뒷산에 도달하자 동굴 안으로 길버트의 시신이 들어가고 나머지 사람들은 동굴 밖에서 의식을 올렸다. 모닥불 주위로 빙 둘러선 그들은 루나와 샘이 알지 못하는 언어로 무언가를 같이 말하고 있었다.

낮게 중얼거리고 있었지만 그건 말이라기보다는 짐승의 울음소리에 가까웠다.

"무섭지 않아?"

"약간."

"아더는 저 안에서 뭘 할까?"

"……."

길버트의 시체를 가지고 아더와 다른 두 사람이 같이 들어갔다.

"아……우……."

"뭐지?"

동굴 안에서 늑대의 울부짖는 소리가 들리더니 밖의 사람들이 그 자리에서 무릎을 꿇고 앉았다.

"우리 빨리 내려가자."

샘이 무서운지 내려가자고 했다.

"아니, 더 봐. 뭔가가 있을 거야."

"뭐가?"

"이 마을의 정체."

샘은 두려움을 참으며 카메라로 계속해서 마을 사람들을 찍었다. 사람들은 그들을 의식하지도 않고 마치 집단 최면에 걸린 것처럼 그렇게 무언가를 중얼거리고 있었다.

"불이 나는데?"

동굴 안에서 불이 났고 동물 털이 타는 것 같은 냄새가 그들에게 까지 풍겨 왔다.

"동물 같은 걸 제물로 바치나?"

"그들이 동물일 수도 있지."

"어?"

"아니야."

루나는 믿기 힘든 일이지만 어쩌면 정말로 그들이 인간이 아닐 수도 있다는 생각이 들기 시작했다. 이 마을에 있는 건 지독히도 위험한 일이었다.

"샘, 우리 이곳을 떠나는 게 좋을 것 같아."

"동감이야, 여긴 사이비 마을인가 봐."

의식이 끝이 나기 전에 그들은 마을로 황급히 내려가 자신들의 차를 타고 그대로 촬영지로 향했다. 그들은 범인이 아니었고 범인이라는 증거도 없었다. 이렇게 억류돼 있을 이유가 없었다.

처음엔 궁금해서 있었지만 지금은 아니었다. 아더에 대한 마음이 그저 끌림 이상이 아니길 바라며 루나는 그렇게 울프 마을을 떠났다.

본부장의 입술이 까맣게 타들어 갔다. 미카엘이 루나를 찾고 있었기 때문이었다. 무슨 놈의 변덕이 이렇게 죽 끓듯 하는지, 본부장이고 뭐고 못 해 먹을 노릇이었다.

오늘은 자신의 사무실까지 친히 납시어 사람 속을 뒤집어 놓고 있었다. 특히 조지라는 작자는 완전히 그를 잡아먹을 시선으로 보고 있었다.

"루나를 멀리 보내라고 하셔서 보냈더니 또 왜 그러십니까?"

"그래서 어려운가?"

미카엘은 대선에 출마할 사람이었다. 미카엘과 인터뷰를 잡기 위해 각 방송사가 안달이었다.

"루나와 직접 인터뷰를 하지."

"네?"

"대선 전에. 그리고 대선 후에."

이건 완전히 특종이었다. 미카엘은 온 나라 사람들이 다 좋아하는 인물이었다. 잘생겼지, 카리스마 있지, 거기다가 돈까지 많은 독신이었다. 그는 그야말로 대중의 관심 한가운데 있는 사람이었다.

"아니면 내가 촬영지를 한번 보고 싶기도 하고."

"촬영 장소를요?"

"늑대에 관한 다큐멘터리는 나도 관심이 있어. 늑대들이 북아메리카 대륙 전역에 분포한 적이 있었지. 하지만 인간들의 무차별적인 도륙으로 점차 서식지가 줄어들었어. 난 희귀동물에 관심이 많아. 특히 그레이 울프는 더욱더."

"이렇게 늑대에 관심이 많으실 줄은 몰랐습니다. 하지만 이건 한 달간의 촬영입니다. 그쪽은 핸드폰도 터지지 않습니다. 한 달 후면 돌아올 겁니다. 벌써 일주일이 지났습니다."

본부장은 미카엘을 그렇게 오지로 보낼 수는 없었다. 혹시라도 사고가 발생한다면 그 책임이 전부 자신에게로 돌아오기 때문이었다.

"아니, 내가 직접 가지."

"제가 루나를 데려오는 게 낫겠습니다."

"자네가?"

"네, 네. 암요. 꼭 데려오겠습니다."

직접 가겠다는 미카엘의 말은 네가 가라는 소리보다 무서웠다. 다만 본부장은 촬영 팀의 팀장인 더글러스와는 그리 좋은 관계가 아니었다. 고집이 센 녀석이이라 실력이 좋음에도 불구하고 다큐멘터리만 찍게 했다. 그러다 보니 둘 사이에는 앙금이 생겼고, 그게 지금까지 이어지고 있었다.

"루나만 데려올 수 있다면 나야 좋지."

미카엘이 비릿하게 웃었다. 본부장은 어쩔 수 없이 내일 루나를 데리러 앨로스톤 국립공원으로 가기로 했다.

촬영장은 더없이 평화로웠다. 촬영 팀들은 늑대 무리들의 영역을 침범하지 않으려고 높은 나무에 카메라를 설치하고 그들의 생태를 찍고 있었다.

루나가 보기에 더글러스는 방송계의 아더였다. 회색 턱수염을 기른 더글러스는 늑대들과 친밀하게 지내고 있었다. 늑대의 대장과 함께 그는 초원에 앉아 있을 정도였다.

"늑대들에게 자극을 주면 안 돼. 그들은 우리를 의식하지 않고 편하게 생활해야 하고 우리도 그들을 두려워하면 안 돼. 특히 루나."

"네?"

"무섭다고 소리 지르거나 하면 큰일 날 수 있으니까. 될 수 있으면 혼자서 늑대와 부딪치는 일이 없도록 해."

"네.

다른 사람들은 촬영을 하고, 루나는 작가이자 더글러스의 아내인 카라와 함께 늑대에 관한 이야기를 글로 쓰게 되었다. 그건 다큐멘터리의 내레이션이 되기도 할 것이고 앞으로 촬영을 하는 데 방향을 잡는 길잡이로 쓰일 것이다.

루나는 도망치듯이 이곳으로 와서 하루를 보냈다. 아더를 겪고 나서 늑대를 보니 늑대가 그냥 동물로만 느껴지지는 않았다.

"그거 알아?"

"네?"

멍하게 앉아 늑대를 바라보고 있는 루나에게 카라가 말을 걸었다.

"남자들이 늑대 같으면 여자들은 행복할 거라는 걸."

"네?"

"자연 다큐를 찍으면서 많은 동물들을 보았지만 늑대같이 매력적인 녀석들은 보지 못했어."

루나와 카라의 시선이 늑대들에게로 향했다.

"늑대는 평생 한 마리의 암컷과 사랑을 한다는 말이 있어. 멋있지 않아? 인간은 이혼하고 다른 사람을 만나거나 연애를 하다가 다른 남자를 만날 수 있는데, 늑대들은 자신만의 영원한 짝을 만난다니 부러울 따름이야."

"……."

"영혼의 반려 같은 걸까?"

"……."

"왜 말이 없어?"

"잘 모르겠어서요. 과연 자신의 짝과 평생을 산다는 게 행복한 것인지 말이에요."

"좋지만은 않겠지만 진짜 영혼의 짝이라면 난 보고만 있어도 행복할 것 같아. 아직까지 없어 봐서 모르겠지만."

"더글러스가 있잖아요."

"더글러스는 좋은 사람이지만 영혼의 반려까지는 아니야."

그런 감정을 느끼는 게 행운이라고 생각했는데, 이제 루나는 저주에 가깝다는 생각이 들었다. 루나의 목에는 마티나의 목걸이와 집에서 부모님들이 보내온 그녀의 목걸이가 두 개가 걸려 있었다.

"목걸이를 꼭 하라고 신신당부하셨어. 내가 워싱턴에 잠깐 안 갔으면 어쩔 뻔했니."

"감사해요."

제시는 왜 이 목걸이를 꼭 걸고 다니게 했을까? 뭐가 그렇게 두려운 것이고, 어떤 것으로부터 자신을 지키고자 한 것인지 루나는 알고 싶었다.

"목걸이 디자인이 특이해. 둘 다 인디언들의 주술적인 의미가 강한 것들이거든."

"어떻게 아세요?"

"내가 늑대 마니아니까."

"의미를 아세요?"

"어머니가 주셨다는 목걸이 안에는 12마리의 동물들의 피로 쓴 부적이 있고, 다른 하나는 피가 들어 있고."

"무슨 피요?"

"순수한 늑대의 피."

루나는 짜증이 났다. 도대체 이놈의 늑대 얘기는 언제쯤이면 안 들을 수 있을까?

"언제 철수해요?"

"이달 말에. 왜?"

"그냥요."

루나는 다시 늑대 무리를 보았다. 멋있는 건 인정 안 할 수가 없었다. 하지만 그 이상도 그 이하도 아니었다.

듣기로는 늑대 무리의 대장을 알파라고 했다. 그냥 늑대에서도 알파는 존재했다.

"알파……. 아더……."

루나는 저도 모르게 아더의 이름을 부르고 있었다.

"아더 님……."

"그냥 뒤."

꽁지 빠지게 도망가는 루나와 샘의 차를 보며 아더가 한 말이었다. 루나는 아직 그가 자신의 반려임을 자각하지 못하고 있었다. 자각을 하려면 시간이 필요했다.

"위험할 텐데요."

"……."

알렌이 걱정스러운지 그의 눈치를 살피며 말했지만 아더는 대답하지 않았다. 심장의 피를 끓어오르게 하는 여인을 만났다. 하지만 여인은 블랙의 우두머리인 미카엘의 표적이 되어 있었다.

지켜야 한다. 어떻게 해서든…….

하지만 지금은 길버트의 안식도 중요했다. 그의 형제 길버트가 조상들이 있는 곳에 닿을 수 있게 그는 길버트의 몸을 화장하고 그의 영혼이 조상의 품으로 가길 기도했다.

그리고 몸을 일으켜 루나가 있는 곳으로 향했다. 늑대의 모습으로…….

루나의 향기가 그녀가 어디에 있는지 그를 인도할 것이다.

스네이크강의 동쪽 끝에 앨로스톤 국립공원에서 루나의 향기가 멈추었다.

「아……오……!」

그의 울음소리에 근처의 늑대들이 그에게로 몰려들었다. 그리고 무릎 꿇어 그를 맞이했다.

「루나를 지켜라. 그녀의 향기다.」

루나가 입었던 옷을 들어 그들에게 채취를 맡게 했다.

「블랙 울프들을 막아라. 이건 너희들의 왕의 명령이다.」

아더는 지금 늑대의 모습이었다. 그래야 들키지 않고 루나를 볼 수 있기 때문이었다. 루나는 나무 위에 집을 만들어 놓고 그곳에서 늑대들을 관찰하고 있었다.

「한심하군.」

아더는 루나의 주변을 맴돌며 그녀를 지키고 있었다. 그때였다. 인간 남자 하나가 루나의 곁으로 뭔가를 들고 왔다. 귀를 쫑긋 세운 아더는 그들의 이야기를 듣기 시작했다.

"루나, 커피 마셔."

둘 사이는 굉장히 친밀해 보였다. 아더는 속이 부글대고 있었

155

다. 질투에 눈이 먼 것 같았다.

"고마워. 필립."

필립? 아더의 눈이 필립을 주시했다.

"루나가 이곳에 온다고 해서 너무 좋았어."

"……."

"사실 나 루나에게 관심이 있었거든."

아더는 이빨을 드러내며 루나가 있는 나무를 돌기 시작했다. 놈이 나무 아래로 내려오길 바라고 또 바랐다.

"필립, 난 지금 그럴 마음이 없어요."

루나는 가벼운 농담 정도로 넘어가려는 것 같았다.

"왜? 사귀는 사람이 있어?"

"아뇨."

아니라니. 지금 영혼의 반려가 있는 여자가 아니란 말을 함부로 하고 있다.

「아……오……!」

아더가 미친 듯이 울자 주변의 늑대들이 울기 시작했다. 그러자 놀란 루나가 늑대들을 살피기 시작했다.

"무슨 일이 있나 봐요."

"아무 일도 없어. 그냥 동물들은 아무 때나 울지. 아주 시끄럽게 말이야."

"필립."

"난 지금 동물 따위엔 관심이 없어. 내 관심의 대상은 오로지 루나야. 혹시 샘을 좋아해?"

"아뇨."

"제길, 그럼 뭐가 문제야?"

남자는 이상하리만치 거칠게 말하고 있었다. 뭔가 이상했다. 사람들은 좋아하는 여인에게 저렇게 거칠게 표현하는가? 동물들도 좋아하는 여인에게 그렇게 하지 않는데 이상했다.

아더는 몸을 낮춰 더 가까이 그들에게로 다가갔다.

그들 발밑에 서자 고약한 블랙의 냄새가 그의 코를 찔렀다. 블랙이 인간으로 변한 것이었다. 루나가 위험했다. 늑대 중에는 잠시 인간으로 변할 수 있는 능력이 있는 자가 있다. 반나절 정도까지도 다른 인간의 모습으로 변할 수 있는 자가 있다고 듣기는 했었다.

하지만 이렇게 직접 보게 될 줄이야. 아더는 루나가 위험해질까 두려웠다.

"그냥 가요."

제발 나무 아래로 내려오길 바라고 또 바라는 아더였다.

"싫어. 꼭 대답을 들어야겠어."

"필립, 이 손 놔요."

필립이란 자가 루나의 손을 잡고는 나무 아래로 내려오고 있었다.

"누구 없어요? 읍!"

급기야 루나의 입을 틀어막은 필립이었다. 사람들은 모두 각자의 캠핑카에 가서 잠을 청하고 있었기에 아무도 루나 쪽의 상황을 알지 못했다.

사람들이 안 온다는 건 아더의 모습도 보지 못한다는 얘기도 됐다. 그가 무슨 짓을 해도 그들은 알지 못하는 것이었다.

아더는 내려오는 필립의 다리를 물었다. 우선은 루나와 떨어뜨리는 게 급선무였다.

불행히도 루나도 놀라서 뒤로 넘어졌다. 루나는 너무 놀란 나머지 소리도 못 지르고 있었다.

"악!"

아더에게 물린 필립의 모습이 블랙 늑대로 변했다. 몸을 뒤틀며 변신하는 모습이 괴기스러웠다. 사람처럼 서 있던 다리가 점점 구부러지고 척추도 굽으며 변해 갔다. 저렇게 고통스럽게 변한다니 놀라울 따름이었다.

그가 사람의 모습에서 늑대의 모습이 될 때는 그리 고통스럽지 않은데 말이다.

"아아악!"

그가 늑대임을 확인한 아더는 필립이란 자의 목을 물었다. 그러자 필립이 축 늘어진 채 블랙 늑대로 완벽하게 변했다. 그 모습을 본 루나는 그 자리에서 쓰러져 버렸다. 아더는 블랙의 시체를 치우고 다시 루나에게로 와서 인간의 모습으로 그녀를 안고 그녀의 캠핑카로 향했다.

루나와 필립은 예전부터 서로 알고 있는 사이였다. 그런데 필립이 늑대로 변했다면 아마도 늑대들이 이미 필립을 죽였다는 얘기가 될 것이다.

늑대가 완벽하게 다른 사람으로 변하려면 대상자의 심장을 먹어야 하고, 기억까지 완벽하게 변하려 하면 대상자의 뇌까지 먹어야 한다고 들은 적이 있었다. 그렇지 않고서는 루나도 못 알아볼 정도로 완벽하게 변하진 못할 테니까.

지금의 사건으로 시끄러워질 수도 있다. 게다가 아더는 변신을 했던 탓에 아무것도 입지 않은 채였다. 그런 아더와 루나를 주변의 늑대들이 보호하고 있었다.

아더는 루나의 캠핑카 안으로 들어갔다. 캠핑카는 작았다. 아더는 그 안을 비집고 들어가는 자신이 신기할 따름이었다. 루나를 침대에 누이고 한참을 내려다보다가 그녀의 입술에 살짝 입술을 맞추고는 자리에서 일어났다.

"가지 마요."

돌아서는 그의 손을 루나가 잡았다.

"무서우니까. 가지 마요."

"……."

루나가 울고 있었다. 그녀가 본 것들은 절대로 인간들이 보아서는 안 될 장면들이었다. 아더는 루나의 흐르는 눈물을 닦아 주었다.

"당신이 늑대였군요."

"……."

"난 늑대의 피가 흐르는 여자고……."

"……."

"뭐가 뭔지 모르겠어요."

"쉬……."

그가 루나의 입술을 핥았다. 저도 모르게 늑대의 위로를 하고 있는 아더는 순간 놀라 동작을 멈추었다. 지금은 인간의 모습을 하고 있었다.

"아더……."

"……."

"오늘 밤 나와 같이 있어요."

루나의 말이 무슨 뜻인지 아더는 알았다. 루나는 지금 위로가 필요했다.

아더는 루나의 입술을 삼켰다. 어찌나 부드러운지 온몸의 털이 다 솟는 느낌이었다. 이렇게 걷잡을 수 없이 빠져들다니 믿기지 않았다.

그에게 전설은 그저 전설일 뿐이었다. 살아온 길은 전혀 현실적이지 않았지만 그는 지극히 현실적으로 살고 있었기에 아더 자신 또한 전설이라는 걸 가끔 잊어버리는 경우가 있었다.

"으흠."

그의 혀가 그녀의 입안으로 밀고 들어갔다. 혀끝에 닿는 그녀의 입안의 느낌이 너무나 황홀하고 좋았다.

그녀의 질 안처럼 그녀의 입안은 촉촉했다. 모든 게 자극적인, 아주 위험한 여자였다.

츄읍츄읍.

그들의 타액이 섞이며 혀가 닿는 소리는 묘하게 야릇했다. 그의 손이 루나의 가슴을 잡았다. 역시 극도로 흥분한 루나의 유두는 단단하게 솟아 있었다.

손끝에 닿는 그 단단한 느낌이 너무 좋았다. 뭐라도 싫은 게 있어야 하는데 그런 건 하나도 없었다.

그저 빨고 싶고, 핥고 싶고, 그녀 안에 들어가고 싶은 마음뿐이었다. 이래도 되는 것일까? 그는 태어나서 처음으로 늑대의 부리가 아닌 한 여자만을 바라봤다.

어느새 루나의 옷이 다 벗겨져 있었다. 그가 벗긴 게 아니라 루나 스스로 벗어 던진 것이었다. 좁은 캠핑카 안은 그들의 열기로 가득했다.

"아름다워."

"깜깜해서 하나도 안 보여요."

하지만 늑대의 눈은 달랐다. 어두운 곳에서도 정확하게 사냥감을 볼 수 있었다. 지금처럼 말이다. 루나의 부드러운 곡선이 그의 시선을 사로잡았다.

"눈에서 빛이 나요. 꼭 늑대의 눈같이……."

"……."

그가 인간들을 대할 때 선글라스를 쓰는 이유였다. 에드윈이 미카엘로 살아가면서 들키지 않기 위해 렌즈를 낀다는 소리를 알렌을 통해 들었었다.

"난 아더의 어떤 모습이든 좋아요. 아니, 좋아하게 돼 버렸어요. 나도 이해가 가지 않지만, 그동안 두려워서 피했는데 이제 피하지 않을게요. 날 지켜 줄 사람은 당신뿐이에요. 늑대라고 해야 하나?"

"……."

아더의 귀에는 더 이상의 말은 들리지 않았다. 그녀의 질 안에 자시의 페니스를 넣는 것만 생각했다.

그녀를 가진 이후로 그는 그 생각만 하는 자신을 용서할 수가 없었다. 하지만 생각이란 어떻게 제어할 수 있는 게 아니었다.

그는 하루 종일 매끈한 루나의 몸을 생각하고 또 생각했다. 성스러워야 할 길버트의 의식 중에도 그는 루나를 생각했다. 그녀의 벗은 몸을, 그의 영혼을 삼켜 버린 이 여자의 몸을 말이다. 아더는 루나의 가슴을 혀로 쓸어 올렸다.

"으으응……."

루나의 신음이 그를 더 부채질했다. 그의 손이 그녀의 몸을 어루만졌다.

"으음……. 만지기 아까울 만큼 매끄러워."

"당신도 부드러워요."

그녀의 손이 그의 털을 쓸어내렸다. 그의 몸에 괴물처럼 털이 있는 건 아니었다.

인간 중에 털이 많은 정도의 양이었다. 하지만 그녀의 손이 닿자 그도 매끈한 피부가 부러웠다.

아더는 그녀의 가슴을 빨기 시작했다. 이제 마음이 급했다. 한 번 맛을 본 이상 그는 이제 루나가 아니면 안 된다는 걸 알고 있었다.

그의 페니스가 처음보다 더 격하게 루나를 원하고 있었다.

"루나……."

"아더……."

루나의 질에 손가락을 넣었다. 촉촉하게 젖어 그를 맞이할 준비를 하고 있었다. 그는 조심스레 페니스의 끝을 루나의 질로 가져갔다.

샤라락.

그의 페니스가 기계로 빨려들어 가듯이 강하게 그녀의 질 안으로 들어갔다.

"으으윽."

"아아악!"

루나는 고통의 신음 소리를 냈다. 하지만 이번에도 다친 것 같지는 않았다. 루나는 그의 여인이었다. 늑대의 여인이 그의 아래 있었다.

퍽퍽퍽!

그의 허리가 요란하게 움직이고 있었다. 인간의 섹스와 늑대의 섹스가 합쳐진 아주 묘한 섹스였다. 그래서 더 자극적인 섹스였다.

"으윽, 루나……."

그는 미칠 것 같은 희열을 느끼고 있었다. 하지만 아더는 그 때문에 고통스러울 것 같은 루나가 걱정이 되었다.

"괜찮아?"

"아…… 더 깊이."

루나는 몸을 비틀며 더 해 줄 것을 원하고 있었다.

"아더……."

아더가 더 격하게 움직였다. 그는 더 이상 참지 않고 자신의 욕구를 다 분출하고 있었다. 처음보다 더 좋은 섹스였다.

"아아아앙."

루나가 흐느끼며 그의 가슴을 손으로 쓸어내렸다. 그도 더 이상은 참기 힘이 들었다. 캠핑카는 그가 만들어 낸 열기로 습기가 가득 차 있었다.

"으으윽!"

그가 마지막으로 그녀의 몸 안에 자신의 분신들을 쏟아 냈다. 이번엔 느낌이 달랐다. 아무래도 오늘 루나가 자신의 아이들을 갖게 될 것 같다는 생각이 들었다. 인간의 몸이니 한 명일 수도 있었다.

이제 그는 아이를 지켜야 한다는 생각도 들었다.

"왜 그렇게 조용해요?"

"아니야."

"땀 좀 봐."

"괜찮아."

"불을 켤까요?"

"아니."

그는 불을 켤 필요가 없이 그녀가 잘 보였다. 그리고 지금 땀에 젖은 모습을 별로 보이고 싶지 않았다.

"오늘 옆에 있어 주면 안 돼요?"

"이제 평생을 루나 옆에 있을 거야. 그러니 걱정하지 말고 자."

"혼자서요?"

"여기선 잘 수가 없어."

루나는 그의 말을 이해했다. 캠핑카 안은 둘이 자기에 너무 작았다.

"이제 워싱턴으로 돌아가면 우린 만날 수 없죠?"

"가지 마."

"그래도 부모님껜 인사도 해야 하고 직장도 정리해야 하는데……."

루나는 도시에 미련이 많은 것 같았다. 아무 필요도 없는 것에 연연했다. 하지만 그녀를 키워 준 부모님의 경우는 달랐다.

"부모님은 만나도 좋아. 하지만 나와 함께 가야 해."

"하긴 아더도 소개해 드려야 하니까. 잘됐어요."

루나의 얼굴에 미소가 떠올랐다. 아더는 사랑스런 루나의 얼굴을 작고 가볍게 입을 맞추었다.

"당신은 너무 다정해요."

"……."

"그래서 더 심장이 두근거려요. 그 어떤 사람에게도 이런 느낌은 받아 본 적이 없어요. 당신은요?"

루나의 긴 머리카락을 귀 뒤로 넘기며 그는 다시 루나의 입에 길고 긴 키스를 했다. 그게 그의 대답이었다. 그만의 여자가 루나였다.

그의 아이들의 어머니이자 모든 늑대들의 알파인 암컷이 되는 것이었다.

아더는 알았다. 루나가 그 어떤 늑대보다도 알파의 자리를 빛나게 할 거라는 걸 말이다.

"어서 자."

그는 루나가 잠이 들 때까지 그녀의 곁을 지켰다. 그녀의 숨소리가 규칙적이 되자 그는 캠핑카에서 나와 늑대의 모습이 되었다.

「필립의 진짜 시체를 찾아.」

그들은 숲을 뒤져 죽은 필립의 시체를 찾았다.

「강에 버려. 인간들이 찾지 못하게. 만약에 인간들이 심장이 뜯긴 채 죽은 필립을 본다면 우리 늑대들은 그들의 적이 될 테니까.」

늑대들이 그의 말대로 깊은 강가로 필립의 시체를 가져가 처리했다.

인간들이 발견하지 못하게 말이다. 대신 검은 늑대의 시체를 근처에 놓았다. 이건 블랙에게 아더가 보내는 경고의 메시지였다.

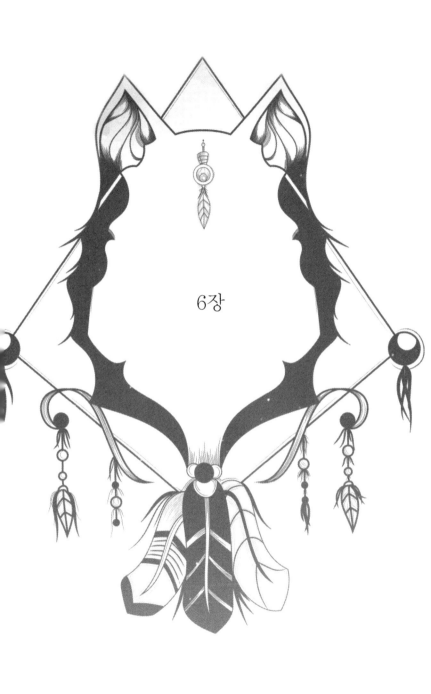

6장

눈부신 아침이었다. 캠핑카의 커튼 사이로 밝은 햇살이 들어오고 있었다.

"으으윽!"

기지개를 켜며 일어난 루나는 캠핑카 안이 난장판이 된 것을 보고도 미소 지었다. 아더의 흔적이었기 때문이었다.

"아더……."

새소리도 들리고 모처럼 편안한 밤을 보낸 루나였다. 하지만 평화로웠던 루나와는 다르게 밖은 어수선했다.

쾅쾅쾅!

"루나!"

샘의 목소리였다. 루나는 대충 가운을 걸치고 나갔다.

"좋은 아침이야."

"좋은 아침은. 다들 난리가 났는데……."

루나는 혹시나 아더의 존재가 발각된 게 아닌가 걱정되었다.

"왜?"

"어젯밤에 필립이 사라졌어."

그녀가 본 건 필립이 아니라 검은 늑대였다.

"그리고 검은 늑대도 죽어 있고. 불길해."

루나의 표정의 굳어 갔다.

"필립은 어딘가에 있을 거야. 숲에 들어가서 길을 잃었을 수도 있고."

"그런데 루나……. 이리 와 봐."

샘이 그녀의 손을 잡고 캠핑카 안으로 들어갔다.

"왜?"

"이건 필립과는 관계없는 얘긴데 이상해서……."

"뭔데 그래?"

"우리가 길버트라는 남자 장례식 찍었잖아?"

샘의 얼굴이 묘하게 변했다. 눈동자가 흔들리며 두려움을 말하고 있었다.

"찌지직거리며 없어졌어. 그냥 날아가 버렸어."

"내가 올리버랑 있을 때 미카엘을 찍었다고 했잖아. 그때도 그랬어."

"뭐지? 난 좀 등골이 오싹한 기분이야."

"나도 그랬어. 아무도 믿어 주지 않을 땐 너무 답답했고, 내가 잘못 본 건 아닌가? 하고 생각하기도 했어."

"어떻게 하지?"

길버트의 죽음은 안타깝지만 그녀와는 관계가 없는 일이었다. 하지만 필립의 문제는 달랐다.

"지금은 필립을 찾는 게 더 문제일 것 같아."

캠핑카에서 샘이 나간 뒤 서둘러 준비를 마친 루나는 필립을 찾기 위해 캠핑카를 나왔다. 그런데 그녀를 기다리고 있는 건 뜻밖에도 본부장이었다.

본부장은 루나를 보자마자 아주 반갑게 손을 흔들었다. 루나는 속으로 본부장이 뭔가를 잘못 먹었다고 생각했다.

"본부장님."

루나가 인사하기가 무섭게 본부장이 루나의 손을 잡아끌었다.

"루나, 빨리 짐 챙겨."

"네?"

"워싱턴으로 복귀해."

"네?"

"놀란 토끼 눈 하지 말고 빨리."

루나는 어떻게 해야 할지 몰랐다. 아더와 의논을 해야 하는데 아더는 그녀의 눈에 보이지 않았다. 그가 찾아오지 않는 한 연락할 방법도 없었다.

"상황은 가면서 말해 줄 테니까."

"하지만……."

"하지만이 어디에 있어? 어서."

본부장이 너무 서두르는 바람에 루나는 서둘러 짐을 챙겼다. 그리고 떠나기 전에 샘에게 말했다. 혹시 아더가 오면 갑자기 워싱턴으로 가게 됐다고, 꼭 돌아올 거라고 말해 주라고 신신당부를 하고 떠났다.

"본부장님, 왜 그렇게 서두르세요?"

"미카엘이 인터뷰를 해 준대."

"뭐요?"

"대선 전에 한 번, 대선 후에 한 번. 이렇게 두 번을 우리랑 단독으로 한다고 했어. 거기다가 루나가 인터뷰를 직접 하기로 하고."

루나는 어리둥절했다. 그녀를 적대하던 미카엘이 갑자기 왜? 루나는 이해할 수가 없었다.

"왜요?"

"이럴 땐 그저 '네.' 라고 대답하는 거야."

본부장은 알지 못했다. 미카엘의 이중적인 모습을. 그가 얼마나 사악하게 여자를 죽였는지 말이다.

"언제 인터뷰하실 건데요?"

"루나를 데려오는 즉시 한다고 했어."

왠지 의심이 가는 대목이었다. 그녀가 떠나가 전에 그렇게 악독하게 굴더니 왜 그녀와 인터뷰를 한다는 건지 말이다.

"왜요?"

"루나!"

루나는 의문이 많이 생겼다. 올리버가 사라지던 날의 기억이 떠올랐다.

"저랑 카메라맨만 보내시는 건가요?"

루나가 걱정스럽게 물었다. 그때도 둘이었기 때문이었다.

"뭐 메이크업 팀이랑 조명 팀이랑 해서 보낼 거야. 이번 취재는 신경을 좀 써야지."

본부장의 검은 속이 보였다. 뭐든 시청률만 오른다면 오케이 할 인간이었다.

"더 원하는 거 있어?"

"경찰이요. 경호 팀이나."

"왜?"

"올리버 일도 있고 해서요."

"올리버는 자살이야."

본부장은 올리버의 일을 그냥 덮고 싶은 모양이었다. 죽은 올리버만 불쌍하게 되었다. 루나는 창가만 보며 워싱턴까지 왔다.

집으로 돌아오자 제시가 그녀를 꼭 안아 주었다. 그동안 걱정을 많이 했던 모양이었다. 스티븐은 아직 집에 돌아오지 않았고 집은 언제나처럼 조용했다.

"걱정했어. 목걸이는?"

제시가 먼저 물은 건 목걸이의 착용 여부였다.

"여기."

"하…… 다행이다."

얼마나 걱정을 많이 했는지 제시는 울기까지 했다.

"엄마, 괜찮아."

"내가 안 괜찮아."

제시가 그녀를 얼마나 사랑하는지 알았다.

"엄마, 내가 묻고 싶은 게 있는데 이 목걸이는 도대체 왜 차는 거야?"

그동안 가장 궁금했던 일을 제시에게 물었다. 목걸이의 착용 여부가 뭐가 그리 중요한지 말이다.

"……."

"늑대와 관계가 있어?"

제시의 표정이 루나가 보기에도 안쓰러울 정도로 흔들리고 있었다.

"루나."

"언제부터 안 거야? 내 몸에 늑대의 피가 흐른다는 걸?"

처음으로 제시에게 물었다. 제시는 울음을 터트리고 말았다.

"엄마."

"엄마에게 아주 친한 친구가 있었어. 중국에 유학을 갔을 때 만났는데, 우리는 둘도 없는 친구였어. 비밀이란 하나도 없었지. 네 엄마는 자신에게 비밀이 있다고 했어. 자신의 몸에 늑대의 피가 흐르고 있고, 그 때문에 그들이 자신을 쫓는다고 말이야."

"……."

"그리고 이 목걸이는 너의 엄마가 하던 목걸이야. 난 너희 엄마의 말을 믿지 않았어. 그냥 동양에서 내려오는 전설이라고 생각했어. 그러던 어느 날 엄마와 내가 동시에 납치가 되었어. 늑대들이 냄새를 맡았기 때문이지."

"……."

"네 엄마를 납치해야 하는데 같은 방을 쓰던 날 납치한 거지."

이야기가 이상한 방향으로 흘러가고 있었다.

"그들 중에 보스로 보이는 자가 날 덮치려고 했고, 그때 네 엄마가 날 구해 주고 대신 그에게 당했어. 그리고 나에게서 사라져 버렸어."

제시는 그게 엄마를 본 마지막이라고 했다. 그리고 몇 년의 시간이 흘러 세 살이 된 루나가 그녀의 집으로 보내졌고, 내용을 누구보다 잘 아는 제시가 루나를 지키기로 마음을 먹었다고 했다.

"엄마……."

"난 그 늑대들로부터 너를 지켜야 할 의무가 있어."

제시를 위해 자신을 희생한 친구를 위한 마음이 절절했다.

"너무 미안해하지 말아요."

12시가 지나도 스티븐이 돌아올 생각을 하지 않고 있었다.

"엄마, 아빠한테 전화해 봐."

"통화가 안 되네. 이런 적이 한 번도 없었는데……."

뭔가 느낌이 좋지 않았다.

"경찰에 연락할까?"

Errrrrrr—

뭔가 이상했다. 제시보다 루나의 동작이 빨랐다.

"여보세요?"

[차 보냈으니까 나와.]

미카엘의 목소리가 분명했다.

"미카엘이죠?"

[빨리 나오는 게 좋을 거야. 아무에게도 말하지 말고 나와. 그래

야 스티븐이 안전해.]

"아빠는 무사한 거야?"

전화기 너머로 남자의 신음 소리가 들렸다. 아빠란 뜻이었다.

"아빠!"

[더 이상 맞으면 죽을지도 몰라. '

상대방이 전화를 일방적으로 끊었다. 루나는 속이 타들어 가고
있었다.

빵!

미카엘이 보낸 차였다. 아주 속전속결이었다.

"루나야, 가지 마."

엄마는 루나가 당할 일들을 알기에 눈물을 흘리며 막아섰다.

"아빠를 죽게 둘 순 없어."

엄마의 손을 뿌리치며 루나는 집을 나섰다.

"루나야……."

엄마가 울부짖는 소리를 들었지만 루나도 어쩔 수가 없었다. 루
나는 고급 세단에 몸을 싣고 아빠가 있는 곳으로 향했다.

루나가 간 곳은 뜻밖의 장소였다. 미카엘이 사는 집이었다. 워
싱턴 시내의 집은 빌딩처럼 큰 건물이었다. 5층짜리 건물이 그의
집이었다. 집 안은 화려했다. 그의 사무실이 아닌 집에 온 건 처음
이었다. 소파에 어떤 여자가 거의 나체로 누워 있었다.

"임마누엘, 당장 들어가!"

미카엘의 호통에 임마누엘이라는 여자가 혀를 내밀더니 방으로 들어갔다. 그녀의 혀는 일반인의 혀가 아니었다. 루나는 마티나가 준 목걸이를 한 후부터는 이상하게 향에 민감해졌다. 그녀는 이 집에서 숲속에서 맡았던 늑대의 향을 느끼고 있었다.

"늑대……."

루나는 조그맣게 중얼거렸다.

"환영합니다. 루나."

미카엘이 양팔을 벌려 루나를 환영했다. 검은 머리의 미카엘은 아더가 말한 블랙 울프였다.

"아빠는 어디 있지?"

"성격이 급하군."

루나가 주변을 두리번거렸다.

"우선 와인 한잔 하지."

"싫어."

"나의 충직한 늑대의 죽음을 슬퍼해야지."

필립으로 변했던 늑대에 대한 이야긴 것 같았다.

"당신의 부하는 어설펐어."

"맞아. 조지를 보냈으면 바로 데려올 수 있었는데. 아까운 부하 하나만 잃었어."

전혀 슬픈 표정이 아니었다. 아더가 길버트를 잃었을 때의 표정과는 많이 달랐다. 미카엘에게는 자비라는 게 존재하지 않는 것 같았다.

"악마!"

"난 악마가 아니라 늑대야. 그리고 이제 너희 인간들을 다스릴 지배자지. 넌 나의 사랑스런 알파가 될 거고."

미카엘이 말한 알파라는 건 그의 여인을 의미하는 것 같았다.

"미쳤군."

"아더는 잊어."

아더라는 말을 할 때 미카엘의 눈썹이 파르르 떨렸다.

"아더와는 무슨 관계지?"

"내 얘길 안 했나? 그들은 날 에드윈이라고 부르기도 하지. 인간 세상으로 나오면서 이름을 바꿨어."

아더의 동생이 미카엘이었다. 하지만 오히려 미카엘은 50대로 보였고 아더는 30대로 보였다.

"내가 정치를 하려고 조금 더 늙어 보이게 했지. 뭐 원래 나이는 몇 살인지도 모를 만큼 많이 먹었고."

"아빠한테로 데려가 줘. 벌써 죽인 거 아니야?"

"아니."

미키엘이 고개를 격하게 흔들었다.

"난 아무나 죽이지 않아. 더구나 골치 아프게 구는 사람들은 더 그렇지. 그리고 받아 낼 게 있을 경우엔 더더욱 죽일 이유가 없지."

"아빠!"

루나가 소리를 질렀다. 하지만 아무도 그녀를 도와주지 않았다.

"조지, 소원대로 그에게 데려다줘."

"네, 미카엘 님."

조지라는 남자는 낯이 익었다. 지난번에도 본 남자였다.

"당신도 살해 현장에 있었지?"

"……."

"그 금발 여자 말이야."

"……."

아무리 사람이 아니라도 너무 잔인했다. 그들에겐 자비란 없었다. 아버지도 심장을 빼앗긴 게 아닌가 걱정이 되었다. 지하로 내려가는 계단이 꽤 길었다. 그냥 한 층만 내려가는 게 아니라 적어도 지하 3층으로 내려가는 것 같았다.

이곳에 갇히면 무슨 일이 일어나는지 알 수가 없을 것 같았다. 모든 게 강철로 되어 있는 곳이었다. 단 하나, 바닥은 타일이었다. 물청소가 쉽게 되어 있는 곳이었다. 마치 수술실과 같은 공간이었다.

"아빠!"

루나는 아빠를 부르며 이 방 저 방을 기웃거렸다.

"진정하지? 어차피 아버지 앞에 데려다줄 테니."

가장 끝 방에 루나가 도착했을 땐 지독한 피비린내가 사방에 진동하고 있었다. 문을 열기가 두려웠다. 그 안에 있을 아빠의 상태를 확인하는 게 몹시 두려웠다.

"문을 열어 줄까?"

조지가 아주 얄밉게 그녀에게 속삭였다. 루나는 이를 악물고 문을 열었다. 빨리 아빠를 구해 내야 한다는 생각뿐이었다.

안은 처참했다. 바닥에서 겨우 숨만 쉬고 있는 아버지의 옷은 온통 붉은색이었다.

"아빠!"

"숨은 붙어 있어."

"도대체 왜?"

"우리를 방해했거든."

"아빠는 몰라."

"그런 넌 안다는 소린데?"

조지의 눈이 번뜩이고 있었다.

"아빠는 돌려보내 줘. 어차피 너희들이 원하는 건 나니까."

루나가 아빠를 안아 일으키려 했지만 축 처져 있는 아빠를 들

힘은 없었다.

"조지, 장난 그만하고 모셔다 드려. 그리고 루나를 화나게 하지 마."

"네, 미카엘 님."

루나는 두 눈을 감고 심호흡을 했다. 아빠의 피 냄새가 코 속에서 진동을 했다.

"아빠가 죽으면 당신은 아무것도 얻지 못해."

"스티븐이 과다 출혈이긴 하지만 수혈만 받으면 이상 없어. 장기도 멀쩡하고 뼈도 부러지지 않았거든."

"어떻게 확신하지?"

"난 아더와 마찬가지로 그걸 아는 능력이 있지."

아더란 이름을 듣는 순간 루나의 눈에는 눈물이 차올랐다. 그 이름이 이렇게 그리울 줄은 몰랐었다.

"날 어쩔 셈이야?"

"가져야지."

"난 이미 아더의 여자야."

"관계없어. 널 먼저 갖는 게 중요한 게 아니라 널 임신시키는 게 중요하니까."

블랙 울프가 아이의 심장을 갖게 되면 그가 세상을 지배한다고 했다. 아더의 아이가 태어난다면 그는 자신처럼 늑대들의 왕으로 키울 거라고 했다. 하지만 만약에 블랙 울프의 아이가 태어난다면 미카엘은 아이의 심장을 먹어서 자신이 세상을 지배할 거라고 했다.

"안 돼!"

그녀는 아더의 여자였다. 그리고 아이도 아더의 아이여야 했다.

"안 된다고 말하기에는 너무 늦었어."

미카엘이 그녀를 빠르게 안아 들었다. 그들의 속도는 눈 깜짝할 사이보다도 빨랐다. 그녀를 안은 미카엘은 침대가 있는 방 안에 그녀를 데려다 놓았다. 그리고 놀랍게도 사람들이 침대 주변에 둘러 있었다.

아주 익숙한 장면이었다. 지난번의 여자가 죽었을 때의 모습 그대로였다. 순간 루나는 공포에 휩싸였다. 지금까지 아빠를 걱정했다면 이제부터는 그녀 자신을 걱정해야 했다.

"뭐 하는 거야?"

"의식을 하는 거지."

"무슨 의식?"

"아기가 잘 생기게 해 달라는 의식."

주변을 둘러싸고 있는 사람들은 길버트의 장례식에서처럼 뭐라고 중얼거리고 있었다. 루나의 귀엔 아주 저음의 울음소리로 들렸다.

어느새 루나는 침대에 묶여 있었다.

"싫어!"

그녀가 아무리 울부짖어도 사람들은 들은 척도 하지 않았다. 그녀의 바지가 벗겨지고 속옷마저 벗겨졌다. 상의는 그대로 둔 채 미카엘은 바지만 내리고 그녀 앞에 섰다. 뱀처럼 꿈틀거리는 그의 페니스는 정말 무서웠다.

"아더!"

아더의 이름을 부르짖었다. 하지만 어디에도 아더의 모습은 없었다.

"제발…… 아더…….”

루나는 흐느껴 울었다. 미카엘이 다가와 자신의 페니스를 그녀의 질에 넣을 준비를 했다.

"안 된다고! 싫어!"

강하게 몸을 흔들었다. 하지만 미카엘의 힘엔 상대가 되지 않았다. 그는 루나의 다리를 벌려 고정하고 그녀를 꼼짝 못 하게 만들었다.

"아더…….”

"입 다물어. 안 그러면 너의 입도 막아 버릴 테니까."

그가 점점 더 다가와 질 입구에 자신의 페니스를 댔다. 아더의 페니스를 빨아들이던 그녀의 질이었다. 루나는 미카엘의 것을 받아들이기가 싫었다.

"제발……."

팟! 파밧!

"윽!"

소리에 놀란 루나가 자신의 아래를 내려다보았다. 바닥에 미카엘이 뒹굴고 있었다. 재빠르게 일어난 미카엘은 다시 그녀를 향해 달려들고 있었다.

퍽!

이번엔 더 멀리 그가 나가떨어졌다. 주문을 외우던 사람들도 놀랐는지 방 안은 갑자기 찬물을 끼얹은 듯 조용했다. 미카엘이 몇 번이고 그녀를 향해 달려들었고, 루나는 보이지 않는 힘으로부터 보호를 받고 있는 것 같았다.

"아더……."

그는 아더가 무언가 힘을 써서 그녀를 보호해 준다고 생각했다. 하지만 그게 아니었다.

"미카엘 님."

그중 하나가 미카엘의 이름을 불렀다.

"그만하시죠."

남자가 루나에게 다시 달려들려던 미카엘을 잡았다.

"뭐? 네가 뭔데?"

"이분은 아이를 가지셨습니다."

미카엘의 표정이 굳어졌다.

"늑대의 아이는 하늘의 보호를 받습니다. 이분이 원치 않으시면 절대로……."

"닥쳐! 나도 아니까 그만해."

미카엘이 달려드느라 헝클어진 머리를 떨리는 손으로 쓸어 넘겼다. 그리고는 아무 일도 없었다는 듯 표정을 바꾸었다.

"임신? 어차피 잘됐어. 꿩 먹고 알 먹으면 되는 거지. 그래, 내 아이의 심장을 먹는 것보다 아더 아이의 심장이 더 나을 수도 있지."

"이 살인자!"

루나가 소리를 질렀다.

"당장 저년을 지하에 가둬."

루나는 지하의 감옥에 갇혔다. 하지만 이젠 두렵지 않았다. 그녀 안에 아더의 자식이 자라고 있었기 때문이었다. 아이가 태어날 때까진 아무도 그녀를 건드리지 못할 거란 걸 알게 되었다. 아이는 귀한 존재였고, 아이가 태어날 때까지 열 달이란 시간이 있었다.

반드시 아더가 구하러 올 것이다.

지하 감옥은 침대와 그녀가 쓸 수 있는 작은 화장실뿐이었다.

아무것도 없었다. 임산부가 이런 곳에서 지내면 병에 걸릴 것 같아 걱정이었다. 하지만 그런 걱정도 잠시 그녀는 호텔 방 같은 미카엘의 게스트 룸으로 바로 이동을 했다.

아마 아기 때문에 배려를 해 준 것 같았다. 그녀의 고생으로 아이가 죽어서 태어나면 안 되니까 말이다.

"아가야."

루나는 자신의 배를 어루만졌다. 아직은 평평해서 아기가 있는지 없는지 알 수 없을 정도였다. 그리고 소파에 몸을 웅크리고 앉아서 울기 시작했다. 아더가 이 사실을 안다면 얼마나 기뻐할까 생각하니 마음이 아팠다.

"아가야, 엄마를 지켜 줘."

그때였다. 누군가 방문을 세게 열고는 안으로 들어왔다. 들어올 때 보았던 임마누엘이라는 미녀였다.

"이거!"

여자가 신경질적으로 쟁반을 내려놓았다. 그리고 팔짱을 끼고는 그녀를 내려다보았다.

"나한테 왜 이래요?"

"몰라서 물어? 난 생기지 않는데 넌 가졌으니까."

임마누엘은 아기를 질투하고 있는 것이었다.

"늑대의 아이는 보통 60일이면 태어나지. 사람의 아이는 266일이던가? 빠르게 배가 불러 오고 몸매도 변하고 말이야."

임마누엘에게 새로운 정보를 얻었다.

"인간으로 맞춰야 할까? 늑대로 맞춰야 할까?"

비웃음을 짓더니 임마누엘이 방을 나가 버렸다. 아기가 늑대로 나오건 사람으로 나오건 루나에겐 중요하지 않았다. 아이 가진 엄마의 마음이 다 그렇듯이 건강하게 태어나길 바라는 마음이었다.

그런데 과연 아이가 태어나기 전에 아더가 올까? 하는 생각이 들었다. 루나는 미카엘이 아기를 죽일까 불안했다.

혹시나 탈출을 할 수 있을까? 하는 마음에 루나는 창문을 찾았지만 이 방 안에는 창문이 없었다.

"도망칠 수도 없어."

허탈한 생각이 들었지만 이대로 포기할 수는 없었다. 무슨 방법을 써서라도 배가 더 불러 오기 전에 반드시 탈출을 해야 했다.

"신이 있다면 절 좀 도와주세요."

루나는 난생처음으로 무릎을 꿇고 앉아서 간절히 기도했다.

아더는 그 자리에 얼음처럼 얼어붙어 버렸다.

"루나······."

잠깐 마을에 다녀온 사이에 루나가 사라졌다. 샘의 말로는 직장 상사가 갑자기 와서 루나를 데려 갔다고 했다.

왜냐고 물었지만 회사의 일이 바빠서라고 답했다. 이게 곧 있으면 대선이라서 각 후보를 쫓아다니려면 정치부에 많은 인원이 필요하다는 말도 했다. 그리고 걱정하지 말고 기다리라는 말도 했다. 반드시 돌아올 거라는 말도……

그런데 왜 이렇게 불안할까? 워싱턴엔 블랙 울프들이 있고, 그들은 유명 인사에 돈도 많았다. 돈과 권력을 가진 그들이 무슨 일을 꾸밀지 몰랐다.

샘에게 언제 올라가는지 물었다. 한 달간의 촬영이라 몇 주 더 있어야 한다고 답했다. 아더는 샘이 워싱턴으로 돌아갈 때까지는 너무 멀다고 느꼈다. 이렇게 불안한 마음으로 계속 있을 수는 없었다.

참다못한 아더는 알렌과 콘라드를 데리고 워싱턴으로 향했다. 알렌은 싸움을, 콘라드는 혹시 모를 치료를 위해 동행을 결정했다.

그들은 워싱턴에 위치한 호텔을 잡고 미카엘의 동향을 살피기 시작했다. 미카엘의 집으로 쳐들어가고 싶었지만 루나가 어디에 있는지도 모르는 상황에서 움직일 수가 없었다.

"무사해야 할 텐데……."

"아더 님."

알렌이 무언가 알아낸 모양이었다.

"말해."

"루나 님의 행방을 알았습니다."

"어디에 있지?"

"미카엘의 집입니다."

알렌은 루나의 집에 들러 그녀의 부모에게서 미카엘이 아버지를 납치하고 루나와 교환을 했다는 말을 들었다고 했다.

"미카엘의 집엔 가 봤나?"

"네, 하지만 사방으로 막혀 있어서 그 안으로 들어가는 게 쉬울 것 같진 않습니다."

"어떻게 해서든지 구해야 해."

아더의 얼굴이 점차 굳어졌다.

"아더 님, 철저하게 계획을 세우시고 움직이시는 게……."

이성적인 의사답게 콘라드가 충고했다. 하지만 미카엘을 용서할 수가 없었다.

그는 늦은 저녁 미카엘의 집으로 행했다. 알렌과 콘라드가 말렸지만 그의 귀에는 들어오지 않았다. 미카엘 건물의 문지기들을 단번에 죽여 버린 아더는 거실에서 미리 그를 기다리고 있는 미카엘과 얼굴을 맞이했다.

"에드윈!"

아더의 목소리가 장엄하게 거실에 퍼졌다.

"미카엘입니다."

마카엘은 당황한 기색 없이 그를 보고 있었다.

"루나는 어디 있나?"

"제가 어떻게 압니까? 오랜만에 만난 형제치고는 너무 인사도 없는 것 아닙니까?"

"네 주둥이를 찢어 버리기 전에 말해!"

아더의 눈동자가 흥분했을 때 변하는 호박색으로 물들었다.

"루나가 누군지 제가 알아야 합니까?"

"에드윈!"

늑대 중에서 가장 빠른 아더였다. 거기에 능력도 늑대들 중 최고였다. 그는 우두머리로 태어난 늑대였다.

"윽!"

미카엘의 목이 아더의 손에 잡혀 있었다.

"켁켁!"

"빨리 말하는 게 좋을 거야."

"켁, 왜 이러십니까? 형님."

미카엘이 비열하게 형님이라고 부르며 그를 슬슬 약 올리기 시작했다.

"빨리 말해!"

"루나는 이곳에 없습니다."

그때였다. 미카엘의 개가 그의 앞에 섰다.

"루나를 우리가 찾아야 할 이유는 없습니다."

"조지, 형님께 잘 설명드려라. 내 말을 믿지 않는구나."

"미카엘 님을 놓아주십시오."

미카엘의 개가 입술을 파르르 떨며 말했다. 눈빛은 흔들렸고 그 안에 진실은 없었다.

"진실이 뭔지를 모르는구나."

"아더 님…… 전……."

아더는 미카엘을 던져 버리고 조지의 목을 부여잡았다.

"사실이냐?"

"네."

"네 눈빛이 흔들리고 있구나. 도대체 무엇을 숨기고 있는 것이냐?"

"……."

아더는 용서가 되지 않았다. 게다가 미카엘의 목숨을 쥐고 있는데도 미카엘과 그의 부하들이 당황하지 않는다는 걸 이해할 수 없었다. 그들이 뭔가 아더의 약점을 쥐고 있는 게 분명했다.

"루나는 이곳에 있어."

"형님, 제발 예민하게 굴지 마시고……."

"닥쳐!"

그의 손에 힘이 들어가 조지의 목을 부러트려 버렸다. 하지만 조지의 심장이 붙어 있는 한 그는 목뼈만 붙이면 살 수 있었다.

"으으윽!"

조지의 목이 힘없이 아래로 향했다.

"뭐 하시는 겁니까?"

"경고. 빨리 말하는 게 좋을 거야."

"제가 왜 말을 해야 합니까? 급한 것도 아니고, 만약에 루나를 데리고 있다면 이제는 제 여인이 아니겠습니까?"

"그건 루나의 선택이야."

"루나의 선택이라고 하셨습니까?"

그때였다. 그의 앞에 아름다운 모습의 루나가 걸어 나오고 있었다.

"루나."

아더의 얼굴에 놀라움과 함께 미소가 걸렸다.

"아더, 왔군요."

차가운 반응이었다.

"루나."

"맞아요. 루나."

루나는 그가 보기에도 고급스러운 흰색 드레스를 입었다. 속에는 아무것도 입지 않아 유두가 드레스를 뚫고 나올 지경이었다. 아더는 지금의 상황에서도 루나와의 섹스를 생각하는 자신이 한심스러웠다.

루나는 아름다웠고 그런 루나에게 아더는 매료되었다.

"아더……."

"……."

목소리마저도 자극적인 여인이었다.

"난 여기 있을 거예요."

"……."

"미카엘과 함께 세상을 바꿀 거예요. 난 숲속에서 살고 싶지 않아요."

지난번에도 루나는 말했었다. 자신은 도시에서 할 일이 많다고, 그래서 그와는 결혼을 할 수 없다고 말이다. 그 말은 진심인 것 같았다.

"루나……."

"아더, 미카엘을 괴롭히지 말아요."

"……."

루나의 표정은 단호했고 눈빛 또한 흔들리지 않았다. 루나는 그에게 가라고 말하고 있었다.

"미카엘이 숲은 건드리지 않겠다고 했어요."

"나에게 고맙다고 말하라는 건가?"

"아뎌, 그런 뜻이 아니잖아요. 당신은 숲속의 훌륭한 왕이지만 나의 왕은 따로 있어요. 그러니 더 이상 시간 끌지 말고 가요."

아뎌는 사정을 해서 된다면 얼마든지 무릎이라도 꿇고 그녀를 데려가고 싶었다.

아니, 미카엘이 원한다면 루나를 풀어 주는 대가로 자신의 목숨이라도 내놓을 생각이었다.

하지만 루나는 그의 생각이 틀렸다고 말하고 있었다. 더 이상 이곳에 있을 명분이 없었다.

"루나…… 진심이야?"

"네, 진심이에요. 잘 가요."

루나가 차갑게 돌아서서 왔던 길을 되돌아갔다. 그녀는 끝까지 아름다웠고 아뎌는 그런 루나를 잊을 수가 없을 것 같았다. 미워야 하는데 가슴이 아팠다.

"당시의 뜻이 그렇다면……."

"그럼 잘 가시오. 형님."

알렌과 콘라드와 함께 아뎌는 그곳을 빠져나왔다.

"아뎌 님……."

"돌아가자."

그는 루나를 뒤로하고 미카엘의 건물에서 빠져나왔다. 무너져 내리는 가슴을 쓸어내리며 아더는 생각했다. 그래도 루나를 잊지 못한다는 것을. 그는 루나를 이미 사랑하고 있기 때문이었다.

미카엘은 소파에 몸을 던지면 아주 즐겁게 박장대소를 하고 있었다.

"모두가 봤어야 하는데. 하하하!"

아더의 상처 받은 표정이라니. 미카엘은 아주 즐거워 죽을 지경이었다. 루나의 멋진 연기에 박수를 쳐 주고 싶었다.

"얼마나 잠자리가 끝내줬으면 아더가 저리도 아쉬워할까?"

미카엘은 궁금했다. 얼마간 참는다면 알 수 있을 테지만 말이다. 아이가 배 속에 있는 걸 모르니 그렇게 포기하고 갔지. 안 그랬다면 결코 포기할 아더가 아니었다. 아이가 태어나면 아이의 심장을 미카엘이 먹어 치울 거란 걸 알기 때문이었다.

"아더……."

미카엘은 이를 갈았다. 하지만 지금은 좀 쉬어야 할 것 같았다.

아더에게 너무 많이 맞았기 때문이었다. 치유의 능력이 있는 그였지만 아더의 경우는 달랐다. 알파의 힘은 다른 것들의 힘과는 비교가 되지 않았다.

　미카엘이 아무리 블랙의 알파라고는 하나, 하늘이 정해 준 알파와는 엄연히 구분되었다.

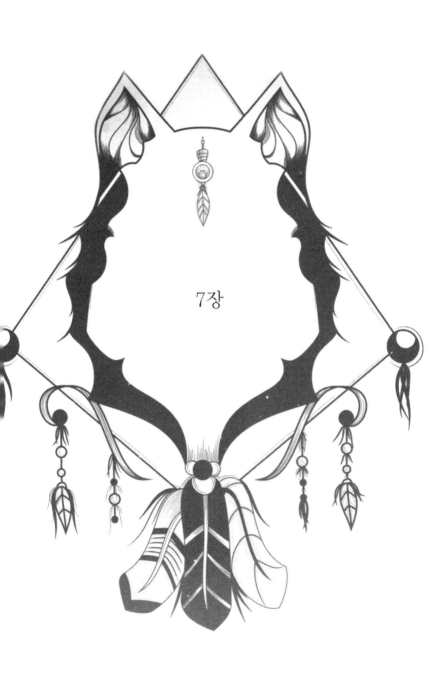

7장

어두운 방 안에서 루나는 서럽게 울고 있었다. 아더와 아이가 무사하길 바라는 마음에 그녀는 거짓말을 했다. 가슴이 무너져 내리고 있었다.

"흑흑흑."

이러다가 죽을 것처럼 가슴이 저려 왔다.

"미안해요."

루나는 미안하다는 말을 반복하면서 바닥에 쭈그려 앉아 울고 또 울었다. 카펫이 그녀의 눈물로 젖어 들었다. 루나는 지금 많은 사람들의 목숨 줄을 쥐고 있었다. 루나의 본심이 아니었다. 루나는 당장에 아더를 따라가고 싶었다. 그의 아이까지 가진 루나였기에 더더욱 아더의 존재가 그리웠다.

아더는 그녀의 믿음대로 찾아왔고 루나는 너무나 기뻤다. 하지만 이 게임의 승리의 패를 쥔 건 루나가 아닌 미카엘이었다.

어젯밤, 아더가 워싱턴에 있다는 소식을 들은 미카엘이 그녀를 찾아왔다. 지난번 그녀를 헤치려다가 본인이 되레 당한 것을 알기에 미카엘은 조금 떨어진 거리에서 그녀와 이야기를 나누었다.

조지 없이 그 혼자 안으로 들어와서 그런지 더더욱 몸을 사리는 듯 보였다. 검은 양복에 검은 머리카락을 한 미카엘은 대천사장이 아닌 악마의 이미지였다.

"천사가 아닌 악마 같아."

"과찬이야. 날 신과 비교하다니."

그의 잘생긴 얼굴에 비웃음이 가득했다. 미카엘은 루나의 방에 있는 의자에 앉아 침대에 있는 루나를 바라보았다. 먹잇감을 보는 짐승의 눈으로……

"더욱더 아름다워지는군. 먼저 알아봤어야 했는데……"

아쉬움이 가득한 목소리였다.

"용건을 말해요."

"이거!"

툭!

루나의 무릎 위로 서류 봉투 하나가 정확하게 떨어졌다.

"이게 뭐죠?"

"아더가 사는 곳을 개발한다는 내용이지."

"당신이 아이다호를 건드릴 순 없어요."

"없는지 있는지는 두고 보면 알 일이고. 그곳을 떠나면 죽는 줄 아는 아더는 숨 막혀 하며 살겠지. 아니면 죽으려나?"

미카엘의 표정이 아주 비열하게 변하고 있었다. 눈 깜짝할 사이에 미카엘이 그녀의 옆에 앉았다. 그리고 루나의 얼굴을 손가락으로 들었다.

"몰라본 게 아쉬워."

"……."

"킁킁킁, 이렇게 진한 향을 내가 왜 못 맡았을까? 내 페니스가 미칠 듯이 널 원하는데 말이야."

루나는 고개를 돌려 그를 피했다. 그러자 이번엔 미카엘이 그녀의 얼굴을 징그러운 혀로 핥아 올렸다. 미카엘의 더러운 타액이 그녀의 얼굴에 묻었다.

"으음……. 미칠 것 같아. 가질 수 없다면 만질 수는 있겠지. 아이가 태어나면 이 몸은 내 거야."

"아이를 죽일 거야?"

"이 아이를 살리고 싶나?"

"아더가 그랬어. 아이가 세상을 지배할 수도 있다고. 당신은 아이 덕을 보면 되잖아."

미카엘이 웃으며 말했다.

"내가 친형제를 배신해 봐서 아는데, 나 하나만 믿을 수 있어. 아무도 믿지 못하지."

"불쌍하네."

"알아주니 고마워."

"나한테 뭘 원하는 거야?"

"내가 마음을 조금 바꿀 수 있어. 네가 아이와 조용히 내 곁에 있어 준다면 아더의 숲은 그대로 두지. 그리고 말이야, 아이가 세상을 지배하게 만들진 않더라도 죽이지 않고 내 옆에 둘 순 있어."

"……."

"아참, 그리고 스티븐에게 빨리 낫는 우리 늑대들의 전설의 약을 보냈지. 네가 잘 협조한다면 널 키워 준 스티븐과 제시는 건드리지 않겠어. 아니, 잘 살게 해 주지."

지금 미카엘은 그녀가 사랑하는 이들을 놓고 흥정을 하고 있었다.

"……."

"모두가 좋으라고 하는 얘기야."

"난 뭘 하면 되지?"

"아더 앞에서 당당하게 떠나라고 말하면 돼. 다시는 네 앞에 나타나지 말라는 말과 함께."

　모두를 위한 일이었고, 특히나 배 속의 아이를 위한 일이었다.
어제 미카엘의 말대로 오늘 루나는 아더에게 큰 상처를 주었다.
루나는 아더의 상처 받은 얼굴을 생각하며 흐느꼈다.
　"미안해요. 그리고 사랑해요."

　미카엘의 집에서 터덜터덜 걸어 나오는 아더의 뒷모습이 마음
아픈 알렌이었다. 하지만 콘라드는 뭔가 생각에 잠긴 듯 한동안
말이 없었다. 알렌은 지금 콘라드보다 아더에게 더 신경이 가 있
었다.
　"아더 님……."
　"……."
　"워싱턴에 조금 더 있으면서 루나 님께서 왜 저러시는지 알아
볼까요?"
　알렌은 아더에게 미련을 남기고 싶지 않았다. 지금은 아더가 이
상황을 받아들이기 힘들어 하는 것 같았다. 하지만 루나의 모습을
본 알렌의 입장에서 보면 차갑게 변한 연인은 잊는 게 나았다. 아
무리 생각해도 미카엘보다 아더가 훨씬 나은데, 여자의 마음은 이
해가 가지 않았다.

"여자의 마음은 늑대나 사람이나 알다가도 모르겠어."

알렌이 혼자서 구시렁거렸다. 지금 알렌은 아더가 가장 신경이 쓰였다. 수없이 긴 시간을 함께했는데 아더에 대해 모를 리가 없었다.

그는 언제나 근엄한 지도자였고, 모두의 존경을 받았으며, 그의 행동은 언제나 옳았다. 하지만 우두머리로 지낸 오랜 세월 동안 아더의 표정엔 변화가 없었다. 그는 웃지도 울지도 않았고 기뻐하거나 화를 내지도 않았다.

늘 평온한 상태였다. 그런 그가 루나를 만나고 나서부터는 미소 짓고 화를 내며 울기도 했다. 알렌은 옆에서 그런 아더의 모습을 보는 게 좋았다. 알렌이 천방지축 이브를 볼 때 느끼는 감정을 아더가 느끼는 게 좋았다.

그런데 지금 아더는 세상의 슬픔을 혼자 다 가진 것 같았다.

"아더……."

콘라드가 한참을 조용히 걷다가 아더를 불렀다. 또 무슨 이상한 소리를 할지 걱정이었다. 지금은 아더를 혼자 있게 하는 게 최선이었다.

"왜 그래? 아더 님 기분이 안 좋으신데."

알렌이 콘라드를 막았다. 하지만 다른 때 같으면 알렌의 말을 들었을 콘라드가 알렌의 손을 치웠다.

"아무리 생각해도 루나 님의 상태가……."

"루나 님이 왜? 약이라도 드신 것 같아?"

알렌은 루나가 맨 정신에 그런 말을 할 리가 없다는 생각도 했었다. 솔직히 약을 먹지 않고선 그런 선택을 하는 건 힘들었다.

"그게 아니라……. 좀 가만히 있어 봐."

"뭔데?"

콘라드가 그를 뿌리치며 아더의 앞으로 갔다.

"루나 님이 아기를 가지신 것 같습니다."

콘라드의 말에 아더가 걸음을 멈추었다. 콘라드에게는 신비한 능력이 있었다. 의사이기도 한 콘라드는 투시 능력이 있었고, 약간의 치유 능력도 있었다. 그래서 숲엔 환자들이 없었다.

"다시 말해 봐."

"루나 님이 배 속에서 아직은 정확한 형태를 가지진 않았지만 생명이 자라고 있었고, 그 크기로 봐서는 아더 님의 아기임이 분명합니다."

"진짜?"

알렌은 너무나 기뻤다. 아더의 아기라면 다음 세대의 지도자였다. 그리고 전설의 아이였다. 모두가 궁금해하는 특별한 심장을 가진 아이였다.

"축하드립니다."

"……"

아더는 말이 없었고 더더욱 표정이 어두워졌다.

"후…… 확실해?"

"네."

"아까는 왜 말하지 않았어."

"그때 말했다면 미카엘은 죽일 수 있지만 루나 님과 아기도 다 잃을 수 있었기 때문입니다."

"이제 하나가 아닌 둘을 지켜야 하는군. 미카엘이 아기의 심장을 먹을 거야. 욕심이 많은 놈이라서 자비가 없을 게 분명해."

"어떻게 할까요?"

"루나를 구해 낼 거다."

"제가 루나 님의 위치를 알고 있습니다. 그리고 우리 뒤를 따르는 자가 있다는 것도요."

알렌도 느끼고 있었다. 미카엘의 집을 나서면서부터 검은 형상들이 계속해서 그들을 쫓고 있었다.

"몇 명이지?"

"다섯입니다."

"사람들이 없는 곳으로 유인해."

"네."

그들은 빠른 걸음으로 이동하기 시작했다. 숲으로 이동하는 것처럼 그들은 워싱턴을 빠르게 벗어났다.

워싱턴 외곽의 한 야산에 도착한 그들은 그 자리에서 멈추었다.

"나와!"

알렌의 말에 그들은 서서히 형체를 드러냈다. 미카엘의 조무래기들이었다.

"우리를 너무 무시한 거 아니야? 이렇게 비리비리해서……."

쉭! 쉭쉭!

여간 빠른 놈들이 아니었다. 마치 닌자 같은 녀석들이었다. 나무 사이로 이리저리 왔다 갔다 반복하는 녀석들을 때문에 알렌은 어지러웠다.

"제길, 빨리 달려들라고! 어지럽게 돌지만 말고."

덩치가 커다란 알렌은 이런 식의 얄미운 싸움은 싫어했다. 싸움은 정정당당하게 해야 하는 것이라고 아더에게 배웠다.

"모기들 같지 않아요?"

"……."

검은 물체들이 그들 주위로 돌고 있었다.

"조심해!"

아더가 알렌을 밀었다. 그러자 그들 사이로 칼이 날아들었다.

"진짜 닌자네."

정신을 차린 알렌은 움직이는 검은 형체들을 향해 달렸다. 그리고 그들 중 하나의 다리를 잡았다.

"나이스 캐치!"

"으아아악!"

아직 인간으로 완벽하게 변하지 못하는 늑대들이었다.

"이런 어린놈들이……."

"케켁!"

알렌이 검은 늑대의 목을 부러트렸다. 그가 한 마리를 부러트린 사이에 아더가 나머지들을 처리했다. 콘라드는 싸움을 잘하지 못해서 그냥 그들을 지켜보고 있었다.

"시체를 치워. 놈들이 알아보지 못하게 처리해라. 심장을 도려내."

완벽한 죽음을 의미하는 것이었다. 알렌은 죽음의 칼을 들어 블랙의 심장을 도려냈다.

"뭐 해? 안 돕고."

"알았어."

콘라드와 알렌은 빠르게 땅을 파고 그 안에 다섯 구의 블랙을 묻었다. 그리고 심장은 불태웠다. 아더와 콘라드, 그리고 알렌은 다시 어둠을 틈타 미카엘의 집으로 향했다. 오늘 그들은 아더 일행이 떠난 줄 알고 방심할 게 분명했기 때문이었다.

루나는 창문이 없는 방 안에서 멍하게 앉아 있었다. 이 안에서 그녀가 할 수 있는 건 한쪽 벽을 장식해 놓은 고전 소설을 읽으며 시간을 보내는 게 다였다.

벌컥!

문이 열리는 소리가 들리면 절로 인상이 써지는 루나였다. 얄미운 임마누엘이 식사를 주러 들어오거나 보기도 싫은 미카엘이 들어오기 때문이었다. 이번엔 미카엘이었다.

"잘했어. 그렇게 표정 하나 변하지 않고 아더의 가슴에 대못을 박을 줄은 몰랐어."

"……."

루나의 눈에 눈물이 고였다.

"내가 말하고 싶은 건 잘했다는 거지, 울라는 게 아니야. 난 여자들이 우는 게 싫거든."

미카엘이 루나의 옆에 앉았다.

"아더가 널 얼마나 아끼는지 느낄 수 있었어. 얼마나 좋았기에 아무런 감정 표현이 없는 아더가 그렇게 넋을 놓은 거지? 나도 빨리 느껴 보고 싶어. 요즘은 제대로 된 섹스를 한 기억이 없거든. 임마누엘도 질리고."

"늑대는 한 마리의 암컷 늑대와 사랑을 나눈다고 들었는데. 넌 늑대가 아니라 개야?"

미카엘의 표정이 변했다.

"아기가 들어 있다는 거 가끔 잊어버리나 봐? 나는 항상 기억하는데……."

그가 루나의 턱을 한 손으로 잡았다.

"내가 기억하고 있기를 바라. 안 그러면 무슨 짓을 할지 모르니까."

미카엘이 경고를 하고 있었다.

"당신은 대선 주자이고 굳이 이렇게 하지 않아도 되는 것 아닌가요?"

"기껏해야 4년. 길어야 8년……. 너무 짧아. 나의 영원 같은 삶에는 말이야. 그래서 난 영원히 세상을 가지기로 마음먹었어."

"약속은 지켜요."

"당연하지. 너도 약속을 지켜. 요즘 내 관심은 세상보다 너와의 섹스니까."

"……."

"아더와의 섹스에 대해 이야기해 봐."

"……."

"어서!"

그가 아프게 턱을 쥐었다.

"아더와의 섹스는 환상 그 자체죠."

"그런 식으로 말고. 아더가 입술을 어떻게 빨았지? 그리고 너의 가슴은 어떻게 만져 주었지? 너의 클리토리스는 빨아 주던가?"

변태 같은 미카엘의 말에 루나는 구역질이 났다.

"나도 빨고 싶어."

그렇게 말하며 루나의 아랫입술을 빨아들인 미카엘이었다.

"환상적인 맛이야."

"읍!"

미카엘이 루나의 입술 전체를 삼켰다. 그리고 혀를 이용해서 입 안으로 들어오려 했지만 루나가 이를 꽉 다물고 열지 않았다.

"왜지?"

"으읍……."

"난 더 뜨겁게 널 안아 줄 수 있어."

"으으읍!"

루나가 발버둥을 쳤다.

벌컥!

방 안으로 조지가 들어왔다.

"뭐야!"

"미카엘 님……. 부하들이……."

"빨리 말해!"

"사라졌습니다."

뭔가 큰일이 일어난 것 같았다. 미카엘이 루나를 놔둔 채로 사라졌다. 루나는 미카엘이 나가자마자 욕실로 가서 이를 닦기 시작했다.

닦고 또 닦고 계속해서 닦았지만 미카엘의 냄새가 사라지지 않는 느낌이었다.

"흑흑흑……."

이렇게 눈물이 많은 사람이 아닌데 이상하게 자꾸만 눈물이 나왔다.

"아가야……."

벌컥, 문이 열리는 소리가 들렸다. 이번에도 미카엘일 것이다. 루나는 욕실 문을 잠갔다.

"루나……."

조용히 그녀를 부르는 목소리는 아더의 목소리였다. 루나는 뭐에 홀린 듯 욕실 문을 열었다.

"아더……."

그녀를 찾으러 아더가 와 주었다.

"이제부터는 그냥 눈을 감아. 이곳에서 나갈 때까지 눈을 뜨지 마."

아더의 말에 루나는 눈을 감았다. 그리고 콘라드가 루나를 등에 업었다.

"준비됐어?"

"네, 아더 님."

루나는 눈을 꼭 감았다. 콘라드의 거친 호흡 소리가 들리고 온통 비명 소리가 들리는데 루나는 필사적으로 콘라드를 잡고는 눈을 뜨지 않았다.

"으으악!"

"잡아라…… 으악!"

"미카엘 님은…… 으악!"

듣는 것만으로도 지옥을 경험하고 있는 루나였다.

얼마나 시간이 지났을까? 소리가 잠잠해졌다. 너무 평온해서 이상할 정도였다.

"눈떠, 루나."

미카엘의 집에서 나온 것 같았다. 아더의 몸에 피가 묻어 있었고, 그건 알렌도 마찬가지였다. 그들은 말 그대로 전사였다.

"이제 집으로 가서 부모님을 모시고 갈 거야."

"고마워요……."

그녀의 부모님까지 생각해 주니 고마웠다.

루나가 집에 도착하지 놀란 제시와 스티븐이었다. 하지만 아더가 잘 설명한 뒤에 그들은 간단한 짐을 싸서 서둘러 워싱턴을 떠났다.

쾅!

미카엘의 눈에서 불이 뿜어져 나오고 있었다. 그가 잠깐 자리를 비운 사이에 그의 집이 초토화되어 있었다. 심장이 없는 늑대의 시체들이 사방에 흩어져 있었다. 이제 그에게 남은 늑대는 얼마 되지 않았다.

"미카엘⋯⋯."

얼마나 울었는지 마스카라가 다 번진 얼굴의 임마누엘이 그에게 달려오고 있었다.

"무서워요."

"저리 가!"

임마누엘을 밀어 버린 미카엘은 그 자리에 서서 이를 갈았다.

"용서하지 않을 거다. 모두들 숲으로 가자."

"안 됩니다."

조지가 그를 말렸다.

"지금은 아무리 우리 병력이 우세하다고 해도 집니다."

"뭐?"

"조금 가라앉히신 후에⋯⋯."

"필요 없어. 다 쓸어버리겠어. 그 숲에 불을 질러 다 태워 버릴 거야."

"미카엘 님⋯⋯."

조지가 아무리 말려도 소용이 없었다. 아더의 손에 의해 목뼈가 부러지긴 했지만 심장이 있는 한은 빠르게 회복하는 늑대들이었다.

미카엘은 늑대들을 차에 태우고 최신식 무기와 함께 차를 몰아 숲으로 향했다. 시대가 변했다.

"울프 빌리지를 영원히 사라지게 만들어 주지."

아더와는 정면으로 싸운 적이 없었다. 미카엘은 아더가 싸우는 걸 보고 자랐다. 그가 얼마나 잘 싸우는지도 알았다. 하지만 아더는 미카엘이 얼마나 잘 싸우는지 알지 못했다. 이제는 보여 줄 때였다.

마을에 도착하기 전 미카엘을 거대한 숲 앞에 섰다. 이곳은 그가 태어난 곳이자 자란 곳이었다. 아무리 악하다고는 하나 미카엘의 고향이었다.

"에드윈은 이제 사라집니다. 어머니."

마치 어머니가 대답이라도 하는 것처럼 그의 뺨에 바람이 스치고 있었다.

"이제 미카엘이 알파가 될 겁니다. 아더의 시대는 갔어요."

그는 이렇게 말을 하며 부하들에게 숲에 불을 놓게 했다.

"시작해."

"네."

조지가 마지못해 부하들과 같이 화염 방사기를 들고는 숲의 곳곳으로 흩어졌다. 그 틈을 탄 미카엘은 숲의 첫 번째 집으로 들어갔다.

"없어."

숲의 집이 비어 있었다. 왠지 느낌이 좋지 않았다. 부하들은 흩어졌고 그는 마을의 사람들을 하나씩 처리해 나갈 생각이었다. 그런데 집이 비어 있었다. 시내에 갔을 수도 있다. 밖에 차가없으니 말이다.

"느낌이 좋지 않아."

설마 그들이 이곳을 공격할 줄 알고 미리 피한 것은 아닌가 하는 생각이 들었다. 그런데 이상하게 밖엔 불이 나지 않고 조용하기만 했다. 뭔가 이상했다.

미카엘은 조지에게 신호를 보냈지만 답이 없었다.

어떻게 된 일이지?

미카엘의 머리가 복잡하게 돌아갔다.

미카엘은 집 앞에 차가 있는 곳에 이르렀다. 그곳은 마티나의 집이었다. 어릴 때 그는 아더와 함께 마티나의 손에 길러졌다.

모든 늑대들이 아더의 편이었다. 특히 아더는 여자 늑대들의 사랑을 독차지했다. 유일하게 미카엘에게 손을 내민 건 마티나였다. 때문에 그녀는 미카엘에겐 친어머니보다도 더 소중한 존재였다. 그는 이곳을 떠났지만 마티나만큼은 항상 그의 마음속에 있었다.

저도 모르게 집 안으로 들어간 미카엘은 짐을 싸고 있는 마티나를 발견했다.

"마티나!"

"……."

놀란 마티나가 숨을 멈추고 그를 보았다.

"마티나, 숨을 안 쉬면 죽어요."

"여긴……."

"마티나가 보고 싶어서 왔죠."

"미카엘, 여기서 멈춰야 한다."

마티나조차도 아더의 편인가?

"마티나, 저와 함께 가요. 이제 이곳은 사라져요."

"아니, 난 여기에 남을 거다."

"왜요?"

미카엘은 살려 주겠다는데도 가지 않겠다는 마티나가 이해가 가지 않았다.

"난 숲을 지킬 기다. 그리고 아더도……."

결국은 모두가 아더의 편이었다.

"날 사랑하는 줄 알았어."

"난 네가 아더의 좋은 동생이 되길 바랐어."

"결국은 아더였어."

"아더에게 충성을 맹세했고, 난 아더를 위해 기꺼이 목숨을 바칠 수 있다. 야아아!"

순식간의 일이었다. 마티나가 칼을 들고 그에게 달려들었다. 미카엘은 어쩔 수 없이 마티나를 죽였다.

"영원히 못 돌아오게 해 주지."

그는 마티나의 심장을 꺼냈다. 미카엘의 눈에 분노가 어렸다.

아더는 자신 앞에 앉아 있는 여인을 바라보고 있었다. 임마누엘이라는 이름의 여자는 잡종이었다. 그레이도 블랙도 아닌 존재였다. 임마누엘의 털색이 어중간한 만큼 그녀의 마음도 어중간했다.

그레이 편도 블랙의 편도 아니었다. 그녀를 받아 주는 쪽이 그녀의 편이었다. 예전엔 블랙이 받아 줬고, 지금은 그레이에게로 왔다.

"날 여기 살게 해 줘요."

"안 돼."

늑대들이 분열될 수도 있었다.

"조용히 살게요."

눈을 깜박이며 애교까지 부리는 그녀였다. 그런 그녀를 루나가 인상을 쓰며 보고 있었다.

"못 믿어."

"내가 조용히 살지 않으면 그때 내쫓아도 되잖아요."

임마누엘은 짐까지 다 챙겨 가지고 미카엘의 집을 나왔다.

집단 사회생활을 하는 늑대는 절대로 혼자서 살 수 없었다. 무리가 있어야 안정이 되는 것이 늑대였다. 특히 여자 늑대가 혼자 산다는 건 더더욱 상상하기 힘든 일이었다.

"뭘 말하려는 거지."

"지금 미카엘이 오고 있어요. 무기들을 가지고 이 숲을 태워 버린다고 했어요. 모두 피해야 해요."

"그걸 왜 이제 말해?"

모두가 임마누엘의 말을 듣고는 빠르게 대피하기 시작했다. 일사불란하게 마을 사람들을 스네이크강의 동쪽으로 이동시켰다. 수컷들은 아더의 지시를 따르며 숲을 지키기 위해 만반의 준비를 하고, 조를 나누어 미카엘의 부하들을 처리할 준비를 하고 있었다.

"아더 님, 준비 다 됐습니다. 그리고 임마누엘이 말한 대로, 미카엘이 우리의 예상보다 빠르게 이곳에 도착했습니다."

"불을 붙이기 전에 무조건 처리해야 해."

숲은 습기가 많았지만 건조한 나무들도 있었다. 그들이 탄다면 아이다호 주변은 전부 불길에 사로잡힐 것이다. 바람을 타고 불이 번진다면 이 숲은 검게 타 사라질 게 분명했다. 그들은 도망간다고 해도 숲의 동물들은 다 죽을 게 뻔했다.

아더의 눈에 처음으로 띈 건 조지였다. 목뼈를 부러뜨려 놓았는데도 잘도 다녔다. 아더는 화염방사기를 든 조지의 뒤를 따랐다. 블랙들이 각자 흩어지기 기다렸다.

"읍!"

조지가 온전히 혼자인 걸 확인한 아더는 뒤로 돌아가 조지의 목을 다시 한 번 부러트렸다. 그리고 이번엔 그의 심장을 꺼내 짐승들에게 던져 주었다. 오래전에 했었어야 할 전쟁이 시작되었다.

동족 간의 전쟁은 안 된다고 생각했다. 그리고 서로 간에 생각이 다를 수 있다고도 생각했다. 하지만 자신의 이득을 위해 이렇게 숲을 망가트리는 건 용서할 수 없었다. 아더는 숲을 지키는 자였다.

"미카엘, 기다려라."

블랙들은 아더의 부하들 손에 의해 처단되었다. 이제 남은 건 미카엘뿐이었다. 미카엘이 마티나의 집에 있다는 말을 전해 들은 아더는 빠르게 마티나의 집으로 향했다.

그러고 보니 오늘 미티나가 보이지 않았다. 산으로 기도를 하러 들어간 모양이었다. 길버트 때문에 요즘 마티나는 계속해서 산에 가서 신성한 기도를 드리고 있었다.

"제발…… 마티나……."

모든 늑대가 영원히 사는 건 아니었다. 마티나는 마을의 가장 어른으로 스스로 하늘로 갈 날을 준비하고 있었다. 그건 아더도 마티나의 뜻을 존중했다. 하지만 다른 사람들의 손에 의해 죽는 건 또 다른 문제였다.

그가 집에 도착했을 때 불안하게 마티나의 차가 집 앞에 서 있었다.

"마티나……."

아더는 빠르게 집 안으로 들어갔다. 너무 조용했다. 너무 조용해서 불안한 그였다. 주방에도, 거실에도 다행히 마티나는 보이지 않았다. 그러나 침실로 다가갈수록 그의 코에 마티나의 피 냄새가 강하게 느껴지고 있었다.

벌컥!

방문을 열자마자 아더는 인상을 썼다. 피비린내가 그의 코를 자극했기 때문이었다. 마티니의 흰색 침대는 온통 피로 붉들어 있었고, 그 위에 심장이 사라진 마티나의 시체만이 있었다.

"마티나!"

아더는 이를 갈았다. 죽은 마키나의 손을 잡고 미카엘을 죽이겠
다고 맹세했다.

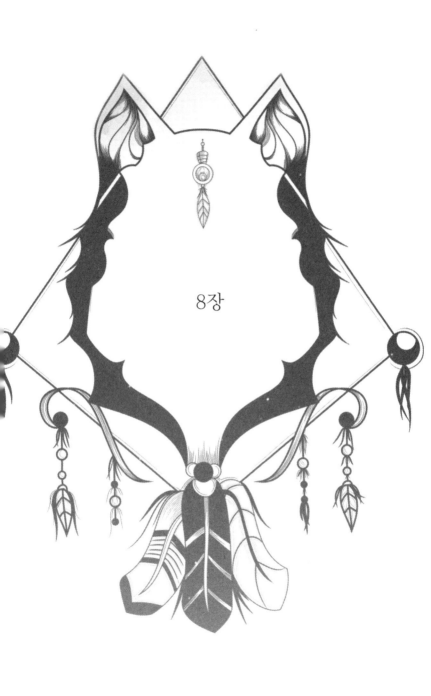

8장

마을은 평온을 되찾았지만 아더는 슬픔에 잠겨 있었다. 어머니
와 같은 마티나가 조상들의 곁으로 가고 나자 그 허전함이 너무나
큰 것 같았다. 이번 장례식도 심장이 없어진 마티나를 조상의 품
으로 돌려보내는 의식이었다.

아더는 슬픔에 젖어 있었고 루나는 그의 곁을 지켰다. 하루가
다르게 배가 불러 왔다. 어색한 자신의 모습에 루나는 자신감이
사라지고 있었다. 아름다운 이브와 임마누엘이 아더의 곁을 맴돌
고 있었다.

이브는 별말 없이 그녀를 대했지만 아디가 집에 왔을 때의 상황
은 달랐다. 루나를 신경 쓰지 않고 오로지 아더의 곁에만 붙어 있

으려고 했다. 그나마 제시가 그녀의 곁에 있어서 좋았다. 제시는 아직도 그들이 늑대라는 사실을 믿지 못하는 것 같았다.

하지만 마을 사람들과는 아주 잘 지냈다. 특히 이브와 친했다. 그들은 같이 음식도 만들고 청소도 하면서 친해졌다. 스티븐도 집 안일을 도왔다. 전원생활을 꿈꾸던 부모님이 이곳을 만족스러워 하신 것 같아 다행이었다.

"이거 먹어 봐."

제시가 과일을 들고 들어왔다. 한 달이 조금 넘었는데 배가 제법 나온 루나를 보며 제시가 말했다.

"불안해?"

"약간."

"아기 말고 아더."

제시가 정곡을 찔렀다.

"이브에게 들었어. 늑대의 습성을 말이야. 대부분의 여자 늑대들이 알파 늑대를 유혹을 한다고 하더라고. 하지만 알파의 짝이 생기면 그 후론 접근을 안 한다고 해."

"전 아직 아닌가 봐요."

"왜?"

"아더 주위에 제가 보기에도 아름다운 여자들이 몰려 있어요."

제시가 루나의 손을 잡았다.

"엄마가 보기엔 아더의 눈길은 항상 너에게 가 있었어. 그리고 이브는 알렌을 사랑하고 있어. 알렌이 올 때 이브가 어떤지 아직 못 봤구나? 이브는 그냥 사랑이 많은 거야."

"하지만 엄마……. 난 그렇게 생각 안 해. 배가 이렇게 나온 여자를 어떤 남자가 아름답다고 생각하겠어?"

"엄마는 너의 표정이 너무 어두워서 아름다움이 가려지는 건 아닌지 걱정이다."

제시는 우울해하는 루나가 걱정이었던 것이다.

그날 밤, 루나는 고민 끝에 아더의 방을 찾았다. 둘은 아기 때문에 각방을 쓰고 있었다. 이건 의사인 콘라드의 결정이었다. 하긴 아더의 대물은 거의 무기 수준이니 배 속의 태아가 위험할 수도 있었다.

"아더."

루나를 보는 순간 아더는 보던 책을 덮고는 언제나처럼 환한 미소를 지었다. 아더는 언제나 차분하고 편안하게 그녀를 대했다. 그 이상도 그 이하도 아니었다. 처음 그들이 만났을 때의 불꽃은 이미 사라진 것 같았다. 하긴 배가 이렇게 나온 여자를 그가 좋아할 리가 없었다. 슬펐다.

"무슨 일이지?"

"할 말이 있어서요."

"할 말?"

"늑대는 평생 한 마리와만 산다면서요?"

그녀의 뜬금없는 말에 아더는 웃음이 터질 것 같은 표정을 짓고 있었다. 그녀는 심각한데 말이다.

"그래."

"아닌 경우도 있나요?"

"……."

그녀의 걱정이 아더에게 읽힌 것 같았다. 아더가 손을 뻗어 루나의 손을 잡았다. 그리고 자신의 무릎에 그녀를 앉혔다.

"불안해?"

루나가 고개를 끄덕였다. 그는 그녀에게 한 번도 사랑한다고 말하지 않았다. 그냥 영혼의 짝이란 말만 했다. 그 말을 그대로 믿고 들으면 사랑한다는 말이 되지만 어떻게 보면 하늘이 정해 준 짝인 것이다. 거기엔 사랑이 포함될 수도, 아닐 수도 있었다.

"루나……."

그가 루나의 손을 잡아서 자신의 심장에 가져갔다.

"나의 심장은 루나의 것이야. 이건 저 밤하늘에 달이 존재하고 낮에는 해가 존재하는 것과 같이 명백한 사실이야."

"하지만……."

아더가 루나의 손을 잡고 자신의 심장에 가져다 댔다.

"느껴져?"

쿵쿵쿵······.

아더의 심장이 그녀의 손바닥 아래서 미친 듯이 뛰고 있었다.

"그 어느 누구에게도 이렇지 않아. 나의 알파는 루나뿐이야."

그가 루나를 바라봤다. 루나는 저도 모르게 그의 입술에 입을 맞추었다. 하지만 그는 키스에 응하지 않았다.

"루나가 날 너무 괴롭히는 거 알아?"

그가 갑자기 인상을 썼다.

"난······."

"피곤해. 가서 자."

"······."

"난 루나가 우리의 아기를 낳을 때까지 다른 여자를 안지 않아."

그가 꼭 꼬집어 이야기를 해 주었지만 루나는 안심을 할 수가 없었다. 불안한 마음은 아기를 낳을 때까지 계속되었다.

"후······."

루나가 방을 나가자 아더는 긴 한숨을 쉬었다. 지난번에 콘라드가 그를 불러서 절대로 결합은 안 된다고 말했다. 인간과의 관계가 어떻게 이루어졌는지 모르지만 유지는 더 힘이 들 것이라고 말했다.

임신만 허락이 되는 건지, 아이를 낳은 후에도 결합이 가능할지, 그 어떤 전례도 없는 일이기 때문에 신중해야 한다고 경고했다.

욕망의 크기가 크다는 그의 말에 콘라드는 한숨을 쉬었다. 아더의 특성상 이제 다른 여자 늑대를 품을 수 없다는 것도 콘라드는 잘 알고 있었다. 그래서 그에게 마스터베이션을 권하기도 했다.

"기가 막히는군."

그 생각을 하니 다시 한 번 기가 막힌 아더였다. 아더는 책을 옆으로 치우고 집 뒤에 있는 작은 계곡으로 향했다. 더위를 식히기에 아주 좋은 장소였다.

첨벙첨벙.

누군가 계곡에서 수영을 즐기고 있었다. 이렇게 고개를 내밀고 보니 제시와 루나가 수영을 즐기고 있었다. 제시는 바위에 앉아 발을 담구고 있었고 루나는 물에서 수영을 즐기고 있었다.

둘은 뭐가 그리 즐거운지 끊임없이 대화를 나누고 있었다. 제시가 과일 먹게 나오라고 하자 루나가 물 밖으로 나왔다. 그들에겐 어두울지 몰라도 아더는 밝은 대낮에 보듯 그들이 잘 보였다.

수영복이 아닌 반바지에 티를 입은 루나의 몸이 달빛에 그대로 비춰지고 있었다. 그녀의 새하얀 피부에 옷이 마치 피부처럼 달라

붙어서 벗고 있는 것과 다름이 없었다. 그녀의 배가 볼록 나와 있었다.

그 모습이 어찌나 사랑스러운지 아더는 거친 호흡을 삼켰다. 그리고 자연스레 그의 시선은 루나의 가슴으로 향했다.

"흡!"

보지 말았어야 했다. 마치 판도라의 상자를 연 것처럼 그의 욕망이 열렸다. 하지만 지금 그는 루나를 만질 수 없었다.

"오지 말았어야 했어."

그의 시선이 다시금 루나에게로 향했다. 제시와 심각한 이야기를 하는 것 같은데 과일은 손도 대지 않았다. 아이를 위해 먹으면 좋으련만. 아더는 걱정이 되었다.

루나가 다시 물속으로 들어갔다. 더운 모양이었다. 그도 덥기는 마찬가지였다. 루나가 하늘을 보고 눕자 그녀의 가슴과 배가 그의 눈에 들어 왔다.

"안고 싶다."

그는 저도 모르게 루나를 보며 콘라드가 권유했던 마스터베이션을 하고 있었다. 아더의 인생에서 있을 수 없는 일들이 자꾸만 일어나고 있다. 하지만 지금은 아쉬운 대로 이렇게라도 풀 수 있으니 조금 나았다.

"으윽!"

235

그는 땅으로 자신의 분신들을 쏟아냈다.

"루나……."

이렇게 보는 것만으로도 그를 흥분시키는 여자는 루나밖에 없었다.

아침부터 배가 아팠다. 처음 있는 일이라서 콘라드도 모든 걸 말해 줄 수 없었다. 그래서 아기가 언제 나올지 몰라 늑대의 날짜인 60일을 기준으로 완벽하게 출산 준비를 해 놓겠다고 콘라드가 말해 주었다.

"엄마……."

배가 아프니 엄마부터 찾게 되었다.

"루나 괜찮아. 신께서 함께하실 거야."

스티브는 아예 쳐다보지도 못하고 있었다. 딸의 고통을 차마 보지도 못할 만큼 아버지는 딸을 사랑했다. 그리고 집안에 이런 남자가 하나 더 있었으니, 그건 아더였다.

"아더……."

그녀의 옆에서 아무런 말도 못 하고 서 있는 아더가 루나는 더 안쓰러워 보였다.

"나 괜찮아요."

오히려 그녀가 괜찮다고 말을 할 정도였다.

"신들께 기도했어."

"알아요. 고마워요."

루나가 아더의 손을 잡았다. 그의 손이 안쓰러울 정도로 떨리고 있었다.

콘라드의 병원으로 향하는 동안 루나는 제시의 품에 안겨 있었다. 그래도 지금은 엄마가 가장 위안이 되었다.

울프 빌리지에 경사스러운 날이었다. 오랜만에 아기 늑대가 태어나는 날이자 전설의 아이를 볼 수 있는 날이기도 했다. 늑대의 모습일지, 아기의 모습일지 아니면 둘의 모습이 섞인 아이일지 모두가 궁금해하고 있었다.

하지만 루나는 불안했다. 한 종족의 아이이길 바라는 마음이었다. 인간이길 바라는 마음이었지만 아니라면 차라리 온전한 늑대이길 바랐다. 엄마들이 아기를 출산할 때 왜 눈, 코, 입부터 확인하는지 아제야 알 것 같았다.

"준비됐나요?"

"후……. 네……."

제왕 절개로 결정을 한 그들이었다. 초음파상으론 인간의 뼈 구조를 가지고 있었지만 겉모습은 이상한 막에 싸여 도저히 보이지 않는다고 했다.

진통이 시작됐다. 60일 만에 태어나는 아기였다.

이렇게 따지면 인간이기보다는 늑대에 가까운 것이리라.

"괜찮을 겁니다."

"알아요."

"제가 최선을 다할 테니 루나 님은 걱정하지 마세요. 하긴 루나 님보다 밖에 있는 아더 님이 더 걱정입니다만⋯⋯."

루나는 안 봐도 뻔한 상황에 희미하게 미소 지었다. 아침에 집에서 나오는데도 아더는 안절부절못했다. 마티나가 죽어서 이제 제사장의 역할까지 하는 그는 아침저녁으로 조상들께 기도하고 또 기도했다.

루나는 그의 진심을 알았다. 자신의 짝을 위한 기도 그리고 아기를 위한 기도. 그는 진심으로 기도했다. 하지만 루나는 불안했다. 그와 달리 루나는 나약한 인간이었다. 아무리 늑대의 피가 섞였다고 하나 루나는 인간이었다.

"루나 님, 마취제가 들어갑니다. 열을 거꾸로 세십시오."

"열, 아홉, 여덟⋯⋯."

두려웠다. 그 두려움은 꿈이 되어 나타났다.

루나는 지금 숲속을 거닐고 있었다. 수풀을 헤치고 또 헤치며 들어서자 아더와 처음으로 사랑을 나누었던 폭포가 있는 계곡이 보였다. 그리고 그곳 바위마다 커다랗고 멋있는 그레이 울프들이 서서 루나를 내려다보고 있었다. '천국인가?' 라는 생각이 들 정도로 마음이 편안했다.

[루나…….]

가장 멋진 늑대가 그녀의 이름을 불렀다.

"네."

[앞으로 많은 일들이 있을 것이다. 우리 아더를 잘 부탁한다. 더불어 레오나드도 부탁한다. 용맹한 아이다. 세상으로부터 늑대를 지켜 줄 아이다.]

[루나…….]

늑대의 모습이었지만 마티나였다.

"마티나?"

[우리는 항상 너의 곁에 있을 거야. 그러니 두려워 마라.]

"네."

두려움이 사라지고 따뜻한 마음이 생기는 것 같았다. 루나는 조상들에게 왜 아더가 기도를 했는지 알 것 같았다. 이제는 편안한 마음으로 레오나드를 맞이할 수 있을 것 같았다.

콘라드의 얼굴에 땀이 범벅이 되어 있었다. 이런 건 처음 경험해 보는 콘라드였다. 자주 있는 일은 아니었지만 아기들이 태어날 때는 언제나 콘라드가 아이들을 받았다. 그는 울프 빌리지의 유일한 의사였기 때문이다.

하지만 아무리 베테랑 의사라고 해도 그 역시 인간과 늑대의 아이는 처음 받아 보는 것이었다. 어떻게 생겼을지 궁금했고 어떤 능력을 보일지도 궁금했다. 그런데 제왕 절개를 하는 와중에 그는 커다란 차이를 느끼고 있었다.

루나의 배에 칼이 들어가지 않았다. 아이가 위협을 느끼는 모양이었다.

"어떻게 하지?"

땀이 절로 흐르는 순간이었다.

"아가야, 제발…… 널 헤치려는 게 아니야."

콘라드는 이마의 땀을 닦으며 말했다. 그러자 기적 같은 일이 벌어졌다. 칼끝이 드디어 들어갔다.

"아가야, 고마워."

콘라드는 눈물이 날 지경이었다. 이 기막힌 광경을 자신만 볼 수 있다는 게 아쉬웠다. 칼끝이 루나의 배를 가르고 들어가자 아기의 머리가 보였다. 사람일까? 늑대일까? 솔직히 늑대의 모습이라면 루나가 많이 놀랄 것 같았다.

다행히 아이는 사람의 모습이었다. 골격이 갓난아이의 모습이라기보다 태어난 지 거의 1년쯤 지난 아이 같았다. 성장 속도가 굉장히 빨랐다. 아이를 꺼내고 나자 아이는 울지 않고 그를 빤히 바라보았다.

"잘생겼지?"

"……."

그의 말을 알아듣고 있는 듯 아이는 그와 눈을 마주쳤다.

"뭘 알아듣기는 하는 거야?"

그는 아이를 닦아 주고는 서둘러 루나의 배를 닫았다. 모든 준비가 끝나고 아이를 바라보던 콘라드는 깜짝 놀랐다. 아이가 자리에 앉아 있었기 때문이다.

"아무래도 아더를 불러야겠어."

그는 밖에서 초조하게 기다리고 있을 아더를 찾아 수술실을 나왔다.

턱벅 터벅 터벅.

수술실 앞으로 아더가 왔다 갔다 하기를 수백 번 반복하고 있었다. 알렌은 그런 아더를 지켜보고 있었고, 병원 밖에는 수많은 늑대들이 새로운 지도자의 탄생을 기다리고 있었다. 그간 슬픔이 가득했던 숲에 들려온 오랜만의 행복한 소식이었다.

전설의 아기가 어떻게 생겼는지 모두가 궁금해하고 있었다. 특히 아더는 조상으로부터 아이의 이름을 레오나드라 명받았다. 아들이었다. 빨리 아들을 보고 싶어 미칠 것 같았다. 이곳의 아이들은 늑대로 태어난다.

태어나자마자 얼마 후부터 새끼들의 동굴에서 모두가 같이 양육을 한다. 공동 육아를 하는 건 예전에 사냥에만 의존할 때 어미가 사냥을 나가면 다른 어미가 새끼를 보호하는 것에서 시작됐다. 그들은 공동체를 이루며 살았고 모든 걸 나누었다.

아더는 레오나드가 어떤 생김으로 태어날지도 궁금했다. 하긴 장모인 제시가 있으니 인간의 아이라고 해도 잘 기를 수 있을 것이다. 차라리 인간의 모습으로 태어나길 아더는 바랐다.

"아더 님……."

콘라드가 수술실에서 나왔다. 콘라드의 표정은 놀란 얼굴이었다.

"들어와 보셔야겠습니다."

콘라드를 따라가던 아더는 수많은 생각이 스쳐 지났다.

"루나는 괜찮은가?"

루나부터 물어본 아더였다.

"건강하십니다."

"그럼 아기는?"

"건강한데 그게 좀……."

아더는 콘라드의 반응에 걱정이 되었다. 제왕 절개라서 그런지 루나는 회복실로 이동 준비 중이었고, 그 옆에 어떤 아이가 앉아 있었다.

"레오나드?"

"아이가 울지도 않고 저렇게 앉아 있어요. 자꾸 일어나려고 해서……."

콘라드는 많이 놀란 것 같았다. 아더가 아이 곁으로 다가서자 아이가 마치 안아 달라는 것처럼 팔을 벌렸다.

"인간의 모습인데 늑대처럼 빠르네요."

"그렇군."

"레오나드, 엄마가 깰 동안 우리는 숲의 친구들부터 만나자꾸나."

"파파파파……."

중얼중얼하는 것이 말도 빠르게 할 것 같았다. 아더는 자랑스럽게 아들을 안고는 수술실 밖으로 나갔다. 그러자 알렌은 커다랗게 눈을 뜨고 레오나드를 보았다.

"아더 님, 축하드립니다."

"고마워. 우리 레오나드와 함께 인사하러 가지."

"네."

알렌이 문을 열자 숲의 모든 동물들이 아더의 발 앞에 엎드렸다.

"전설의 아이, 나의 아들 레오나드에게 축복을!"

우레와 같은 함성이 터져 나왔다. 모두가 각자의 방법으로 축하를 하고 있었다. 새들은 하늘 높이 날아올랐고 동물들은 울부짖었다. 사람들은 박수를 치며 축하했다. 모두가 새로운 지도자인 레오나드를 환영했다.

"파파……."

아이를 콘라드에게 건넨 아더는 루나의 곁으로 향했다. 그의 걱정은 전부 루나를 향해 있었다. 아들을 얻어 기분은 좋았지만 루나가 아직 일어나지 않았다.

"루나……."

그녀의 고운 얼굴을 손으로 감싸며 아더는 걱정 어린 눈빛으로 루나를 보았다. 그의 심장과도 같은 여인이었다.

"으으음, 아더……."

"루나!"

루나가 눈을 떴다.

"레오나드는요? 어딨나요? 괜찮은가요? 늑대의 모습인가요? 사람의 모습인가요? 아니면……."

루나의 목소리가 흔들렸다.

"아주 건강한 사내아이의 모습이고, 나랑 아주 똑같이 생겼어."

"지금 모습이랑요?"

"그럼."

그제야 루나의 얼굴이 환해졌다.

"레오나드라는 이름은 어떻게?"

"내가 그랬나요? 꿈속의 조상님들이 아이의 이름을 그렇게 지으라고 했어요."

아더는 루나가 그의 반려임을 다시 한 번 느끼고 있었다.

조용한 건물 안에 미카엘이 앉아 있었다. 이제 그의 곁에 조지는 없었다. 그의 부하들은 전멸했고 그는 유일한 블랙 늑대였다. 늑대는 외로움을 견디지 못한다. 무리 밖으로 쫓긴 늑대는 외로움에 죽기 마련이었다.

늑대는 사회적 동물이기에 무리가 있어야 했다. 미카엘은 사람들로 무리를 다시 정비하고 있었다. 그는 아직 인간 세상에서 힘이 있으니 지금은 인간들을 이용할 때였다.

똑똑.

요즘 미카엘은 은밀하게 사람들을 만나는 중이었다. 지금은 상원위원들을 만나고 있었다. 그들을 설득해서 아더의 숲을 개발할 생각이었다. 그곳에 자신의 돈을 부어 카지노와 골프장을 건설할 생각이었다.

미카엘은 돈이 아주 많았다. 그의 사업은 승승장구했고 돈으로 할 수 있는 모든 게 가능했다. 오후에는 하원의원들을 만날 예정이었다. 이번에 대선은 출마하지 않기로 했다. 그는 영원히 살았고 이 작은 땅덩어리보다는 세상을 가지고 싶었다. 그는 어떻게 하면 세상이 그의 손에 들어올지 알고 있었다.

지금은 루나와 아기를 데려오는 게 우선이었다. 아기의 심장은 갈기갈기 찢어서 먹어 치울 생각이었다. 전설은 맞았고 그 결과물이 세상에 나왔다. 그렇다면 이제 그가 취하면 되는 것이었다.

"으윽!"

아더의 숲에 다녀온 후로 그는 온몸에 털이 나기 시작했다. 그런데 털보다 문제인 건 강한 성욕을 느낀다는 것이었다. 루나를 맛보지 못한 스트레스일 수도 있었지만 그 증세가 심했다. 며칠에 한 번 꼴로 그는 여자 사냥에 나갔다.

임마누엘이라도 있다면 성욕을 해소할 수 있었지만 임마누엘은 그날 이후로 보이지도 않았다.

"아아악!"

그의 페니스에 피가 몰리는 느낌이었다. 오늘 밤 거리의 여자를 잡아들여야 할 수도 있었다. 더럽고 추악한 것들이었다. 하지만 그녀들을 잡아올 수밖에 없는 이유는 그들은 아무도 찾지 않았기 때문이었다.

늦은 밤, 미카엘은 검은 모자를 눌러쓰고 창녀들이 많은 뒷골목으로 향했다. 그리고 10달러를 외치는 여자에게 손을 내밀었다.

"여기서 하는 거야?"

"아니."

"이동하면 10달러 더."

그가 20달러를 여자에게 건넸다. 여자는 무슨 횡재라도 한 듯이 그의 팔짱을 끼었다.

"빼!"

"뭐라고?"

"역겨우니까 빼라고."

그의 말에 여자는 얼른 손을 뺐다. 한 대라도 맞으면 손해였기 때문이었다. 미카엘은 여자를 자신의 빌딩으로 데리고 들어갔다. 지금은 잠시 비워 두고 있지만 이곳 지하는 그가 무슨 일을 벌이든 알 수 없는 곳이었다.

"누워."

평범한 침대가 아닌 스테인리스로 된 침대에 누우라니 여자가 싫은 반응을 보였다.

"그럼 옷부터 벗어."

"오빠, 변태 짓 하는 거 아니야?"

"그럼 안 돼?"

"그럼 100달러야."

미카엘이 100달러 2장을 던졌다. 여자는 돈을 가방에 넣더니 옷을 벗었다. 싸구려 향수 냄새가 방 안에 진동했다.

쉬익!

"아악!"

빠르게 여자를 침대에 묶었다. 너무 빠른 속도에 여자가 비명을 질렀다.

"어, 어떻게……."

"닥쳐! 시끄러우니까."

"으읍."

여자의 입에 천을 집어넣었다.

"시끄러워서 마지막 인사도 못 하겠군. 잘 가."

"으으읍."

미카엘이 꿈틀거리는 페니스를 꺼내자 여자의 눈이 커졌다.

"섹스를 하다가 죽으니 행복한 줄 알아!"

그의 페니스가 들어갔다. 이번의 여자는 그래도 잘 버티는 듯했으나 끝은 같았다. 그는 결국 언제나처럼 자신의 손으로 마지막 전율을 느꼈다.

"인간들이란……."

그는 여자를 안아 들고는 소각장에 태워 버렸다. 어찌나 화력이 강한지 흔적도 없이 타 버렸다. 마지막으로 죽은 여자의 소지품을 불 속으로 다 던져 버렸다.

"이렇게 일주일은 버티겠군."

하지만 이렇게 이성을 잃고 여자를 찾아다니는 주기가 점점 빨라지고 있었고, 몸에 나는 털은 이제 밀어야 할 수준이 되었다. 미카엘은 자신이 수집한 늑대에 관한 고문서 어디에서도 자신의 상태와 똑같은 내용은 보지 못했다.

늑대의 전설까지 맞았는데 왜 그에 관한 내용은 없는 것일까?

"이게 다 그레이 울프 위주로 기록이 되어 있어서 그래."

그 후 미카엘은 인디언 제사장이 인간으로 변할 수 있는 늑대들의 이야기를 쓴 일기장을 어렵게 입수했다. 그리고 그가 왜 이렇게 변하는지 알 수 있었다.

그는 지금 아더의 저주를 받고 있는 것이었다. 아더가 조상들께 매일 기도를 올리며 부두교처럼 저주를 퍼붓고 있기 때문에 인간의 모습을 점점 잃어 가는 것이었다. 미카엘이 지독하게 싫어하는 숲으로 돌아가야 할 판이었다. 물론 아더의 숲이 아닌 혼자만의 숲에서 외롭게 살아야 하는 것이었다.

윙— 윙—

미카엘은 욕실 앞에 나체로 서서 털을 밀었다. 수염을 밀듯이 온몸의 털을 매일같이 밀었다. 등은 서서히 굽어 가고 있었다. 아직은 그렇게 변한 모습은 아니지만 이대로라면 내년에는 완전히 다른 모습일 것 같았다.

"아아악! 나쁜 새끼!"

미카엘은 이번 주말 일기장을 기록한 인디언을 찾아가 방법을 찾기로 했다.

윙— 윙—

밀자마자 털이 다시 자라는 것 같았다. 미카엘은 거울 속의 자신의 모습을 보며 아더를 저주하고 또 저주했다.

알렌은 요즘 미카엘의 뒤를 캐느라 숲에서 나와 도심에 있었다. 그는 답답한 이곳의 공기 때문에 밤에는 공원에 앉아 있는 경우가 많았다.

"젊은 사람이 벌써 노숙하면 어떻게? 좀 비켜 봐."

벤치에 자리를 잡고 누운 노인이 그에게 비켜 줄 것을 말하고 있었다.

"여기서 주무시려고요?"

"원래는 저기 보이는 곳에서 쉬는데 자꾸 이상한 일들이 일어나서……."

"무슨 일인지 물어봐도 됩니까?"

"여기 온 지 얼마 안 됐어?"

노숙자는 알렌을 신참인 줄 아는 모양이었다.

"저쪽으로는 가지 마. 여기 창녀들이 벌써 셋이나 실종됐어. 물론 시체가 발견되지 않아서 경찰들은 관심이 없지만 말이야. 다들 죽었을 거라고 말하니까."

"소문 아닐까요?"

"아니야, 매일 보는 사람들인데 모르겠어? 우리도 일반인들하고는 다르지만 나름 서로는 알고 있지. 그러니 조심하라고. 질문 다 끝났으면 다른 벤치로 좀 가 줘."

"네."

알렌은 여자들이 사라진다는 그쪽으로 향했다. 이상하게 노숙자의 말이 신경 쓰였다. 정말로 호객을 하는 창녀들이 간간히 서 있었다. 알렌은 거의 낮과 밤에 미카엘의 집 앞을 지키다가 늦은 밤이나 새벽이면 공원을 찾았다.

공원의 벤치에서만 잤지, 이런 곳은 처음이었다. 그때였다. 늑대의 냄새가 났다. 블랙 울프의 향이었다. 그것도 아주 강한……

미카엘의 향이었다. 미카엘이 여긴 왜? 알렌의 머리가 복잡해지고 있었다.

"미카엘……"

그 순간 알렌은 미카엘이 창녀를 데리고 가는 걸 보고야 말았다.

"도대체 왜?"

레오나드는 빠르게 자랐다. 태어난 지 한 달 만에 걸어 다니기 시작했고 간단한 대화도 가능했다. 전설의 아이가 맞긴 한 것 같았다. 제시와 스티븐은 레오에게 완전히 빠져 있었다. 거기에 이브 또한 지신의 아이처럼 예뻐했다.

이브의 의외의 모습에 루나는 조금 당황했지만 나중에 알고 보니 늑대들은 모두가 공동 육아의 달인들이었고 그들은 아이들을 구분하지 않고 자신의 자식처럼 돌보았다.

"제시…… 배고파."

단 하나의 걱정이라면 레오가 먹어도 너무 먹는다는 것이었다.

"엄마, 레오 너무 많이 주지 마요."

"어떻게 자라는 아인데. 이브가 이맘땐 다 그런다고 하더라고."

늑대인 이브의 말이 맞을 것 같아서 루나는 내버려 두었다. 아더는 요즘 무엇 때문인지 집에 들어오지 못하고 있었다. 보고 싶은데 말이다. 어쩌면 전설의 아이를 낳았으니 본인의 임무가 끝난 거라고 생각할 수도 있었다.

루나는 매일같이 몸이 뜨거웠다. 그래서 부끄러웠지만 의사인 콘라드에게 언제부터 사랑을 나눌 수 있냐고 물었다. 그랬더니 콘라드는 수술을 해서 최소한 한 달은 지나야 한다고 했다. 이제 한 달이 지났으니 괜찮은 것이었다.

"아더……."

몸이 점점 더 뜨거워지니 루나는 걱정이었다. 하루를 쓸쓸히 보내고 레오를 재우기 위해 레오의 방에 들어간 루나는 깜짝 놀라고 말았다. 레오가 침대 위에 앉아서 공중으로 뜨는 것이었다.

"엄마, 재밌어."

"레오!"

놀란 그녀가 소리치자 레오가 침대로 내려왔다.

"이런 거 하면 위험해."

"왜?"

"아빠한테 물어보고 하는 거야. 알았지?"

"응, 그런데 아빠는 왜 안 와?"

"바쁘셔. 마을 전체를 돌보시니까."

루나가 아들의 머리를 쓸어 넘겼다. 검은 머리의 레오 때문에 루나는 걱정했었다. 블랙 울프가 아닐까 하고 말이다. 하지만 콘라드가 털 색깔은 성년이 되면 바뀐다고 해서 안심을 했다. 이 모든 걸 아더에게 묻고 싶었지만 아더는 없었고, 누군가에게 물어보면 다들 기도한다고만 말했다.

"레오는 또 뭐 할 줄 알아?"

루나는 솔직하게 레오의 능력이 어디까진지 알고 싶었다.

"이거."

레오의 입에서 푸른빛이 빠져나와 루나의 입안으로 들어갔다.

"아아악!"

소리를 질렀지만 입을 다물 수는 없었다. 계속해서 그녀의 입안으로 푸른빛이 쏟아져 들어오고 있었다.

"아아아악!"

무서웠다. 도대체 이게 무슨 일인지 놀라웠다. 아더를 만났을 때처럼 심장이 세차게 뛰기 시작했다.

"헉헉……."

빛이 사라지자 루나는 마치 전속력으로 달린 듯 숨이 찼다.

"레오……."

"엄마는 우리와 같아질 거예요."

아이가 모를 말만 했지만 어쨌든 숨이 차서 그렇지 기분이 나쁘진 않았다.

"……고마워. 우리 아들."

루나는 아이의 얼굴을 쓰다듬고는 품에 안았다. 낮 동안 그녀는 레오를 돌보지 못할 때가 많았다. 너도나도 레오를 보는 통에 이렇게 잠자리에 들기 전에만 둘은 오붓한 시간을 보냈다.

"레오?"

"으응……."

아이가 잠이 들려고 하고 있었다.

"사랑한다."

아이의 이마에 입술을 맞춘 루나는 쓸쓸히 자신의 방으로 발걸음을 옮겼다.

조상들에게 기도하는 동굴에 아더가 들어가 있었다. 어떤 때는 3일간 계속해서 기도만 했고, 기도가 끝이 나면 경찰서에서 하루 종일 시간을 보냈다. 집에는 도통 들어갈 생각이 없어 보였다.

알렌은 가끔 미카엘을 감시하러 워싱턴에 갔던 일들을 보고했다. 그랬더니 콘라드는 미카엘이 성욕을 주체하지 못해서 인간 여자들을 죽이고 있다고 말했다.

"아니 그 정도는 참아야지."

"섹스 파트너인 임마누엘도 여기 있으니 다른 사람에게라도 풀고 싶은 거지."

"나 같으면 참겠어."

콘라드가 알렌의 옆구리를 손으로 찔렀다.

"왜?"

"눈치껏 해. 아더 님도 계신데……."

"뭐 못 할 얘기라도 한 거야?"

"요즘 쉬지도 못하셨는데……."

콘라드는 제가 말을 못 알아듣는 듯 답답해하며 아더의 눈치를 봤다. 지금 아더는 굉장히 피곤할 것이다. 쉬지 않고 일을 하니 말이다.

알렌은 그런 아더가 걱정이 되었다.

"아더 님……."

"왜?"

"집에는 언제 들어가십니까?"

"힘들면 들어가."

무뚝뚝하게 답했지만 알렌은 아더가 걱정이 되었다.

"혹시 무슨 일이라도……."

"없어."

말은 이렇게 하지만 제대로 식사까지 하지 않아서 요즘 아더의 얼굴이 말이 아니었다. 특단의 조치가 필요했다. 지금 아더에겐 극약 처방뿐이었다.

"루나 님이 요즘……."

"루나가 왜?"

"그러니까 점점 살이 빠지시는 게……."

아더가 두말없이 자리에서 일어났다. 그때 옆에서 이 상황을 가만히 보던 콘라드가 말했다.

"며칠 전에 병원에 오셨습니다."

"어디가 아픈가?"

"뭐 두 분이 지금 한 가지 때문에 걱정이신 것 같습니다. 이제는 뜨거운 밤을 보내도 된다고……."

아더의 모습은 보이지 않았다. 전쟁 때도 보여 주지 않던 스피드를 지금 그들에게 보여 주었다.

"그거였어?"

콘라드가 고개를 끄덕였다.

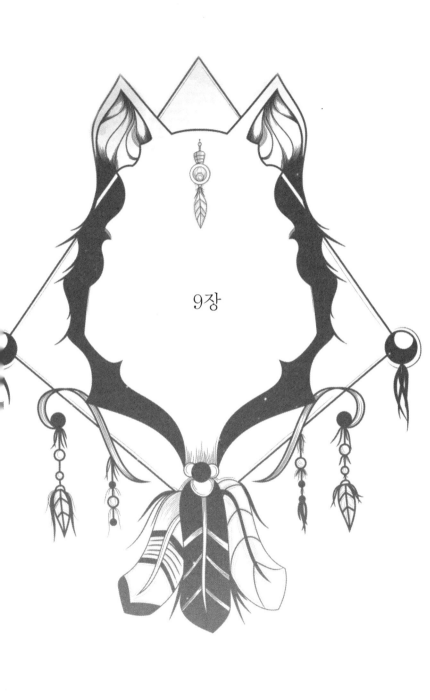

9장

전신 거울 속 자신의 모습을 확인한 루나는 한숨을 쉬었다. 갈색빛 머리는 이제 허리까지 내려왔다. 굵게 웨이브진 머리를 커튼 삼아 양쪽 어깨 위로 내려 가슴을 살짝 가렸다. 봉긋한 하얀 가슴은 비너스를 연상시켰다.

　잘록한 허리는 아이를 낳은 지 얼마 안 된 여자라고는 믿기 어려웠다. 납작한 배를 따라 내려오면 알맞은 위치에 작고 예쁜 배꼽이 보였다. 그리고 그 아래 갈색 숲은 풍성한 가을을 보는 것 같았다.

　탄탄한 허벅지를 지나가는 발목까지 어디 하나 섹시하지 않은 곳이 없었다. 루나는 핸드폰으로 그런 자신의 모습을 찍었다.

"보낼까?"

자신의 사진을 아더에게 보내고 싶었지만 루나는 끝내 보내지 못했다.

"추해."

그는 이제 루나에게 관심이 없는 것 같았다.

"어쩜 이리도 조용할까?"

루나는 황금색 가운을 입었다. 중국풍의 가운인데 제시가 결혼 선물로 준 것이었다. 사실 아더와 루나는 결혼식도 올리지 않았다. 아더는 루나에게 프러포즈조차 하지 않았다.

중국풍의 가운은 투명한 비단 실로 만들어져 있었다. 물론 그 위로 동양적인 모양의 꽃 그림이 그려져 있었다. 하지만 가운을 걸쳐도 걸치지 않은 것과 같았다. 아니 오히려 더 야릇한 느낌을 주었다.

"나만 보기 아깝네."

아직 아더는 보지 못했다.

루나는 요즘 육아 책에 빠져 있었다. 인간의 육아 책이 아닌 늑대들의 육아 이야기였다. 잠이 오지 않는 늦은 밤은 그 책을 읽고 또 읽었다. 아더에게 사랑받지 못하더라도 레오에겐 좋은 엄마가 되어 주고 싶었다.

벌컥!

갑작스럽게 문이 열리는 바람에 루나는 소스라치게 놀랐다. 문 앞에는 뜻밖에 아더가 서 있었다.

"아더……."

체크무늬 남방에 카우보이모자를 쓰고 청바지를 입은 아더의 모습은 조금 생소했다.

"오늘도 기도하고 오는 길이에요?"

목소리가 그녀의 귀에도 이상하게 들렸다. 그의 시선이 그녀의 가운에 가 있었다. 루나는 피하지 않았다. 그의 눈이 이글거리는 게 눈에 보이자 솔직히 심장이 두근거렸다.

"응."

그도 대답을 하는 둥 마는 둥 시선은 그녀의 풍만한 가슴에 가 있었다. 루나는 일부러 커튼처럼 드리워져 가슴을 가리고 있는 머리카락을 어깨 뒤로 넘겼다.

"수고했어요. 어서 가서 쉬세요."

각방을 쓰는 그들이었다. 그들에게 레오가 태어나고 한 달은 너무나 바쁜 시간이었다. 머리를 틀어 올리며 일부러 가슴을 부각시켜 그를 한 번 더 자극한 루나였다.

"……."

"아더?"

둘 사이의 뜨거운 정적을 루나가 깼다. 그때 갑자기 아더가 빠른 걸음으로 그녀에게 다가오더니 얼굴을 감싸고 깊은 키스를 하기 시작했다. 입술이 얼얼할 정도로 빨아들이고 있었지만 루나는 상관하지 않았다.

좋았다. 그의 키스만으로도 그동안의 서운함이 다 사라지는 것 같았다. 그는 아직 그녀를 원하고 있는 게 분명했다.

그의 혀가 그녀의 입안을 거칠게 휘젓고 다녔다. 처음 하는 것처럼 아더는 다급하게 그녀에게 키스했다. 루나도 그의 목에 팔을 두르고 적극적으로 그의 혀를 받아들였다.

"으음……"

"허억…… 헉……."

그의 숨소리를 거칠었다.

츄읍츄읍.

서로의 입술을 빨아들이느라 방 안에 야릇한 소리가 가득했다. 그러나 만족스럽지 않았다. 더 깊은 걸 원했다.

"아더……."

입술이 떨어졌을 때 루나가 아더의 이름을 불렀다. 그리고 살짝 떨어져 그가 그녀를 볼 수 있게 했다.

"날 가져요."

루나가 가운을 어깨 아래로 떨어뜨렸다. 실크 자락이 그녀의 몸을 스치며 아래로 떨어지고 있었다. 그녀를 바라보던 아더가 마른

침을 삼켰다.

"바라던 바야."

그가 루나를 안아 들고는 침대 위에 던지듯 내려놓았다.

쫘악!

그의 셔츠가 단번에 찢겨져 나갔다. 옷을 벗는 건지 찢는 건지 도저히 구분이 가지 않았지만 아더는 순식간에 알몸이 되었다.

"어서요."

루나가 재촉했다. 항상 그녀가 더 원하는 것 같아서 싫었지만 섹스를 할 때는 어쩔 수가 없었다. 그녀는 간절히 아더를 원했다. 그가 흥분했는지 오늘은 몸을 덮고 있는 회색 털이 평소보다 더 길었다.

"아더……."

루나가 아더의 몸을 더듬어 내려갔다. 보기와는 다르게 그의 털은 부드러웠다. 마치 밍크 이불을 만지는 느낌이었다.

"부드러워요."

손으로 털을 쓸어내리고 또 쓸어내렸다. 아더는 긴 혀로 그녀의 온몸을 핥기 시작했다. 그는 이런 행위로 애정을 표현하는 것 같았다. 루나는 그의 온몸을 손으로 쓸어내렸다. 기분이 아주 좋았다.

"루나……."

그녀의 손짓이 좋았는지 아더가 그녀의 이름을 불렀다.

"왜 안 왔어요?"

"못 참을 것 같아서."

"네?"

"루나를 보면 내 페니스가 미친 듯이 날뛰어서 힘들어. 그리고 미친놈처럼 자꾸만 루나와 하는 섹스만 생각이 나고 하고 싶어서 죽을 것 같았거든. 그러니 루나가 나의 눈에 띄면 일부러 피한 거야."

"오늘은요?"

"콘라드가 루나가 다녀갔다고 말해 줬거든."

콘라드의 입을 막았어야 하는데 실수였다. 얘기하지 말아 달라고 부탁한 적은 없으니까 말이다.

"내가 너무 밝혔나요?"

"아니, 난 솔직한 루나가 좋아."

그의 말에 힘을 입어 루나는 몸을 일으켰다. 그리고 한 번은 해 보고 싶었던 걸 시도해 보기로 했다. 그의 페니스를 두 손으로 어루만지는 루나였다.

"한 번은 먹어 보고 싶었어요."

"……."

루나의 말을 알아들은 아더는 고개를 저었다.

"안 돼."

하지만 동작은 루나가 빨랐다. 루나는 그의 거대한 성기를 입안에 넣지는 못하고 혀로 핥기 시작했다.

"맛있어요."

그의 맛이 입안에 가득했다. 좋았다. 더 가까워진 느낌이었기 때문이었다. 연인들만의 은밀한 행위에 루나의 몸이 뜨거워졌다.

"으윽."

아더의 입에서 신음이 계속해서 나왔다. 그는 지금 침대 시트를 붙잡고 그녀가 주는 쾌감을 즐기고 있었다. 검붉은 그의 페니스는 루나를 사로잡았다. 다른 이에겐 무기가 될 수도 있을 만큼 그의 페니스를 컸다.

하지만 그녀에겐 쾌감을 주는 페니스였다. 자신의 타액을 전체에 묻히며 루나는 아더가 자신의 것임을 확인하고 있었다.

"이 순간을 기다렸어요."

"윽, 나도…… 윽……."

그녀의 혀가 지날 때마다 아더는 신음했다. 더 이상은 참기 어려웠던 건지 아더가 그녀를 침대 위로 눕혔다. 더 이상의 전희는 없었다. 아더의 페니스가 그녀 안으로 들어왔다.

아더는 더욱 격렬하게 울부짖었다. 그의 목 안에서 늑대의 울음소리가 들렸다. 그가 머리를 뒤로 젖히며 신음을 내뱉었다. 루나는 그의 가슴을 손으로 쓸어내렸고 아더는 몸을 부르르 떨었다.

그의 격한 허리 짓은 길고 길었다. 루나는 이대로 죽어도 좋다고 생각했다. 그가 마지막 몸짓을 한 후에 그녀의 몸 안에 자신의 분신을 쏟아 냈다.

"루나…… 윽!"

그의 몸이 땀으로 미끈거렸다. 아더가 그녀의 몸 위로 쓰러졌다. 그의 심장이 그녀의 가슴 위에서 뛰고 있었다. 루나는 그의 목을 끌어안고는 오랫동안 그대로 있었다.

"당신의 두근거림이 좋아요."

"나의 심장은 루나를 향해 뛰지."

"당신의 무게도 좋고."

"난 루나가 더 무거웠으면 좋겠어."

"안 돼요."

"왜? 난 마른 여자는 싫어."

"좋아하면서……."

아더가 몸을 일으켜 그녀의 옆으로 누웠다.

"말해 봐."

뭔가를 느낌 모양이었다.

"당신의 주변엔 너무 아름다운 여인들이 많고. 그들은 당신을 유혹하기 위해 무지하게 애를 쓰는 것 같아요."

"알아."

안다고? 그에게 기대했던 답치고는 상당히 저돌적이었다.

"어떻게 생각해요?"

"그건 그들이 마음이지, 내 마음은 아니야. 내가 함부로 관여할 수도 없고."

"그게 당신 답이에요?"

"그럼 뭐라고 해야 하지?"

이렇게 말을 하니 딱히 할 말이 없었다. 그는 여자들에게 관심이 없고 그들이 뭘 하든 상관이 없다는 말이었다.

"너무하네요. 그럼 다른 남자들이 날 그렇게 바라보면 좋겠어요?"

"그건 다른 이야기지."

"네?"

"다른 놈들이 루나에게 그런 식으로 접근하는 걸 내가 본다면 다 죽여 버릴 생각이야."

"아더……."

"난 뱉은 말에는 책임을 지는 사람이야."

이건 완전히 경고였다.

"나도 그래요."

"재미있겠군."

"뭐라고요? 읍!"

그가 갑자기 입술을 자신의 입술로 막았다.

"으읍. 이거 놔요."

루나가 단단히 토라졌다. 솔직하게 서운했다.

"루나, 난 평생 루나만을 바라보고 살 거야."

"다른 여자가 당신을 보는 게 싫어요. 강하게 잘라 버려요."

아더가 웃었다. 그녀는 심각한데 그는 우스운 모양이었다.

"그렇게 하길 바라?"

"네."

"알았어."

그가 순순히 답했다.

"아더, 난 당신이 나의 것이었으면 좋겠어요. 내가 당신의 것인 것처럼."

아더가 침대 헤드에 기대앉혔다. 혹시 허리가 불편하지 않을까 허리에 베개도 넣어 주었다. 그는 다정했다. 아더도 침대 헤드에 등을 기대고 앉았다. 그의 팔이 그녀를 감싸 안았다. 그리고 그의 입술이 그녀의 정수리를 눌렀다.

"난 한 번도 루나 이외의 여자를 생각한 적이 없어. 내가 맹세를 하면 루나의 불안한 마음이 놓이겠어?"

"꼭 그런 건 아니지만 우리는 결혼한 사이도 아니고, 또 이렇게 있다가 당신의 마음이 변하면 날 버릴 수도 있고, 또 레오가 태어났으니 난 필요 없는 존재인 것만 같아서……."

순간 울컥했다.

"결혼식을 말하는 건가?"

"……."

다른 건 다 알아서 처리하면서 이런 건 또 모른 척하고 있었다.

"내가 제시와 상의해 볼게. 이브한테도 물어보고."

"제시하고 뭘 상의해요?"

"결혼식."

그의 손이 다시금 루나의 가슴을 더듬기 시작했다. 루나는 온몸에 소름이 돋았다. 아더의 손이 움직일 때마다 루나는 행복의 신음을 내기 시작했다.

윙— 윙—

미카엘은 자신의 길어진 털을 깎으며 아더를 저주하는 말들을 쏟아 내고 있었다.

"반드시 찢어 죽일 거야."

털들이 전신을 덮고 있었다. 깎으면 깎을수록 털은 단단해지고 뻣뻣해졌다. 그의 몸이 이럴수록 미카엘은 아더를 저주했다.

얼마 전 인디언의 제사장을 어렵게 만났었다. 그는 미카엘이 늑대란 걸 단번에 알아봐서 미카엘을 당황스럽게 만들었었다.

"블랙 울프군."

"……."

그의 말에 미카엘은 가만히 있을 수밖에 없었다.

"아무도 좋아하지 않는 외로운 늑대……."

"……."

미카엘이 놀랄 수밖에 없었던 건 그가 장님이라는 것이었다. 보지 않고도 그를 알아봤다.

"피비린내가 나는구나."

"……."

"넌 늑대의 왕인 아더를 이길 수가 없어."

그 말에 미카엘은 너무나 화가 나서 인디언의 멱살을 잡았다. 아흔 살이 넘은 인디언은 그의 횡포에도 의연했다.

"어차피 갈 몸이다."

"아더가 나에게 저주를 거는 것인가?"

"아니. 저주는 너의 이런 행동에 격노한 조상들이 내린 것이다."

그의 손에 닿은 인디언의 피부는 사람의 피부가 아닌 나무껍질처럼 마르고 거칠었다. 세월이 인디언을 조상에게로 데려갈 것 같았다.

"어떻게 풀어야 하는지 말해."

"아더의 기도."

결론은 아더였다. 미카엘은 그 자리에서 인디언을 물어 죽여 버렸다. 자신을 무시하는 발언을 도저히 참을 수가 없었다. 하지만 아직은 복수를 하지는 않았다. 아더 하나만 죽일 게 아니었기 때문이었다.

·

윙―

바닥에 이제 털에 제법 쌓였다.

"미카엘 님……."

그의 새로운 비서였다. 미카엘은 욕실 안에서 비서는 밖에서 이야기를 나누었다.

"무슨 일이야?"

"산림청에서 연락이 왔습니다. 약속한 건에 대한 통과 절차 때문에 만나길 원한다고요."

"알았다고 해. 원하는 약속 날짜를 잡고."

"그리고 사냥꾼이라는 사람에게도 연락이 왔습니다."

새로운 비서는 하나서부터 열까지 모든 걸 그에게 묻고 또 물었다. 조지가 그리웠다.

"내가 연락할 테니까 나가 봐."

"네, 미카엘 님."

미카엘은 욕실의 거울을 보았다. 털을 깎았지만 예전의 잘생긴 미카엘의 얼굴이 아니었다. 그는 점점 더 늑대에 가까워지고 있었다. 밖을 나갈 수가 없었다. 늑대로 변하는 속도가 빨랐다. 그래서 그는 사람들과의 접촉을 끊은 상태였다. 비서와도 벽을 사이에 두고 대화를 주고받았다.

뼈대가 점점 더 굵어지고 있었고 귀가 뾰족해지고 입이 나오기 시작했다. 점점 괴물이 되어 가고 있었다. 늑대로 변하기는 쉬웠지만 사람으로 변하는 건 이제 힘이 들었다.

그래서 미카엘은 늑대로 변하질 않았다. 늑대의 온전한 모습이 되면 절대로 사람의 모습으로 돌아올 수 없을 것 같았기 때문이었다. 아더에 대한 원망이 점점 더 강해지고 있었다.

뉴스에선 미카엘이 정계 은퇴를 했다고 보도가 되었다. 그건 당원들에게 미카엘이 편지를 보내 대선에 출마하지 않겠다고 했기 때문이었다. 그에게 집중되었던 시선들도 사라져 가고 있었다.

"으으윽."

뼈가 커지면서 살이 자꾸 터지고 있었다. 미카엘은 욕실 구석에 쭈그리고 앉아 자신의 신세를 비관하며 울음을 터트렸다.

"결코 용서하지 않을 것이다."

그의 처절한 절규가 욕실 가득 울려 퍼졌다.

아더의 눈이 루나의 가슴에 향해 있었다. 오늘은 우울해하는 루나를 데리고 그들이 처음으로 사랑을 나누었던 폭포의 경치가 아름다운 계곡으로 가는 중이었다. 레오는 제시가 봐 주고 있었다.

"난 그 폭포를 보고 있는 것도 좋지만 물에서 수영하는 게 더 기대돼요."

"……."

"너무 시원하고 좋은 곳인 것 같아요."

"……."

아더는 루나의 말이 하나도 귀에 들어오지 않았다. 그의 눈길은 오로지 루나의 가슴을 향해 있었다.

"그만 봐요."

"뭘?"

운전을 하면서 그는 괜히 딴청을 피웠다.

"오늘은 그냥 시원하게 수영만 할 거예요."

"그렇게 해."

말은 그렇게 했지만 오늘의 일정이 그렇게 되지 않을 거란 걸 아더는 알았다. 루나의 풍만한 가슴이 레오를 낳고는 더 커졌다. 거기에 이제는 대놓고 섹시하기까지 하니 아더로서는 하루 종일 루나와 있고 싶은 마음뿐이었다. 오늘은 모처럼 둘만의 오붓한 시간을 가지고 싶은 아더였다.

폭포로 향하는 길에 아더는 온몸에 소름이 돋기 시작했다. 뭔가 그들을 따라오는 기분이 들었다. 경계를 늦추지 않은 아더는 주변을 살폈다.

"뭐지?"

"아더, 빨리 와요."

"알았어."

루나를 지키기 위해 그는 온 신경을 루나에게 집중하기 시작했다. 그리고 그들의 뒤를 따르는 무언가를 발견했다. 사냥꾼이었다.

아더는 사냥꾼이 하나가 아님을 알았다. 먼저 숫자를 파악하고 그들의 위치를 파악했다.

그들은 일반적인 사냥꾼이 아니었다. 인디언들로 구성된 그들은 오래전부터 인간으로 변신하는 늑대들을 사냥하는 아주 잔인한 사냥꾼들이었다.

그들은 아더처럼 사람의 형상으로 변하는 늑대들을 악마라고 생각했다.

처음에는 죽이기만 하더니 나중엔 사람으로 변하는 늑대의 모피를 고가에 팔았다. 그리고 그 모피는 인디언 추장들의 상징이 되었다.

그들이 이렇게 목숨을 걸고 사냥을 하는 건 돈 때문이 아니었다. 늑대의 심장을 먹으면 영생을 살 수 있다는 헛소문 때문이었다. 그들도 무리를 지어 사냥을 하러 다녔지만 오늘은 그 규모가 컸다.

"루나, 이제부터 앞만 보고 달려. 절대로 뒤를 돌아보지 말고 달려. 폭포로 달려가서 강물에 뛰어들어."

"아더······."

"강물에서 폭포로 헤엄쳐 들어가면 동굴이 있어. 그 안에서 기다려."

"아더······."

"어서!"

루나가 달리기 시작했다. 아더는 루나를 보내기 위해 그 자리에 섰다. 총으로 아더를 쏘는 건 마을의 늑대들을 이곳으로 모이게 하는 꼴이니 이들은 칼이나 활을 사용할 것 같았다.

휙!

아더의 얼굴을 위험스럽게 스치는 활이 날아왔다.

휙! 휙! 휙!

여기서기서 활이 날아들고 있었다. 아더는 현재까지는 아주 잘 피하고 있었다. 루나만 어느 정도 피한다면 그는 사냥꾼들을 공격할 것이다. 지금까지는 피하기만 한 아더였다. 숲속에 사냥꾼이 등장한 건 처음이었다.

이들이 이곳에 들어온다는 건 목숨을 내놓았다는 얘기였다. 누군가 목숨값을 제대로 쳐 준 모양이었다.

휙! 휙! 휙!

활이 여기저기서 나오고 있었다. 아더는 빠른 스피드로 활을 잘 피해 나가고 있었다.

"아……호……."

그가 동료들을 부르는 울음소리를 냈다.

"아……호……."

여기저기서 답이 들렸다. 사냥꾼들도 그가 다른 늑대들을 부르는 소리에 잠시 공격을 멈추었다. 그들 역시 여러 마리의 늑대는 부담스러울 것이다. 아더가 달리기 시작했다. 루나와 반대 방향으로 뛰기 시작한 아더였다. 될 수 있으면 루나와의 거리를 벌려야 했다.

아더는 누가 자신에게 이런 짓을 했는지 알 것 같았다.

"미카엘……."

아더는 이제 더 이상 미카엘을 용서하지 않을 거라 맹세했다.

"휘이익!"

휘파람을 불며 그를 사냥꾼들의 가운데로 몰기 시작했다. 아더는 그들의 함정에 빠지지 않으려 달리고 또 달렸다.

"휘이익!"

"윽!"

휘파람 소리를 신경 쓰느라 화살을 맞은 아더였다. 하지만 지금 그는 멈출 수가 없었다. 그때였다. 알렌을 비롯한 그의 부하들이 하나둘 나타나기 시작했다. 그리고 각자 사냥꾼들을 공격하기 시작했다.

사냥꾼은 모두 6명이었다.

"사, 살려 줘."

"당연히 살려 주지."

사람으로 변신한 그들을 보며 사냥꾼들은 겁에 질렸다.

"윽!"

아더는 어깨에 박힌 사냥꾼의 활을 뽑아 땅바닥에 내팽개쳤다. 그의 상처는 점차 아물기 시작했다. 아더는 심장이 있는 한은 모든 상처가 쉽게 치유되는 능력이 있었다.

"미카엘은 어딨지?"

미카엘이라는 말에 사냥꾼들이 얼굴이 달라졌다.

"늑대의 사주를 받고 늑대를 죽인다?"

"……."

"어디 있나?"

"모른다."

"몰라?"

으드득!

"아악!"

사냥꾼 하나의 목을 비틀어 죽였다.

"다음은 누구지?"

"미카엘은 워싱턴 외곽의 은신처에도 있고 그리고 자신의 집 지하에도 있소. 요즘은 거의 은신처에서 생활을 하지만……."

"알았어."

"우리들도 죽일 거요?"

사냥꾼들은 늑대들의 힘에 두려워하고 있었다.

"미카엘이 있는 곳까지 우리를 안내해 준다면 목숨만은 살려 주지. 일단 데리고 가서 가둬 놔."

"네."

알렌이 사냥꾼들을 데리고 가자 아더는 루나가 있는 곳으로 향했다. 루나는 그의 부인이 된 후에도 항상 위험에 노출되어 있었다. 아더는 결심했다. 루나와 레오를 위해서 미카엘을 처단하기로.

폭포 안쪽에 동굴이 있었다. 이곳은 가끔 위험으로부터 그들을 보호해 주는 곳이었다. 아더는 헤엄을 쳐서 동굴 안으로 갔다. 그

안으로 들어가니 루나가 쭈그리고 앉아 있었다.

"루나."

"아더……."

아더를 보자 루나가 그의 품으로 달려들었다.

"괜찮은 거야?"

"괜찮아요. 아더가 날 지켜 줄 거라고 믿었어요."

그는 루나를 다시 한 번 꼭 끌어안았다. 그의 여인이었다.

"걱정했어."

"저도 걱정했어요. 당신이 다칠까 봐."

그가 활에 맞은 상처가 아직 남아 있었다.

"다쳤군요."

"괜찮아. 금방 나을 거야."

걱정스런 눈빛으로 그를 바라보는 루나였다.

"이제 더 이상은 참지 않을 생각이야."

"네?"

"미카엘을 처단할 생각이야. 이 이상 그대로 두었다가는 모두
가 위험해져."

"제 생각도 같아요. 그동안은 당신의 동생이라서 뭐라고 말하
지 못한 거예요."

"오늘 루나와 보내려 했는데……."

"괜찮아요. 난 아더만 옆에 있으면 좋아요."

아더의 입술에 루나가 입을 맞추었다.

"사랑해요."

"나도 사랑해."

"너무 위험한 일은 하지 마요."

루나를 다시 한 번 안은 아더는 그녀를 집에 데려다주고는 미카엘을 찾기 위해 도시로 향했다.

임마누엘은 찬밥 신세 중에서도 최고의 찬밥이었다. 아무도 그녀와 진심 어린 관계를 가지려 하지 않았다. 여자들은 모두 그녀를 창녀 취급 했고, 남자들도 가볍게 여겼다. 미카엘에게 그동안 받았던 무시보다 여기서의 안 그런 척하는 사람들로부터 받는 멸시가 더 큰 상처가 되었다.

이곳에선 모두의 관심이 아더와 루나 그리고 레오에게 쏠려 있었다. 그들은 모두의 사랑과 존경을 받았다. 임마누엘은 상상도 할 수 없는 일이었다. 그래서 임마누엘은 기회가 있을 때마다 아더를 유혹했다.

왜냐면 그가 임마누엘을 받아들여 주었기 때문이었다. 비록 처음엔 완강하게 거부하긴 했지만 말이다. 마음에 없으면 아예 받아들이지 않았을 것이라는 게 임마누엘의 생각이었다.

"어, 아더 님이 오셨네."

아더라면 꼬리를 흔들며 달려가는 이브가 이해가 되지 않은 임마누엘이었다.

"알렌이 알면 싫어하지 않을까?"

"알렌도 내가 아더 님 좋아하는 거 알아."

"그런데?"

"아더 님은 우리들의 태양이니까."

구제 불능이었다. 그렇게 말을 하며 이브는 밖으로 나갔다. 하지만 오늘은 뭔가 느낌이 묘했다. 차에서 내린 루나의 표정이 완전 놀란 얼굴이었다.

"뭐지?"

아더는 내리지 않고 루나만 내렸다.

"오늘도 짜증나는 얼굴들만 보겠군."

아더가 내리지 않은 게 아쉬운 임마누엘이었다.

루나는 불안했다. 미카엘의 능력도 아더의 능력보다는 못하지만 그래도 상당하다는 걸 알고 있기에 불안했다. 레오를 안아 든 루나는 사라지는 아더의 차를 보며 불안한 마음을 감추지 못했다.

"엄마."

레오가 그녀를 부르고 있었다. 아이는 루나의 얼굴을 만지며 불안해하지 말라고 하고 있는 것 같았다. 하지만 루나는 이상하게 불안했다.

"레오!"

이브가 레오를 부르고 있었다.

"밥 먹어야지."

"응, 맘마⋯⋯."

루나는 레오를 내려 주었다. 레오는 이브에게로 뛰어갔다. 너무 빠른 아이라서 적응이 안 됐지만 루나는 레오가 자랑스러웠다.

집으로 돌아온 루나 앞에 임마누엘이 앉아 있었다. 루나는 임마누엘이 늑대가 아닌 고양이 같다고 생각했다. 아무 일도 하지 않고 주는 밥이나 먹으며 하루를 게으르게 보내는 고양이 말이다.

"남자들은 다 어디 갔어요?"

"잘 모르겠어요."

"하긴 어딜 간다고 말을 하는 건 남자가 아니라고 생각해요."

임마누엘이 포도 하나를 입에 물었다. 포도 하나를 먹어도 너무 섹시하게 느껴지고 있었다. 기분 나쁠 정도로 섹시했다.

"루나."

임마누엘이 방으로 들어가려는 루나를 불렀다.

"늑대는 하나의 아내와 산다는 건 잊어요."

"무슨 의미죠?"

마치 선전 포고를 당한 기분이었다. 풍성한 금발 머리를 쓸어 올리며 임마누엘이 말했다.

"그렇단 말이에요."

"임마누엘, 경고하는데 이 집에 머물고 싶다면 입조심하는 게 좋을 거예요. 내가 능력은 없지만 당신 하나 내보낼 수는 있으니까."

"……."

"그리고 아더는 당신을 원하지 않아요."

"너무 자신하지 않는 게 좋아요."

"만약에 그렇다면 더더욱 당신을 내보내야 되겠네요. 남편이랑 바람을 피우겠다고 경고하는 여자를 어떻게 한집에 두겠어요."

"……."

"늑대는 혼자서 살기 힘들다고 들었어요. 생각을 바로 하는 게 좋을 거예요."

"협박이에요?"

"경고예요."

루나는 얄미운 임마누엘을 뒤로하고 자신의 방으로 향했다. 기분 나쁜 여자였다.

임마누엘은 루나의 뒷모습을 째려보고 있었다. 인간 주제에 감히 그녀에게 경고를 한 루나를 용서할 수 없었다. 어떻게든 저 콧대를 꺾어 놓고 싶었다.

여기서 대우받지 못할 거, 다시 미카엘에게 가는 것도 나쁘지 않다는 생각이 들었다.

"왜 자꾸 나쁜 생각을 하게 만들지? 나도 착하게 살고 싶은데……."

임마누엘의 시선이 레오에게로 향했다.

"엄마……."

레오가 그녀 옆으로 와서 앉았다.

"임마누엘, 잠깐만 봐 줘요."

이브가 음식을 준비하려는지 식당으로 들어갔다. 레오는 임마누엘 옆에 얌전히 앉아서 포도를 먹었다. 레오는 아기답지 않게 멋있었다.

"레오, 맛있어요?"

"응."

아빠를 닮아서 참 잘생긴 아이였다. 검은 머리에 하얀 피부, 거기에 커다란 에메랄드빛 눈동자는 아이를 신비스럽게 보이게 했다.

"검은 머리의 삼촌이 있는 거 알아?"

레오에겐 미카엘 삼촌이 있었다. 여기선 아무도 말해 주지 않겠지만 말이다. 그래서 임마누엘은 레오에게 삼촌을 소개해 줄 생각이었다.

"삼촌……."

"그래, 삼촌. 레오야 우리 삼촌 만나러 갈까?"

레오가 그녀를 빤히 보며 웃었다.

"그래, 우리 레오 승낙한 거다."

임마누엘은 레오의 손을 잡고 자신의 차로 향했다. 그리고 레오와 함께 미카엘이 있는 곳으로 향했다.

"이제 내가 쓸모 있어지겠군요. 미카엘."

이곳에서 없는 존재처럼 지내느니 구박을 받더라도 미카엘의 품이 더 나을 것 같았다. 이제 미카엘은 루나를 차지할 수 없으니 미카엘도 밤마다 임마누엘이 그리울 것이다. 그동안 임마누엘도 남자의 품이 그리웠다.

이렇게 임마누엘이 미카엘에게 가면 서로 좋은 일이었다. 루나의 마음은 찢어지겠지만 말이다.

"엄마……."

"레오, 엄마가 아니라 삼촌 만나러 가는 거야."

"삼촌."

"그래, 삼촌. 삼촌은 너의 심장을 원하거든."

레오는 말뜻을 모르고 발을 동동 구르며 아주 좋아하고 있었다.

"워싱턴이라는 아주 멋진 도시에 갈 거니까 도착할 때까지 칭얼거리면 안 돼."

레오를 카시트에 태운 그녀는 워싱턴으로 출발했다.

"엄마…… 나무……."

레오는 혼자서 창밖을 보며 중얼거리고 있었다. 솔직히 레오가 예쁘긴 했다. 하지만 지금은 레오를 생각하기엔 그녀의 처지가 너무 비참했다.

"레오야, 미안하다."

이렇게 한마디를 하고는 임마누엘은 속도를 냈다. 미카엘을 빨리 만나기 위해서…….

미카엘은 사냥꾼들의 소식을 기다리고 있었다. 언제나 실망을 시키지 않는 집단들이었다. 하지만 이번엔 상황이 달랐다. 그들이 상대해야 하는 게 아더인 만큼 당연히 목숨을 걸어야 했다.

하지만 사냥꾼들의 대장은 처음부터 거절을 했다. 다른 건 몰라도 아더를 상대하는 건 그들에게도 벅찬 일이었을 것이다.

사냥군들은 철저한 이익집단이었지만 그래도 자신들의 목숨은 지키려 했다. 그래서 그들의 가족들을 납치해서 협박을 했다.

그제야 사냥꾼들은 그에게 충성을 맹세하며 반드시 아더를 잡아오겠다고 맹세했다.

"인간들은 너무 말을 안 들어."

미카엘은 아픈 몸을 이끌고 사람들을 만났다. 이번 사업에 대한 이야기를 하기 위함이었다. 그들에겐 그의 얼굴이 보증수표였다.

"라스베이거스가 워싱턴 근처에도 생긴다니 놀랍습니다."

"이제 이곳의 주민들도 즐길 때가 됐죠."

"하하하, 맞습니다. 역시 사업 수단은 미카엘 님을 따라갈 수가 없습니다."

"규모는 최대한으로 할 겁니다. 돈 걱정은 마시고요."

그의 말에 담당 공무원의 입이 귀에 걸렸다.

"아니, 이런 분이 왜 대통령 출마를 포기하셨는지 안타깝습니다."

"이제 정치보다는 경제에 기여하고 싶습니다."

짝짝짝!

"절로 박수가 나옵니다. 미카엘 님."

공무원이 고개를 숙였다. 미카엘은 이런 종류의 사람들을 수시로 만났고 그들에게 돈을 물 쓰듯 했다. 이게 다 아더의 숲을 없애 버리려는 그의 노력이었다.

"아더, 기다리라고. 순순히 끝이 나면 재미없으니까."

그는 다시 한 번 아더를 꺾겠다는 다짐을 했다.

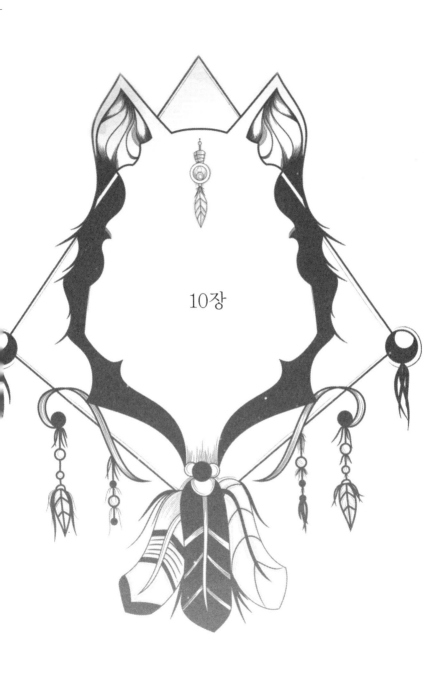

10장

개인적으로 아더는 도시를 좋아하지 않았다. 도시에 올 때면 매연 때문에 숨이 막혔고 너무 많은 사람들 때문에 정신이 없었다. 도시의 화려한 조명은 밤하늘의 별빛을 가렸으며 잠시도 쉬지 않는 사람들은 강을 역류하는 연어 떼 같았다.

　그래도 워싱턴이 뉴욕보다는 나은 것 같았다. 워싱턴은 조용하고 차분했다. 아무래도 인간 세상의 왕이 있는 곳이라 더 그런 것 같았다. 그 왕이 몇 년에 한 번씩 바뀌기는 했지만 그들은 아더가 사는 숲을 건드리진 않았다.

　자연을 훼손하는 사람들도 많았지만 지키려는 이들도 많았다. 뭘 하든 그는 상관없었다. 그의 숲만 지켜질 수 있다면 말이다.

미카엘이 보낸 사냥꾼들 때문에 그는 차를 타고 이동했다. 평소에 워싱턴은 달려서도 올 수 있는 곳인데 오늘 차를 탄 건 인간들을 배려한 것이다. 자신을 죽이고 그의 형제들을 죽였지만 그들과 달려올 수는 없는 노릇이니까.

"아더 님, 저기 백악관 앞에 시위대 보이십니까?"

갑자기 알렌은 놀란 듯 말했다.

"그래, 시끄러운 인간들이지."

"저들이 써 놓은 글자가 우리가 사는 곳을 의미하는 것 같습니다."

알렌이 차를 세웠다.

아이다호 개발 반대? 스네이크강에 골프장 결사반대라는 구호가 적혀 있었다. 환경 보호 단체와 시민 단체들인 것 같았다.

"저게 무슨 내용인지 알아봐."

"알아볼 필요 없어. 내가 아니까."

뒤에 있던 사냥꾼이 말했다.

"말해."

"미카엘이 아이다호 주변의 땅에 골프장과 카지노를 만들어 제 2의 라스베이거스를 만든다는 소문이야."

"소문?"

"솔직히 소문이 아니라 거의 결정된 일이야. 정부는 썩었고 미카엘은 돈이 많으니까."

"확실해?"

"믿든 안 믿든 그건 자유야."

사냥꾼이 더 이상의 이야기는 하지 않았다.

"알렌, 잘 알아봐."

"네, 아더 님."

"너희들이 말하는 미카엘이 있다는 곳이 저긴가?"

지난번 그들이 들어갔던 곳이었다.

"아니, 조지 워싱턴 대학 근처야."

사냥꾼은 단호하게 아니라고 했다. 아더와 알렌 그리고 다른 부하들은 사냥꾼의 말을 듣고 그들이 지목한 곳으로 향했다.

그들이 말한 곳에 도착한 아더는 사냥꾼에게 경고를 했다.

"만약에 함정이라면 그때 너희들은 아까 죽은 동료와 함께 너희들의 조상에게 갈 거야."

아더는 조용히 경고를 했고 그들은 두려움에 떨었다.

"느낌이 안 좋은데요."

알렌이 말했다. 그도 느끼고 있었다. 집 안에 불은 꺼져 있었고 미카엘이 산다고 하기에는 너무 허름했다. 아더가 아는 미카엘은 아주 사치스런 성격이었다. 뭐든 최고급이었다. 미카엘에겐 돈이 있었고 굳이 가난한 척을 할 필요가 없었다.

아더가 그의 부하들을 이끌고 집의 뒷문으로 들어갔다. 그가 보기에 그냥 일반 가정집의 느낌이었다.

"누구세요?"

한 여자가 그들을 보고 놀라 물었다.

"엄마……."

작은 꼬마가 엄마의 치마 뒤로 몸을 숨기며 고개만 내밀어 그들을 보았다. 순간 그들을 보며 레오의 모습이 생각이 난 아더였다.

"죄송합니다. 경찰인데 집을 잘못 찾은 것 같습니다."

아더는 무릎을 꿇고 앉아 아이의 머리를 쓰다듬어 주었다.

"아더 님……."

"알아, 나가자. 실례가 많았습니다."

아더는 이렇게 말을 하고는 그 집에서 나왔다.

"우리가 순진했어."

아더는 차 안의 사냥꾼들에게 다시 물었다.

"왜 거짓말을 했지?"

"우리의 가족들이 잡혀 있어."

아더는 그제야 이해가 갔다. 사냥꾼들의 쓸데없는 충성이…….

"어디 있는지 정확하게 말해 주면 우리가 가족들을 구해 준다고 약속하지."

그의 말에 사냥꾼들이 동요했다.

"정말입니까?"

"난 숲의 지배자 아더다. 너희가 협조를 한다면 가족들까지 구해 줄 것이요, 만약에 그렇지 않다면 모가지를 비틀어 버릴 것이다."

"잘, 잘못했습니다. 아더 님."

사냥꾼들이 그에게 매달리기 시작했다.

"다 말할 테니 가족들을 살려 주십시오. 가장 어린 아이는 태어난 지 한 달도 안 된 아이입니다."

"알겠다."

"감사합니다."

사냥꾼들은 아더의 편이 되었고 미카엘의 적이 되었다.

미카엘은 자신의 집에 있었다. 하지만 인디언 가족들 때문에 경비가 삼엄하다고도 했다. 사람들에게 늑대의 존재를 들키는 건 그리 좋은 일이 아니었다. 그들은 전설로 존재해야지, 현실로 존재해서는 안 된다는 걸 아더는 알았다.

예전에 사냥꾼들에게 잡힌 늑대가 평생을 동물원의 원숭이처럼 서커스단에 끌려다니다가 죽은 일이 있었다. 블랙이었기 때문에 아더가 참견할 수 없어 구하지 못했지만 마음이 좋지 않았었다.

그로부터 사람들은 늑대 인간의 존재를 알게 되었고 두려워했다. 그러다가 돌연변이란 말이 나왔고, 그들은 돌연변이란 말 속에 자신들을 숨길 수가 있었다. 늑대 인간을 소재로 한 영화의 흥행 덕분일까? 늑대 인간은 신의 영역이 아닌 인간의 영역이 되어 있었다.

"아더 님?"

"출발해. 할 일이 많아지겠군."

아더의 머릿속은 미카엘을 향한 분노로 가득했다. 미카엘은 그를 건드리지 말았어야 했다.

워싱턴의 건물들은 대체로 낮았다. 뉴욕의 화려한 빌딩숲과는 대조를 이루는 도시였다. 미카엘의 집도 마찬가지였다. 임마누엘은 평소에 가지고 다니던 뒷문 열쇠로 집에 들어갈 수 있었다.

정문으로도 들어갈 수 있었지만 오늘 이상하게 사람들이 장사진을 치고 있었다.

"엄마."

레오가 그녀를 보며 엄마를 찾고 있었다.

"레오, 엄마는 곧 올 거야."

"엄마."

엄마를 계속 찾는 레오였다. 아무리 전설의 아이라도 아이는 아이일 뿐이었다.

임마누엘은 자신의 집에 도착한 느낌이었다. 이곳에 처음 이사를 왔을 때 미카엘은 미국의 대통령을 꿈꾸었고 그녀는 속으로 영부인이 될 거라 생각했다.

하지만 미카엘은 그녀의 존재를 숨겼고 임마누엘은 미카엘의 섹스파트너 이상도 이하도 아니었다. 하지만 임마누엘의 마음은 진심이었다. 잡종이라는 말을 들으며 늑대들에게 무시당하던 그녀를 미카엘이 거둬 주었기 때문이었다.

이번에 그녀는 확실하게 알았다. 아더가 아무리 멋있어도 그녀의 것은 될 수가 없었다. 하지만 미카엘은 아더와는 다르게 그녀를 품어 주긴 했다.

그녀의 방은 그대로 있었다. 그녀의 방이 치워졌다면 굉장히 실망했을 것이다. 하지만 미카엘은 그녀를 지우지 않았다.

"레오, 여기서 놀고 있어."

"왜?"

"주방에 가서 먹을 것 가지고 올게. 레오가 좋아하는 쿠키도 가져오고."

아이가 아주 좋아했다.

"어머!"

그때였다. 미카엘이 뒤에서 스윽— 나타났다.

"뭐야?"

"미카엘?"

미카엘의 모습이 많이 변해 있었다. 온몸이 털로 뒤덮여 있었고 옷은 입고 있지 않았다. 마치 영화에서 나오는 괴수의 모습이었다.

"왜 이렇게 된 거예요?"

"저 아이는?"

"전설의 아이예요. 당신에게 바치려고……."

그가 임마누엘을 지나쳐 레오에게 가까이 갔다. 레오의 곁에 다가갈수록 미카엘은 사람의 모습으로 바뀌고 있었다. 아이의 좋은 기운이 미카엘에게 힘을 주는 것 같았다.

"누구지?"

"레오."

아이는 미카엘에게 웃으며 답했다. 그가 자신을 죽일 거라는 것도 모른 채…….

"레오……."

루나는 자신의 차를 몰고 워싱턴을 향하고 있었다.

털컹!

비포장도로를 전속력으로 달리느라 차 안이 심하게 흔들렸다. 루나가 쉬는 동안 임마누엘이 레오를 데리고 사라졌다. 이브는 자신 때문이라고 울부짖었고, 숲에는 미카엘과의 전투를 위해 남자들이 없었다. 루나는 아더를 기다릴 시간이 없었다.

"레오의 손끝 하나라도 건드린다면 다 죽여 버리겠어."

루나는 이를 악물고 운전을 했다.

그녀는 어떻게 워싱턴에 도착했는지도 모르게 미카엘의 집 앞에 도착했다. 아더가 소장하고 있는 총 몇 자루와 칼을 가져온 루나였다. 태권도가 배운 운동의 전부였지만 루나는 타고난 감각이 있었다. 한 번도 싸워 본 적은 없었지만 말이다.

소총 두 자루와 칼을 가지고 루나는 미카엘의 집으로 침입했다. 그에게 인터뷰를 요청하느라고 집 앞에서 많이 기다려 봐서 루나는 이 집의 비밀 문을 알고 있었다.

"기자 생활이 이럴 때 도움이 될 줄이야."

레오의 존재가 너무 특별하다 보니 경찰에도 알릴 수가 없는 상황이었다. 어떻게 해서든지 아이를 구해야 했다.

루나는 겁도 없이 안으로 들어갔다. 이 집에서 일하는 사람들이 출입하는 문이 따로 있다는 걸 아는 루나는 비밀 통로를 따라 조심스럽게 안으로 들어갔다. 다행히 사람들과는 부딪치지 않았다.

이상할 정도로 조용한 집이었다. 조명은 분명히 커져 있는데 마치 텅 빈 것 같았다. 루나는 걱정이었다.

"없으면 안 되는데⋯⋯.."

루나는 조심스럽게 각 방을 둘러보고 있었다.

"설마…… 지하?"

지하로 내려가는 계단은 어디에도 없었다. 엘리베이터를 타야 하는데 100% 발각이 될 것이었다.

"어쩌지?"

그때였다.

"미카엘!"

임마누엘의 목소리였다. 다행히 그들은 2층에 있었다. 루나는 커튼 뒤로 몸을 숨겼다. 그들이 내려오고 있었기 때문이었다.

"지하로 내려갈까요?"

지하는 루나도 가 본 경험이 있었다. 레오를 가졌을 때 말이다. 루나의 몸이 떨려 왔다.

"엄마!"

레오의 목소리였다. 레오는 임마누엘이 안고 있었다.

"엄마!"

레오와 눈이 마주친 루나였다. 레오는 그녀를 보고 웃고 있었다. 레오를 지하로 내려보내서는 안 되는 일이었다.

"레오!"

"엄마!"

루나가 커튼 안에서 나왔다.

"이게 누구야?"

목소리가 많이 갈리진 미키엘이 그녀를 보며 미소 지었다.

"나랑 있으면서 임마누엘이 가장 마음에 드는 날이야."

"호호호, 고마워요."

루나는 이가 갈렸다.

"이래서 늑대들이 임마누엘 당신에게 잡종이라고 하나 봐. 여기저기……."

"야!"

루나의 말에 임마누엘이 소리쳤다.

"레오를 돌려줘. 그러면 아더에겐 이 사실을 말하지 않을게."

"미친년, 네가 살아 돌아갈 수는 있을 것 같아?"

"어."

그녀는 총을 들어 미카엘을 겨누었다.

"빨리 레오를 내려놔."

하지만 미카엘도 임마누엘도 코웃음만 칠 뿐이었다.

"총으로 쏠 건가?"

"그래."

탕!

루나는 미련 없이 미카엘을 향해 총을 쏘았다. 총은 다행히 그의 가슴에 정통으로 맞았다. 하지만 그는 공포영화의 한 장면처럼 아무렇지 않게 그녀에게 다가오고 있었다.

탕!

두 발이 정확하게 맞았다. 하지만 그는 끄떡도 하지 않고 있었다.

"아악!"

그가 빠르게 다가오더니 그녀의 목을 한 손으로 잡아 들어 올렸다.

"나하고 장난하나?"

"으으윽……."

숨이 막혀 왔다. 조금만 더 있으면 죽을 것 같았다.

"으윽……."

레오를 바라보며 루나가 손을 뻗었다. 그러자 말없이 그녀를 바라보던 레오가 갑자기 임마누엘을 보았다.

"악!"

임미누엘이 반대편 벽으로 거의 날아가더니 바닥에 나뒹굴었다.

"엄마."

"……듣던 대로 전설의 힘이구나, 아가야. 하지만 아직은 나에겐 당할 수가 없지."

그녀를 바닥에 던진 미카엘이 레오가 있는 쪽으로 가자 루나는 몸을 일으키며 미카엘의 한쪽 다리를 잡았다.

"안 돼!"

목소리가 제대로 나오지 않았지만 루나는 아들을 위해 미카엘의 다리를 필사적으로 잡고 있었다. 그의 다리는 차돌같이 단단했다.

"저리 안 가!"

그가 있는 힘껏 그녀를 찼지만 루나는 다리를 놓지 않았다. 이 모습을 레오가 보고 있었다.

"엄마…… 아파……."

레오는 언어는 날이 갈수록 늘었다. 지금 레오는 태어난 지 몇 달도 되지 않았다. 다른 아이들이면 침대에서 주는 분유를 받아먹고 있을 나이였다.

"꼬맹이, 기다려."

미카엘이 루나를 끌고는 레오 앞으로 가서 레오를 잡으려고 했다. 하지만 레오는 피하지 않았다.

"착하지?"

찌지직—

마치 전기에 감전된 듯한 감각에 레오를 잡은 미카엘이 손을 얼른 뗐다. 탄 냄새가 진동을 했다.

"이 녀석이!"

찌지직—

"윽!"

레오는 가만히 있었지만 미카엘을 레오를 만지지 못했다. 그러자 미카엘은 이번엔 루나를 일으켜 세웠다.

"놔!"

"빨리 네 아들 녀석 안아."

"싫어!"

찰싹!

루나의 얼굴은 불에 덴 듯 화끈거렸다. 입안은 터져 피 맛이 가득했다.

"빨리 아이를 들어."

"싫어!"

그의 손이 또다시 그녀를 향해 날아들었다. 루나는 저도 모르게 두 눈을 감았다. 하지만 이번엔 그 손이 루나를 때리지 않았다. 아니, 때리지 못했다.

쾅!

엄청난 소리와 함께 미카엘이 바닥으로 쓰러졌다. 그리고 그런 미카엘을 레오가 공중으로 들어 올렸다. 아이가 손가락 하나로 미카엘을 높이 올린 것이다. 미카엘은 꼼짝없이 그대로 공중 부양을 한 상태였다.

"레오……."

루나가 놀란 눈으로 자신의 아들을 불렀다. 꼬마 레오가 미카엘을 더 높이 들어 올렸다.

"엄마를 때리는 건 나빠."

"이 녀석이!"

미카엘이 소리를 질러도 레오는 미카엘을 내려놓지 않고 있었다.

"엄마는 약해. 그렇게 때리면 안 돼."

레오는 단호하게 말했다.

쾅!

그때 문을 열고 아더가 들어왔다. 아더는 놀란 얼굴로 레오와 루나를 보았다.

"레오!"

"아빠!"

레오는 아무렇지 않게 미카엘을 던져 버리고는 아더의 품에 안겼다.

"루나, 괜찮은 거야?"

"네."

그녀의 말이 끝나기가 무섭게 아더는 레오를 루나에게 맡기고는 알렌과 함께 이 십에서 나가라고 했다.

"아더."

"빨리……!"

미카엘이 자리에서 일어났다. 루나는 알렌에게 이끌려 밖으로 나갔다. 밖엔 사람들이 몰려 있었다. 다 기자들이었다. 무슨 일인지 몰라도 미카엘과 인터뷰를 하기 위함이었다. 루나와 레오 알렌은 뒷문으로 나왔다.

"총소리 때문에 경찰이 올 텐데……."

"아더 님께서 처리하실 겁니다. 그동안은 미카엘을 살려 두셨지만 이제는 살려 둘 이유가 없으니까요."

"미카엘도 만만치 않은데……."

"아더 님의 상대가 되지 않습니다."

그렇다면 다행이지만 루나는 미카엘의 힘을 직접 느껴 보았다. 미카엘은 악마였다.

조금 전, 아더는 느낌대로 가기로 했다. 인디언 구역이 아닌 미카엘의 집으로 향했다.

"인디언 구역이……."

알렌이 인디언 구역으로 가자고 했지만 아더는 고집을 부렸다.

"원래 있지 않을 것 같은 곳에 숨는 법이지."

미카엘의 집 앞은 사람들로 북적였다.

"알아봐."

알렌이 밖으로 나갔다가 들어왔다.

"기자들입니다. 이번에 아이다호 개발 건에 대해 말들이 많은 모양입니다. 미카엘이 돈을 준 고위 공직자가 꼬리를 밟힌 모양입니다."

"그래?"

"네, 그래서 저 난리들입니다."

탕!

집 안에서 총성이 들렸다.

"뭐지?"

아더가 총소리에 놀란 사이에 또 한 발의 총성이 들렸다.

"알렌."

그는 알렌을 데리고 집 안으로 빠르게 들어갔다. 그들의 속도를 사람들의 눈으로 보긴 어려웠다.

"미카엘이 쉽게 당하면 안 돼지."

"저기……."

임마누엘이 뒷걸음치며 방에서 빠져나오는 게 보였다.

"여긴 왜 왔지?"

알렌이 임마누엘의 뒷덜미를 잡으며 말했다.

"살, 살려 줘요."

"살릴지 죽일지는……."

아더의 눈에 레오가 보였다.

"레오를 미카엘에게?"

"제가 그런 게 아니에요! 루나가 바친 거예요……."

"루나?"

루나까지 납치해 왔다는 얘기였다. 아더는 더 이상 참을 수가 없었다.

"아더…… 살려 줘요."

"루나가 납치했다면서? 그런데 왜 나에게 살려 달라 하지?"

아더의 얼굴이 사납게 변했다. 그리고는 임마누엘의 목을 잡았다.

"은혜를 원수로 갚는구나."

"아, 아더 님……."

두두둑!

"윽!"

아더의 손에 임마누엘의 목이 꺾였다. 그리고 알렌은 임마누엘의 심장을 꺼냈다.

쾅!

너무 화가 난 나머지 문을 발로 차며 안으로 들어간 아더와 알렌은 너무 놀라 그 자리에서 멈추었다.

"레오!"

"아빠!"

아들이 한 손으로 자신보다 몇 십 배는 커다란 미카엘을 들어 올리고 있었다. 레오는 초능력이 있었다. 그가 인디언들에게 봉인 당한 힘이 레오에게 나타나고 있었다.

방 안의 풍경을 보니 레오의 능력에 신경이 쓰이지 않았다. 그의 시선이 루나의 상처 난 얼굴에 가 있었다. 도저히 용서할 수가 없었다. 그래서 루나와 레오를 내보내고 미카엘과 단둘만 남았다.

"이렇게 오다니 단단히 열이 받았나 봐?"

"아니, 넌 화낼 가치도 없어."

아더가 빠르게 달려 미카엘의 배를 가격하자 마카엘은 반대편 벽에 부딪치며 떨어졌다.

"켁!"

미카엘의 입에서 피가 흘러나왔다.

"살면서 한 번도 알파였던 적이 없었어. 내가 너보다 다 잘했는데도 어머니와 아버진 너만 예뻐하셨지."

"내가 하나 말해 줄까? 어차피 마지막이니까. 네가 이겼다고 생각하는 그 모든 걸 난 일부러 져 준 거야. 네가 상처 받지 않길 바랐으니까."

"……."

"하지만 지금은 후회. 그럴 가치도 없는 놈에게 희망을 준 거니까."

"거짓말."

"믿고 싶은 대로 믿어. 하지만 넌 내가 봐주지 않으면 단 한 번도 날 이기지 못해."

미카엘의 표정이 아주 험악하게 변했다.

"오늘 그걸 정확하게 알려 주지."

평소 아더는 화를 내지 않았다. 하지만 화를 내야 하는 상황이라면 용서가 없었다. 그는 무자비할 정도로 상대를 벌했고 오늘은 미카엘의 차례였다.

"오늘은 제대로 날 알 게 될 거야."

"아더, 내가 바라던 바야."

미카엘이 그에게 사정없이 달려들었지만 아더가 빨랐다. 그리고 주먹을 날리는 것 또한 아더가 빠르고 강했다. 순식간에 미카엘의 몸이 피로 범벅이 되었다.

밖에서 사이렌 소리가 들렸다. 시간이 없었다. 아더는 칼을 꺼내 들었다.

"미쳤어."

미카엘이 그의 검을 보고 말했다.

"오늘 미카엘 너의 심장은 내가 거두겠어."

"하하하, 형제의 심장을 거둔다?"

"이럴 때만 형제인가? 난 이제 더 이상 널 형제라 생각지 않아."

푹!

빠르게 도려내 버렸다. 미카엘이 눈을 뜨고 있는 사이에 아더의 손엔 미카엘의 심장이 쥐어져 있었다.

"잘 가란 소리도 안 하는군…… 욱!"

미카엘이 피를 토했다.

"……"

"형……"

미카엘의 말에도 아더는 대꾸하지 않았다. 지난 세월 동안 그는 미카엘을 많이 봐줬고, 이제 더 이상 미카엘은 그의 형제가 아니었다.

아더는 빠르게 미카엘의 시신을 어깨에 메고 그 자리를 빠져나왔다. 인간들이 봐서 좋을 게 아니었다.

숲으로 돌아가는 길에 아더는 잠든 루나와 레오의 모습을 찬찬히 살폈다.

"아더 님……"

"왜?"

"레오의 능력에 놀랐습니다."

그도 놀란 건 마찬가지였다.

"무리 가운데 레오를 가르칠 사람이 있을까요?"

"물론."

"누굴 생각하십니까?"

알렌은 자신을 지목하길 은근히 바라고 있는 것 같았다. 하지만 아더는 레오는 가르침이 필요 없는 아이란 걸 알게 되었다. 아이는 스스로 깨우치는 것 같았다.

"레오는 루나가 가르칠 거야."

"네? 루나 님은 늑대도 아니고……."

"루나는 레오에게 사랑하는 법을 가르칠 거야. 다른 형제들을 어떻게 대해야 하는지도."

"아더 님."

"꼭 늑대가 늑대를 가르칠 필요는 없어."

아더는 루나의 멍들고 상처 난 얼굴을 보았다. 루나를 보고 있으니 미카엘을 너무 쉽게 죽인 것 같아서 화가 났다. 아더는 레오를 꼭 안고 잠이 든 루나의 얼굴을 쓰다듬었다.

"아빠!"

레오가 눈을 떴다.

"레오, 이리 오렴."

그가 레오를 안았다. 루나가 조금 더 편하게 잤으면 하는 바람에서였다.

"레오는 안 다쳤어?"

"응, 엄마 다쳤어……."

"알아, 레오는 어쩜 그렇게 힘이 세지?"

레오가 웃었다. 아직 레오는 자신이 얼마나 무한한 힘을 가진지 모를 것이다. 크면 자신이 얼마나 힘이 센지 자연스럽게 알 것이다.

"레오는 세상을 구하기 위해 태어났어."

"……."

"레오에게 다른 늑대들이 그렇게 말했어. 폭포수 아래서."

아더는 조상 늑대들의 영혼이 말한 걸 그에게 말해 주는 것이었다.

"그리고 레오는 엄마도 늑대로 만들었어."

"뭐?"

"엄마 안 죽어."

레오가 루나의 입에 푸른색의 빛을 불어 넣어 주었다. 알렌은 차를 멈추고 이 경건한 모습을 넋을 놓고 보고 있었다.

루나의 입으로 빛이 들어가자 얼굴의 상처들이 없어지기 시작했다. 아더가 가진 치유의 능력보다 레오가 훨씬 더 강했다. 루나는 그대로 잠을 자고 있었다.

"아빠?"

"응?"

"코······ 잘래."

몸의 에너지를 루나에게 나눠 주고 나니 힘이 든 모양이었다.

"레오, 아빠가 안아 줄게."

"싫어, 난 엄마하고 잘래."

그러더니 루나의 옆으로 가서 잠이 들었다.

"만만치 않은 경쟁자인데요?"

"그런 것 같아. 이길 수가 없거든."

"루나 님이 가르쳐야 할 것 같습니다."

"왜?"

"알아서 다 잘하고 생각도 깊은데 뭘 가르치겠습니까? 엄마의
사랑이나 받아야지."

아더는 알렌의 부러움이 가득 담긴 소리에 미소 지었다. 아더의
따뜻한 시선은 레오와 루나에게 향해 있었다.

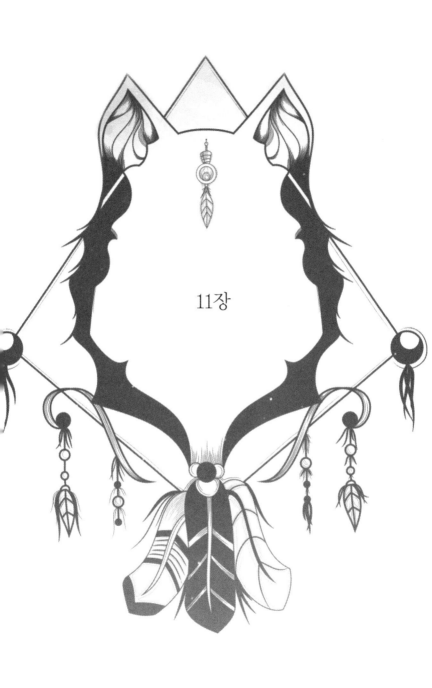

11장

화창한 아침 햇살에 루나는 눈을 떴다. 그녀의 옆에는 레오가
잠이 들어 있었다. 혼자서 자야 한다고 그렇게 말을 해도 레오는
말을 듣지 않고 그녀가 잠을 자고 있으면 어느 순간 그녀의 옆에
와서 잠이 들어 있었다.

　아더와는 아직 같은 방을 쓰지 않고 있었다. 조금 분위기가 좋
아지려면 항상 무슨 일이 벌어지곤 해서 오히려 같은 방을 쓰지
않더라도 평화로운 게 좋은 루나였다. 한 번 큰일을 겪고 나니 생
각이 좀 달라진 것 같았다.

　"우리 아들……."

　레오의 얼굴을 손으로 쓰다듬으며 미소 지은 루나는 레오를 그

대로 두고 주방으로 나왔다.

"엄마."

제시는 일찍 일어나 무언가를 만들고 있었다.

"이브는?"

"밖에."

"왜?"

"레오 없어지고 난 다음부터 저래. 밖에서 뭔가를 지키고 있다. 네가 가서 이제 안 그래도 된다고 말해."

루나는 현관 앞에 서 있는 이브의 등을 살짝 건드렸다.

"루나 님."

"언제부터 루나 님인데?"

"네?"

"편하게 부르라고요. 너무 극존칭을 쓰는 건 싫으니까."

이브가 알 수 없는 표정으로 그녀를 보았다.

"난 우리가 좋은 친구가 될 수 있을 거라고 생각해요. 이브."

"……."

"그러니 이번 레오의 일은 자책하지 말아요. 난 늑대의 삶에 대해 알지 못하지만 이브가 얼마나 레오를 생각하는지 알아요."

이브는 아직 먼 산을 보고 있었다.

"난 이브가 나보다 우리 레오를 더 사랑하는 게 아닌가 걱정이에요."

"아니에요."

"맞는 것 같아요. 질투 나니까, 이제 그만해도 돼요. 우리 레오
가 이브 이러는 거 보면 더 불안해할 것 같아요."

루니가 이브의 어깨를 토닥여 주었다.

"그런데 궁금한 게 있어요."

"뭐죠?"

"사람이잖아요. 그런데 왜 아더 님과 결혼을 한 거죠? 늑대의
피가 흘러서 그렇다는 뻔한 답은 말고요."

"좋아하니까."

"좋아하면 늑대와도 결혼하는 건가요? 인간이 말하는 그런……
사랑 같은 건 아닌가요?"

사랑이라는 말은 거의 하지 않았지만 이브에겐 진실을 말해 주
고 싶었다.

"맞아요. 사랑……. 내 마음을 표현할 단어가 그것뿐이라
면……."

솔직히 그랬다. 더한 표현이 있다면 그걸로 말하고 싶었다.

"왜 묻죠?"

"궁금해서요."

"뭐가요?"

"아더 님을 어떻게 생각하는지 궁금했어요."

이브는 정말 궁금했던 모양이었다.

"난 아더를 사랑해요."

이브의 질문에 대한 답이라기보다는 그녀의 다짐 같은 대답이 되어 보였다.

"그래도 난 인간이고 늑대들을 온벽하게 이해하지 못해요. 하지만 노력할 거예요. 이브도 날 조금 이해해 준다면 우리는 아주 좋은 친구가 될 거라 생각해요."

"……."

이브가 그녀를 바라보았다. 그리고 고개를 끄덕였다.

"들어가서 아침 먹어요."

이브와 루나는 나란히 주방으로 들어갔다. 이 모습을 아주 흐뭇하게 바라보고 있는 시선이 있다는 걸 그들은 알지 못했다.

루나의 일상은 단순했다. 아침 먹고 레오와 놀아 주기, 점심 먹고 레오와 놀아 주기, 저녁 먹고 레오와 같이 놀아 주기…….

하루 내내 레오와 같이 있는 시간이 많아 보였다. 덕분에 루나는 아더의 얼굴을 잊어버릴 것 같았다. 제시는 그게 걱정이었다. 이곳에 와서 신비한 일들을 많이 겪었다. 사실 신비한 일의 시작은 중국에서 루나의 엄마를 만나면서 시작되었다는 걸 제시도 알았다.

"뭘 그렇게 봐?"

스티븐이 그녀를 보며 물었다.

"루나와 레오요. 예뻐서요."

"우리도 아기 가질까?"

"가지고 싶어도 너무 나이가 많아요."

스티븐의 농담을 받아 준 제시는 기둥 뒤에서 아더가 루나와 레오를 말없이 보고 있는 걸 봤다.

"아더가 루나를 예뻐하는 것 같아요."

"사랑하는 거지."

"그런데 왜 그렇게 가까이하지 않는 걸까요?"

"위험하니까……."

스티븐이 아더의 입장을 잘 설명해 주고 있었다.

"아더의 대변인 같아요."

"모든 집안의 가장을 대신해서 말해 주는 거야. 아더는 이번 일을 겪으면서 자신 때문에 루나와 레오가 납치를 당한 것 같아서 미안한 거야. 거기다가 자리까지 비웠잖아."

"그럴 수도 있죠. 이번은 사고였어요."

"아더는 그렇게 생각하지 않을걸?"

제시가 생각해도 그 사건 이후에는 아더의 말수가 현저하게 줄

어들었다.

"아이들의 관계는 괜찮을까요?"

"아마 더욱더 견고해질 거야. 아픔을 겪을수록 잘 다져지는 거
야."

"……."

제시는 아더의 갈망 어린 시선을 그대로 느낄 수 있었다.

"젊은 게 부럽네요."

"저들은 젊지 않아."

햇살이 눈부시게 쏟아지고 있었다.

"제시! 커피 한잔 할까?"

"좋아요."

"레오도 마실래."

레오가 자신도 커피를 마시겠다면 때를 쓰고 있었다. 손자 녀석
의 귀여운 모습에 제시가 미소 지었다.

"준비할까요?"

이브가 그들의 대화를 들었는지 커피를 준비하겠다고 했다. 요
즘 부쩍 루나와 이브가 친해진 상황이었다. 좋은 일이라고 생각했
다. 그렇게 말을 하고 있는 동안에도 아더는 2층의 커튼 뒤에 몸
을 숨기고 루나를 보고 있었다.

"아더는 왜 루나에게 편하게 다가가지 못할까요? 사랑한다고

하면서……. 아무리 안전 때문이라고는 하지만 너무 조심스러워서 불쌍해 보일 정도예요."

"어젯밤에 물을 먹으려고 잠깐 나갔다가 복도에서 아더를 봤어. 지금처럼 루나를 보고 있었지."

"답답하네. 들어가면 되지."

"쉽지 않은 것 같아."

며칠 후.

아더는 이제 일상처럼 창가에 숨어서 아래쪽을 내려다보고 있었다. 그의 시선은 항상 루나와 레오에게 가 있었다. 차가운 물에 몸을 씻고는 찬물까지 마셨는데도 몸이 뜨거웠다. 오늘은 다른 날보다도 몸이 더 뜨거웠다. 이러다가 루나를 향한 열정에 데어 죽을 것 같았다.

"후……."

한참을 창밖의 레오와 루나를 보던 아더가 몸을 돌렸다. 그리고 시내로 나가기 위해 자신의 지프로 향했다.

"아더!"

이브였다.

"잠깐만요."

"왜?"

"마을에 찬거리를 사러 가야 하는데 제 차가 고장 나서요. 5분만 기다려 줘요."

"알았어."

이브는 이렇게 그에게 무언가를 부탁하는 스타일은 아니었다.

"차 안에서 잠깐만 기다려 주세요."

"그래."

이브의 말대로 그는 자신의 지프에 앉아 이브를 기다렸다. 먹을 걸 좋아하는 레오 때문에라도 들어주어야 하는 부탁이었다. 눈을 감고 잠깐 생각에 잠겨 있는데 이브가 차에 탔다.

"출발할까?"

"네."

"……."

대답한 사람은 이브가 아닌 루나였다.

"놀랐죠? 나도 놀랐어요. 이브가 피크닉 가방을 챙겨서 나에게 주더라고요. 그리고 뭐라고 했는지 알면 당신은 기절할 거예요."

"……."

"난 폭포에 가고 싶어요. 그날 수영하려고 했는데 못한 것도 아쉽고……."

아더는 대답 대신에 차를 출발시켰다.

"방금 알렌에게 전화가 왔는데 이브가 뭐라고 한 줄 알아요?"

"아니."

"아직도 혼자서 일처리 하나 못하냐고요. 엄마도 놀라고 나도 놀랐죠. 그리고 피크닉 가방을 던져 주더라고요."

알렌을 혼내는 이브의 표정은 말 안 해도 아주 잘 알았다.

"오늘, 날씨도 좋네요."

"그렇군."

그 후로 폭포에 도달할 때까지 루나는 창밖만 보고 있었고, 그건 아더도 마찬가지였다. 루나가 신비한 분위기의 폭포 계곡을 이렇게 좋아할 줄은 몰랐다.

"아더, 다음에는 레오도 데려오고 싶어요."

"안 돼."

"왜요?"

산을 오르며 루나가 물었다.

"여긴 우리 둘만 알았으면 좋겠어."

"알았어요. 그것도 좋은 생각이에요."

루나가 눈부신 미소를 지었다.

"헉헉……."

오늘따라 루나는 산을 오르는 데 힘이 들어 보였다.

"루나……."

"네…… 어머!"

아더가 루나를 안아 들었다.

"무거워요."

"날 너무 무시하는 것 아닌가?"

"하긴……."

루나와 피크닉 가방까지 든 아더였지만 하나도 무겁지 않았다.

"루나는 좀 더 살이 쪄야 해."

"여기 와서 완전 돼지가 됐는데 무슨 소리예요."

폭포에 도착했다. 그가 매번 이곳에 올 때마다 서 있는 바위에서 아더는 웃음을 터트렸다.

"하하하……."

"왜요?"

"하하하……. 루나, 당신이 꾸민 일인가?"

"네?"

"아닌 모양이군. 이브가 날 행복하게 만들어 줬어. 휴가라도 줘야겠어."

"무슨 일인데 그래요?"

루나가 고개를 들어 그가 보고 있는 곳을 보았다. 그들이 서 있는 바위에서 약간 떨어진 위치에 천막이 설치되어 있었다. 마치 아랍의 왕족처럼 이불과 쿠션이 그 아래 깔려 있었다. 아주 노골적인 장소를 만들어 놓은 것이었다.

"어떻게 여기에……."

"이브의 짓이야."

"힘들었을 텐데……."

루나의 말에 그도 동감했다.

"왜 이랬을까요?"

루나의 말엔 많은 의문이 들어 있었다.

"이브가 내 마음을 알기 때문이지."

"당신 마음이요?"

"그래, 내 마음. 늑대만이 느낄 수 있는 그런 마음."

"내가 사람이라서 그런지 소외감이 드는군요."

루나의 표정이 어두워졌다. 요즘 루나의 고민이 뭔지 그는 알고
싶었다.

"루나, 늑대가 아니라서 슬픈가?"

"네."

루나는 잠시도 망설이지 않고 말했다. 그녀의 눈엔 슬픔이 가득
했다.

"루나, 당신은 이미 늑대야."

"아뇨, 난 당신들과 같지 않아요. 아무리 내 몸속에 늑대의 피가
흐른다고 하지만 난 늑대가 아니에요."

"늑대가 되고 싶은가?"

"네, 난 아더나 레오처럼 오래 살 수도 없고……."

루나는 레오가 그녀를 늑대로는 변하지 않지만 그들과 같은 삶을 살 수 있게 바꿔 준 걸 모르는 것 같았다.

"이 마을에 있는 한 당신은 영원히 살 거야."

"아더……."

"그게 신과 나의 약속이야."

아더는 아주 오랜전 신과의 만남을 떠올렸다.

아주 오랜 옛날 평범한 늑대 무리의 우두머리였던 아더는 사냥을 나갔었다. 숲을 돌아다니며 먹을 것을 구하던 아더의 눈에 두 발 달린 짐승이 보였다.

새도 아닌데 두 발이 달린 그것은 털이 하나도 없었다. 폭포수 아래에서 물고기처럼 헤엄을 치고 있는 이름 모를 그것에 아더는 매혹되어 버렸다. 그러나 그것도 잠시 그 매혹적인 것은 독사가 다가가는 줄도 모르고 있었다.

하지만 그건 독사가 아니었다. 악령이 숲의 정령을 범하려 했던 것이었다. 아더는 필사적으로 싸웠다. 독사에게 온몸을 물리고 독이 퍼졌지만 아더는 정령이 악령에게 당하게 둘 수는 없었다.

다른 늑대들은 도망을 갔지만 알렌을 비롯한 대부분의 늑대들은 그를 지켰다. 결국 치열한 싸움 끝에 아더가 이겼다. 이때 도망간 쪽은 에드윈이 이끄는 블랙 울프였다. 아더는 숲의 정령을 살린 공으로 정령과 같은 영생을 얻었다.

신은 그에게 오래도록 살면서 숲을 지키라고 했다. 그렇다고 신과 같이 뭐든 다 할 수 있는 건 아니었다.

"그 정령이 그렇게 예뻤나 봐요?"

그 와중에 루나가 질투를 했다.

"아주 오래전이라서 정령의 모습도 기억이 잘 안 나. 그냥 아름다웠던 것 같아."

"그래요?"

루나의 얼굴이 붉게 변했다.

"그래서 우리들은 다른 늑대들과는 다르게 숲의 정령이 되었어. 이 숲을 지키며 그렇게 오랜 세월을 살게 되었지."

"미카엘은 아니잖아요? 도시에 있었는데……."

"그래서 다시 저주가 시작되었어. 늑대로 변하게 되었던 거지."

미카엘은 그와 싸울 때도 이미 늑대화가 진행이 되고 있었다. 본인이 왜 저주를 받게 되었는지도 모르고 미카엘은 지옥의 불구덩이로 직행했다.

"아더……."

"응."

"기뻐요. 이렇게 레오와 당신과 함께 오래도록 있을 수 있어서."

"나도 기뻐."

루나가 팔을 뻗어 아더의 목을 감쌌다.

"지난번에 못했던 일을 마무리를 하고 싶은데, 동의하나요?"

"물론."

아더는 루나를 안아 들고는 이브가 정성스럽게 준비해 놓은 천막으로 빠르게 향했다. 폭포수가 떨어지는 소리가 요란하긴 했지만 아주 로맨틱한 분위기가 연출되기도 했다.

"아더……."

루나가 그의 목에 팔을 두르며 끌어당겼다. 루나의 붉은 입술이 그의 입술 아래 있었다. 그의 심장을 지배하는 여자가 바로 루나였다.

"오늘은 거칠지도 몰라."

"괜찮아요."

그녀의 말이 끝나기가 무섭게 아더는 루나의 입술을 삼켰다. 부드러우면서 달콤한 맛이 나는 루나의 입술은 아더를 사로잡기에 충분했다. 사랑을 하면 이렇게 무난한 키스도 욕망으로 뜨겁게 타오를 수 있다는 걸 아더는 루나를 통해 알게 되었다.

이브가 만들어 놓은 침대는 아주 훌륭했다. 루나가 자신의 옷을 단숨에 벗어 버렸다.

"얼마나 기다렸는지……."

"루나……."

"미칠 것 같아요. 어서……."

루나가 팔을 벌리자 아더는 더 이상의 생각을 할 수가 없었다. 그는 자신의 옷을 빠르게 벗어 던지고는 루나를 향해 달려들었다. 그의 입에선 으르렁거리는 소리가 났다. 루나는 그에게 매달리며 자신이 얼마나 그를 원하는지 귓가에 속삭였다.

아더는 루나의 목덜미를 물었다. 그의 이빨이 살짝 그녀의 목을 파고들었다. 그리고 그의 손이 루나의 풍만한 가슴을 쥐었다.

"사랑해."

그녀의 목을 핥아 내리며 아더가 말했다. 매끄러운 피부가 혀에 닿을 때의 느낌은 환상적이었다.

"저도요. 아더……."

아더는 루나의 목소리가 거의 들리지 않았다. 쿵쿵대는 자신의 심장 소리 때문이었다. 사랑하는 여자를 위해 미쳐 날뛰는 심장은 그를 늑대로 만들고 있었다. 아더는 혀로 열심히 루나를 핥고 있었다.

세상에서 가장 맛있는 먹이가 그의 눈앞에 있었다. 포도 알 같은 그녀의 유두를 혀끝으로 쓸어 올렸다. 그의 타액에 젖어 촉촉한 빛을 발하는 그녀의 유두가 그를 미치게 만들었다.

"아……흐……."

루나가 몸을 활처럼 휘었다. 그와 동시에 숲에서 불어온 바람이 그들의 열기를 더 부채질했다. 그의 손이 루나의 여성을 감쌌다. 루나의 갈색 숲이 온몸을 욕망으로 활활 타오르게 만들고 있었다.

아더는 루나의 양쪽 다리를 벌리고 여성을 한 번에 물어 버렸다. 도저히 빨지 않고는 참을 수가 없는 모습이었다.

"사랑해. 츄읍츄읍."

"아……."

애액으로 젖은 그녀의 여성은 단연코 최고의 맛이었다. 아더의 짙은 호박색 눈동자 안에는 루나가 가득했다. 루나는 지금 욕망으로 동공이 확대되어 있었다. 루나의 아름다운 눈동자에 그의 모습이 가득했다.

"루나……."

그는 루나의 다리를 벌리고는 다시 여성을 입에 물었다. 그리고 빨아들였다. 루나의 맛이었다. 아더는 이성을 잃지 않으려고 애를 썼다. 지난번 루나와 레오가 납치가 된 후에 그는 생각이 많아졌다. 사랑하는 여자 앞에서 이렇게 생각이 많아지면 안 되는데 어쩔 수가 없었다.

그들을 위해 그가 멀리 떨어져서 지켜 주는 게 맞다고 생각했다.

"아더?"

"응."

"생각하지 마요."

"……."

"그냥 우리 서로 느끼기만 해요."

그녀의 말에 아더는 뜨끔했다. 자신의 상태를 루나가 안다는 생
각이 들자 미안한 마음이 들었다. 아더는 루나의 다리를 더욱 벌
렸다. 햇살이 루나의 여성을 그대로 비추고 있었다. 루나의 갈색
숲이 빛을 받아 금빛으로 반짝였다.

아더는 혀를 세워 루나의 여성을 둘로 나누며 들어갔다. 혀끝에
서 느껴지는 루나의 맛이 그를 기쁘게 만들었다. 루나는 그를 위
해 태어난 여자였다. 고개를 들어 그녀의 여성을 보니 아름다웠
다.

넋을 잃을 정도로 그는 루나의 모든 것에 매료되어 버렸다.

"아더…… 제발……."

루나가 몸을 휘며 그를 불렀다. 아더는 루나의 다리 사이에 들
어가 자신의 페니스를 움켜쥐고는 루나의 여성에 밀어 넣었다. 그
들이 하나로 이어지자 아더는 세상을 다 얻은 것 같은 느낌에 사
로잡혔다.

"으으윽…… 루나……."

"아아앙……."

거침없이 허리를 움직였다. 인간 여자에게 할 수 있는 것이 아니었다. 하지만 루나는 늑대를 견딜 수 있는 유일한 인간 여자였다. 그녀의 환상적인 몸이 그의 아래에 깔려 있었다. 흥분한 아더는 루나를 엎드리게 한 후에 뒤에서 루나를 가졌다.

"아악…… 너무 좋아."

"헉헉헉…… 루나……."

뒤에서 갖는 느낌은 정상 체위보다 그를 더 흥분하게 만들었다. 뒤에서 루나의 가슴을 한 손으로 만지며 다른 한 손은 사과 같은 루나의 엉덩이를 어루만졌다. 미칠지도 모른다는 생각이 든 아더였다.

좋았다. 이대로 죽어도 좋다는 생각이 들 정도로 루나는 그에게 천국의 맛을 보여 주었다.

"사랑해……."

"저도요."

둘의 신음 소리가 폭포수와 함께 계곡을 울리고 있었다.

"헉헉헉……."

"아흐……."

그의 페니스가 미친 듯이 꿈틀거리며 욕망을 표출했다. 루나의 질이 그의 페니스를 잡고 놓아주지 않았다. 레오를 갖던 그날처럼 아더는 극도의 쾌감을 느끼고 있었다.

아더는 깊은 곳에서부터 올라온 뜨거운 욕망에 미칠 것 같았다. 빠르게 허리를 움직이며 그는 마지막을 향해 달리고 있었다.

아직 레오의 동생을 만들고 싶지는 않았지만 오늘은 이상하게 자꾸 레오의 동생이 생길 것 같은 느낌이 들었다.

"으윽……."

그가 루나의 안에 자신들의 분신을 쏟아 냈다.

한참을 숨을 고른 후 아더는 루나를 안아 들고는 맑은 계곡의 천연 수영장으로 데려갔다.

"시원해요."

그의 어깨에 매달린 사랑스러운 루나를 아더가 말없이 바라보았다.

"왜요?"

"예뻐서."

"부끄러운 말도 잘하고."

"내가 부끄러운 말을 잘하는 게 아니라 루나가 날 그렇게 만드는 거야."

루나가 입을 삐쭉거렸다. 그 입술이 너무나 사랑스러운 나머지 아더가 입술에 살짝 자신의 입술을 댔다. 물 위로 그의 봉긋한 가슴이 올라왔다.

"또?"

그의 페니스가 루나의 아래에서 꿈틀거리며 살아났다.

"아앗!"

페니스가 루나의 질 안으로 들어갔다. 그도 놀라고 루나도 놀랐다. 그가 넣지도 않았는데 페니스가 저절로 루나의 안으로 들어간 것이다.

"으으윽."

참기 힘든 쾌감이었다. 아더가 루나의 가슴을 머금었다. 아무도 없는 숲속에서 아더와 루나는 마음껏 서로의 몸을 탐했다. 아더는 루나의 아름다운 몸에 취해 있었고 그건 루나도 마찬가지였다.

그의 손안에 루나의 풍만한 가슴이 자리 잡았다. 그녀의 핑크빛 유두를 손가락으로 꼬집듯이 잡은 아더는 살짝 유두를 비틀며 루나에게 자극을 주었다.

"아흐……."

루나의 신음 소리가 좋았다. 쾌락에 빠지면 빠질수록 루나의 신음 소리가 커지고 있었다.

"루나……."

아더는 연속해서 루나의 이름을 불렀다. 그의 페니스는 그녀의 몸 안에서 나올 생각이 없어 보였다. 오히려 더 큰 자극을 기대하고 있는 듯 부풀어 있었다.

"으으윽!"

그는 빠르게 몸을 움직이며 루나와 함께 쾌락의 늪에 빠져들기 시작했다. 더 이상은 힘이 들었다. 하지만 멈출 수도 없었다. 벌써 날이 어두워지고 있었다. 그는 마지막 한 방울까지 그녀 안에 자신의 분신들을 쏟아 내고 나서야 루나의 안에서 나왔다.

아더는 루나를 안고 다시 바위 위에 있는 침대로 향했다. 쿠션 위에 루나를 놓고 천막을 거두었다. 밤하늘의 별을 루나에게 보여 주고 싶었기 때문이었다.

"추워?"

"아니요."

아더가 루나를 자신의 품 안에 꼭 끌어안았다. 어느덧 하늘의 별이 보이고 있었다.

"레오가 기다리겠어요."

"오늘은 여기서 잘까?"

"여기서요?"

"레오는 제시와 스티븐이 잘 봐주고 있을 거야."

아더는 그날 이후에 루나가 불안해하는 걸 알았다.

"루나, 다시는 레오와 당신을 두고 어디든 가지 않을 거야."

"고마워요."

루나의 정수리에 아더가 입을 맞추었다.

"그러니까 불안해하지 말고 날 믿어."

"네."

밤하늘에 별들이 누군가 뿌려 놓은 것처럼 빽빽하게 들어차 있었다. 그 사이에 별똥별이 떨어졌다.

"소원을 빌어 볼까요?"

"무슨 소원?"

"엄마가 어릴 때 내 손을 잡고 집을 나와 공원에 간 적이 있었어요. 워싱턴의 공원은 이곳처럼 별들이 많이 보이지 않아요."

"……."

"난 엄마와 아빠가 나 때문에 싸운 줄 몰랐어요."

"왜?"

"내 몸에 늑대의 피가 흐르는 걸 안 엄마는 늘 불안했거든요. 그걸 저만 몰랐어요. 그래서 가끔 민감해진 엄마 때문에 아빠와 싸움이 있어나 봐요. 그날은 엄마가 특히 심각해 보였어요."

"제시가?"

"네, 그러면서 제게 말했죠. 밤하늘에 엄마와 가장 친한 친구의 별이 있다고. 그게 루나의 친엄마라고. 하늘에서 별똥별이 떨어지면 엄마가 루나를 보러 오는 거라고요."

루나의 눈에서 눈물이 떨어졌다.

"오늘은 엄마가 너무 많이 오네요. 아마 레오를 보러 자주 오나 봐요."

"루나……."

"사랑해요. 이렇게 엄마를 많이 만날 수 있게 해 줘서 고마워요."

루나가 그의 입술에 입을 맞추었다. 아더는 루나를 자신의 품에 꼭 안았다. 그리고 아더도 하늘의 별들을 보며 말했다.

"루나를 보내 주셔서 감사합니다."

"아더."

"사랑해. 루나. 우리는 영원히 함께할 거야."

수많은 별들 아래서 아더와 루나는 맹세의 키스를 나누었다.

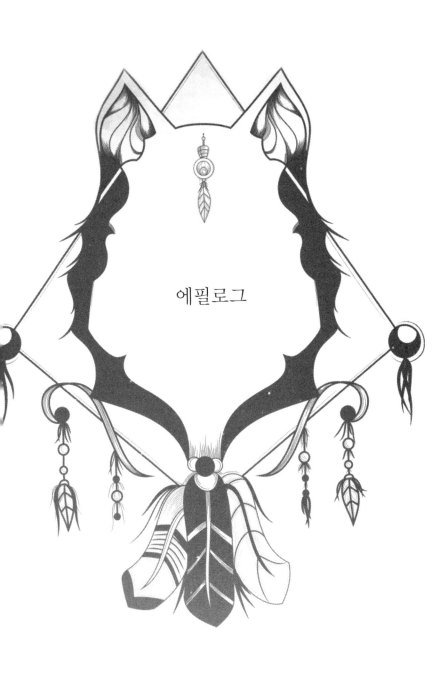

에필로그

루나의 어머니 첸…….

중국의 북동단 흑룡강성은 러시아와 인접한 곳이었다. 이곳엔
예로부터 중국인들의 한이 서린 곳이었다. 일본군의 731부대가
주둔하기도 했던 이곳의 양민들은 생체 실험의 대상이 되기도 했
다.

사람들만이 아니었다. 이곳의 회색 늑대들도 그 개체수가 줄어
지금은 아시아에서 가장 적은 200마리 정도가 살고 있었다. 첸의
집안은 예로부터 회색 늑대를 섬기는 집안이었다.

첸이 어릴 때 엄마는 첸에게 말했다. 항상 검은 늑대를 조심해

야 한다고. 왜 그런 말을 했는지 모르지만, 그래서 첸은 검은 옷도
싫어했다.

첸이 열여덟 살이 되는 해에 공부를 잘했던 첸은 북경대학에 입
학을 했고, 북경의 기숙사에 머물렀다. 첸은 처음 생리를 하던 때
부터 자꾸만 이상한 꿈을 꾸었다. 늑대가 자신을 탐하는 꿈이었
다.

너무나 이상한 꿈이라서 첸은 아무에게도 말하지 못했다. 하지
만 그녀의 단짝인 제시에겐 뭐든 말하는 첸이었다.

첸의 꿈은 외교관이 되어 집을 벗어나는 것이었다. 시집이나 잘
가라는 엄마 때문에 첸은 자신의 삶을 제대로 살 수 없을 거란 걸
알았다.

"제시, 날 미국으로 데려가 줘."

"알았어."

제시는 늘 첸의 편이었다. 그러던 어느 날 첸은 꿈이 아닌 실제
로 늑대와 마주하게 되었다. 도서관에서 시험 공부를 하고 나온
첸의 앞에 검은 옷을 입은 남자가 나타났다.

"누, 누구시죠?"

"전 진위룽이란 사람입니다. 북경대학을 졸업한 의사입니다."

남자의 잘생긴 외모에 첸은 끌렸다.

"그런데요?"

"당신은 위험합니다."

"네?"

"검은 늑대들이 당신을 찾고 있어요."

그가 검은 늑대에 관해 알고 있었다. 처음 보는 남자는 그녀에 대해 많은 것을 알고 있었다.

"왜 그런 말을……."

"부디 몸조심하세요."

남자는 그 말을 남기고 사라졌다. 첸은 제시에게 그 남자에 대해 말을 했지만 제시는 첸을 쫓아다니는 남자 주제에 상상력이 풍부한 남자라고 웃어 넘겼다. 하지만 첸은 느낄 수 있었다. 그가 진심으로 그녀를 걱정하고 있다는 사실을 말이다.

그로부터 며칠 후, 그녀는 위룽이 있다는 병원으로 찾아갔다. 그가 말한 게 진실인지 아니면 거짓인지 알고 싶었기 때문이었다.

"첸!"

그는 진짜 내과 의사였고 가운을 입은 그에게 첸은 다시 한 번 반했다.

"위룽, 진짜였군요."

"내가 거짓말을 하러 당신을 찾아가진 않았을 겁니다."

그렇게 둘의 인연은 시작되었다. 1년을 님게 그들은 은밀한 만남을 이어 갔다. 제시조차도 둘의 관계를 알지 못했다. 첸은 위룽을 사랑하게 되었지만 위룽은 늘 검은 늑대에게서 그녀를 보호하려는 마음뿐인 것 같았다.

"위룽, 우리는 언제까지 이렇게 비밀로 만나야 하나요?"

"첸…… 미안하오."

"뭐가요?"

불안했다. 왜 그가 저렇게 미안한 표정으로 그녀를 보는 것일까?

"위룽 왜 그래요?"

"난 이혼한 사람입니다. 아이도 있고……."

남자의 말에 첸은 하늘이 무너지는 마음이었다.

"제 임무는 첸을 검은 늑대들로부터 보호하는 것인데, 제 욕심을 차렸습니다. 미안합니다."

"위룽……."

"이제부터 다른 사람이 첸을 지킬 겁니다."

그렇게 위룽과 헤어진 첸은 그날 이후부터 공부에 매달리기 시작했다. 제시와는 영어를 공부했고 나머진 외교에 관한 공부를 한 첸이었다. 무슨 수를 써서라도 중국을 벗어나야 했다. 그러면 늑대들도 그녀를 쫓지 않을 것이다.

그러던 어느 날 제시가 납치가 되고 말았다. 첸인 줄 알고 늑대들이 제시를 데려간 것이었다. 첸은 단 한 번의 망설임도 없이 늑대들을 찾아갔다. 제시를 풀어 주는 대신에 자신이 그곳에 남기로 하고 말이다.

겨울이었다. 하늘에선 눈이 내렸고 첸은 이제 늑대의 밥이 될 판이었다. 늑대들이 그녀를 침대에 눕히고 묶었다.

"으으읍!"

입까지 테이프로 막아서 소리조차 지를 수가 없는 상황이었다. 늑대 중에 하나가 비릿한 미소를 지으며 그녀의 앞으로 와서 자신의 바지를 내렸다. 첸은 태어나서 처음으로 그렇게 징그러운 물건을 보았다.

"으으윽!"

늑대가 그녀를 가지려 했다. 그때였다. 갑자기 한 무리의 사람들이 늑대들을 공격하기 시작했다. 그런데 그중에 위룽이 있었다. 그가 그녀를 구하기 위해 온 것이었다. 첸은 위룽의 놀라운 싸움 실력에 다시 한 번 마음을 빼앗기고 말았다.

싸움을 하는 도중에 위룽이 그녀를 데리고 밖으로 도망을 나왔다.

"위룽."

"이제부터는 나만 믿고 따라와요."

"하지만 당신은……."

"지금은 마음을 따라가기로 결정했으니, 첸 당신도 날 믿어 줘요."

그렇게 둘은 북경을 떠났다. 2년의 꿈같은 시간을 러시아에서 보낸 그들이었다. 첸은 사랑하는 남자와 그렇게 평생토록 살아갈 줄 알았다. 그동안 딸을 하나 낳았다. 이름을 루나로 지었다.

"달의 여신이라니, 예쁘지 않아?"

"예뻐요."

하지만 꿈같은 시간은 금세 흘렀다. 그들의 뒤를 쫓던 검은 무리들이 드디어 그들을 찾고 말았다. 첸은 아기를 안고 무작정 도망쳤고, 위룽은 그들을 막다가 죽임을 당했다.

첸은 무조건 제시가 있는 곳으로 아기를 밀항시켰고 그렇게 다시 검은 늑대들에게 잡혀가게 되었다. 루나를 낳은 첸은 더 이상 아이를 낳지 못하는 수술을 받았다. 그건 위룽의 뜻이었다. 검은 늑대들은 첸의 딸 루나를 찾기에 혈안이 되어 있었지만 첸의 죽음으로 더 이상 알 수는 없었다.

첸은 죽어 가는 순간에도 루나와 위룽의 이름을 불렀다. 그녀의 전부인 가족이었다. 첸은 늑대들에 의해 심장이 뜯겨 나가는 순간 하늘을 보며 말했다.

"딸아, 엄마가 끝까지 널 지켜 줄게……."

이렇게 첸은 두 눈을 감았다.

루나의 생일이었다. 아더를 비롯해서 많은 손님들이 루나의 생일을 축복해 주었다. 레오는 태어난 지 2년이 되었지만 겉으로 보기엔 열 살 정도의 아이로 보였다. 또한 그 능력이 어찌나 뛰어난지 어느 날 아더는 레오의 능력이 두렵다는 말까지 했다.

"엄마, 생신 축하드려요."

"고맙다, 아들."

레오가 그녀의 품에 안겼다. 이럴 때 보면 완전 아기인데 말이다.

"오늘은 사랑하는 아내인 루나의 생일이자 우리 사이에 둘째가 생긴 아주 기쁜 날입니다."

루나는 지금 둘째를 임신한 상황이었다.

모두가 그녀를 위해 축하 선물을 준비했다. 이브는 아기 장난감을 선물했고 제시는 이브에게 아름다운 목걸이를 선물했다.

"아더 님이 준비한 선물은?"

사회를 맡은 알렌이 선물 상자를 루나에게 주었다.

"궁금해요."

모두가 한 목소리로 말했다. 루나는 하늘색 작은 상자를 열고는 그대로 얼어붙었다. 그건 다이아몬드 반지였다.

"아더…… 이건……."

"결혼반지야. 당신을 사랑해."

아더가 반지를 그녀의 손에 끼워 주었다. 루나의 눈에서 눈물이 흘러내렸다. 이런 일은 없을 줄 알았는데 꿈인가 하는 생각이 들었다. 생일 선물의 종류는 매우 다양했고 루나는 기분이 좋았다. 값비싼 선물은 아니지만 그들의 마음이 그대로 느껴졌다.

루나는 이제 그들과 함께 어울려 살아가고 있었다.

"이번엔 레오 차례네."

그런데 레오의 선물이 없었다. 당황한 알렌이 레오를 앞으로 불렀다.

"오늘 레오의 선물은 레오 자신입니다."

"루나 님은 레오에게 감사하세요."

"네."

루나가 레오를 안으며 웃었다.

"엄마, 나 선물 있어."

"어?"

"레오, 엄마한테 줄 선물 있어?"

레오가 격하게 고개를 끄덕였다.

"뭘까?"

루나도 레오의 선물이 궁금했다.

"눈 감아."

"어."

루나는 눈을 꼭 감았다.

"뭔데? 눈떠도 돼?"

눈을 감은 시간이 조금 길어지는 느낌이었고 주변엔 사람들이 없는 듯 조용했다.

"레오, 눈을 떠도 돼? 엄마 눈 뜬다."

그녀가 눈을 뜨자 주변의 사람들은 마치 턱이 빠진 듯이 그녀 앞의 여인을 보고 있었다. 키가 아주 작은 동양 여인이었다. 그녀 정도의 나이로 보이는 여자는 빛 가운데 서 있었다.

"누구……."

루나는 알았다. 앞의 여인이 친엄마라는 걸…….

"첸?"

제시가 첸의 앞으로 다가섰다.

"오 마이 갓! 첸!"

첸은 말없이 웃었다. 그리고 루나와 제시의 얼굴을 손으로 어루만졌다. 그리고 입모양으로 사랑한다고 말했다. 사랑한다는 말과 함께 첸은 조용히 빛 가운데로 사라졌다.

"흑흑흑, 첸……."

제시는 대성통곡을 했고 루나도 울었다.

"제가 잘못한 건가요?"

레오가 당황스러웠는지 물었다.

"아니."

"다들 울고 계시니까······. 전 할머니를 보면 엄마가 좋아할 줄 알았거든요."

"좋아······."

"울고 있잖아요."

루나가 레오를 끌어안았다.

"레오, 넌 엄마와 제시에게 최고의 선물을 한 거야."

"진짜요?"

루나가 눈물을 흘리며 레오를 끌어안았다. 아더도 루나와 레오를 한꺼번에 끌어안았다.

"우리 전설의 아이는 스케일이 남다른 선물을 하는군요. 영혼을 불러내다니······."

사회를 보던 알렌도 놀랐는지 말을 더듬고 있었다.

"자, 다음 순서는 맛있는 만찬 시간입니다. 모두들 먹고 마시고 즐기세요. 밤은 깁니다."

만찬이 시작되었다. 손이 큰 이브와 제시는 식탁 가득 음식을 준비해 놓았다. 모두가 즐거워하는 파티였다.

루나는 파티 장을 빠져나와 정원 앞에 서 있었다.

"루나."

아더가 어느새 그녀의 옆에 서 있었다.

"엄마의 얼굴은 처음 봐요."

"우리가 아들 하나는 참 잘 둔 것 같아."

"전 남편도 잘 둔 것 같아요."

루나가 아더의 품에 안겼다.

"사랑해요."

"나도."

그렇게 루나의 생일 밤은 깊어만 갔다. 사랑을 가득 담은 채로…….

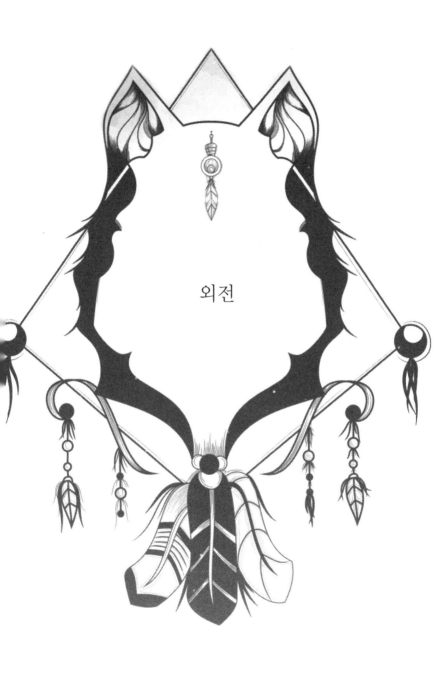

외전

깊은 밤 늑대들은······.

울프 빌리지는 조용하다 못해 평온했다. 콘라드는 마을의 의사로, 이곳에서 가장 조용히 사는 늑대 중에 하나였다. 하지만 요즘 콘라드는 이브의 동생인 마샤 때문에 힘이 들었다. 마샤는 인간들의 대학에서 의학을 공부하고 며칠 후면 마을로 돌아온다.

예전에 콘라드가 그랬듯이 마샤는 서양의학과 수의학까지 배우고 돌아오는 것이다. 30년의 수련이었다. 인간들의 시간으로도 긴 시간이지만 공부를 하는 늑대의 입장에서도 상당히 긴 시간이었다.

그렇게 오랜 시간 동안 공부를 한 만큼 마샤는 보나마나 훌륭한 의사일 것이다. 그러나 문제는 이 작은 마을에 의사는 둘은 너무 많다는 것이다.

"이제부터 같이 일하면 돼."

"네."

대답은 했지만 콘라드는 화가 났다. 콘라드는 혼자서 일을 하는 게 편했다. 간호사도 없는 병원에 의사 둘은 좀 그랬다.

"어떻게 얘기하지?"

콘라드는 아더를 만나 이야기를 해 볼 생각이었다. 내일이 좋은 기회였다. 내일이 알렌의 생일이라서 아더 가족과 알렌 가족 그리고 콘라드가 초대를 받았다.

"알렌은 뭘 좋아 하려나?"

콘라드는 병원 문을 닫고 마을에 있는 잡화점에 갔다. 인구가 적은 만큼 상점은 하나였다. 하지만 그렇다고 잡화점을 우습게 보면 안 된다. 여객기, 전투기 등 아주 덩치가 커다란 제품을 빼고는 다 파는 곳이었다.

콘라드는 그곳에서 아주 고급 와인을 샀다. 알렌은 술을 즐기진 않았지만 매번 생일 때마다 사 준 와인을 집안에 전시를 하고 있었다.

와인을 사고 잡화점을 나온 콘라드는 마을의 작은 레스토랑에 가서 저녁을 때운 다음에 집에 들어갈 생각이었다. 아무도 없는 쓸쓸한 집에서 혼자 밥을 먹기는 싫었다.

"조이, 샌드위치랑 커피 한 잔 주세요."

"알았어."

조이는 마티나와 친구인 분이었다. 물론 마티나보다는 어린 나이지만 마을의 어른이었다. 사람들은 조이의 음식은 엄마의 맛이라고 생각했다. 맛도 있었지만 그 안에 정이 가득했다.

"스테이크를 먹지. 샌드위치로 저녁 식사가 되겠어?"

"네. 오늘은 자리가 꽉 찼네요."

"그러게."

"바쁘면 천천히 해 주셔도 돼요."

"알았어."

하나 남은 자리에 앉아 창밖을 보고 있는데 누군가 그의 앞에 앉았다.

"합석해도 될까요?"

"네, 그럼요."

처음 보는 얼굴이었다. 차분하게 생긴 여자는 마을 사람이 아니었다. 지나던 길에 우연히 마을에 온 사람인 것 같았다. 콘라드는 저도 모르게 가슴으로 손을 가져갔다. 이상하게 자꾸만 가슴이 뛰었다.

"심장이 안 좋으신가 봐요?"

"네?"

"심장을 부여잡고 계시기에……."

여자는 조용히 앉아서 그를 바라보았다. 콘라드는 뭐에 홀리기라도 한 것처럼 여자를 넋 놓고 보고 있었다.

아름다운 푸른 눈의 여자는 인간들의 미의 기준인 금발에 아주 매력적인 얼굴을 가지고 있었다. 인간 남자들이 좋아할 스타일이었다.

"처음 뵙겠습니다. 저는 콘라드라고 합니다."

"반갑습니다. 저는 글로리아예요."

"글로리아……."

왠지 자신의 얼굴이 빨개졌다는 생각이 드는 콘라드였다. 식사가 차례로 나왔다. 그녀의 메뉴도 그와 같은 샌드위치와 커피 그리고 스테이크, 애플파이였다.

"이거 다 먹는다고 욕하지 마시고 같이 드세요."

"네?"

"조금씩 먹어 보고 싶었어요. 엄마가 생각이 나서……."

"아…… 네……."

여자의 표정이 슬퍼 보였다.

"어디서 오셨어요?"

"뉴욕이요."

"아……."

그래서인지 여자의 모습은 도시적이었다. 울프 빌리지와는 동떨어진 모습이었다.

"여기서 묵으실 건가요?"

"네."

"여긴 호텔이 없는데……."

"저기……."

그녀가 타고 온 차는 캠핑카였다. 뉴욕과 캠핑카는 조금도 어울리지 않았다. 그가 놀란 얼굴을 하자 글로리아가 아주 매력적인 미소를 지었다.

"꿈이었어요. 한 번쯤 캠핑카를 타고 여행하고 싶었거든요."

"여행 중이시구나."

"이제 끝났어요."

마지막 행선지가 어딘지 물어보고 싶었지만 콘라드는 입을 다물었다. 그리고 스테이크를 열심히 썰고 있는 여자를 바라보았다. 처음 보는 여자에게 이렇게 가슴이 뛰다니, 신기할 따름이었다.

아주 오래전에 이런 일이 있긴 했지만 금방 지나갔다. 왜냐면 여자가 떠났기 때문이었다. 그런데 이번에도 낯선 이방인에게 또다시 가슴이 뛰었다. 이런 경험은 그리 좋지 않다. 행복은 짧았고 기다림은 길었다.

"이거 드세요."

"네?"

여자가 스테이크의 일부를 그의 접시에 올려놓았다.

"남자들은 밥을 많이 먹여야 해요. 그래야 힘을 쓰죠. 그래야 여자 친구가 좋아해요."

"여자 없습니다."

"……."

자신이 왜 사실대로 이야기를 했는지 모르지만 말이 그렇게 나와 버렸다.

"호호호, 이상하네요."

여자가 웃었다.

"뭐가요?"

"이렇게 멋진 분이 여자가 없다니요."

"놀리는 겁니까?"

"아뇨, 진심이에요. 당신은 멋있어요."

글로리아는 마치 그를 오랫동안 본 사람처럼 이야기했다.

"말이라도 고맙네요."

그는 멋쩍은 마음에 퉁명스럽게 말을 했다.

"이곳은 변한 게 없네요."

"언제 오셨습니까?"

"오래전에요."

"아……."

여자는 그 후론 별말 없이 음식 먹기에 집중했다. 콘라드는 여자가 음식을 다 먹을 동안 자리를 지켜 주었다.

"반가웠어요."

"네, 저도요."

여자는 손을 흔들며 레스토랑을 나가고 있었다.

"얼른 가서 잡아."

"네?"

조이가 턱으로 여자가 나가는 방향을 가리켰다.

"나중에 후회하지 말고."

콘라드는 바로 여자를 쫓아갔다.

"글로리아!"

"……."

글로리아가 그를 돌아봤다. 마치 그가 부를 줄 알았다는 듯이 말이다.

"우리 와인 한잔할까요?"

그가 알렌의 생일 선물로 준비한 와인을 들어 보였다. 여자가 미소 지었다. 승낙의 뜻인 것 같았다. 그는 여자를 따라 여자의 캠핑카로 향했다. 캠핑카는 생각보다 크고 좋았다.

"혼자 다닌 건가요?"

"네, 그게 어릴 때부터 꿈이었거든요."

"축하해요."

"당신은 꿈이 없나요?"

"저요?"

"네, 누구나 하고 싶은 게 있잖아요?"

"전……."

딱히 생각이 나는 게 없었다. 어릴 때는 아빠가 되는 게 꿈이었다.

"어릴 때는 아빠가 되는 게 꿈이었어요."

"그럼 엄마도 있어야 하는데?"

"엄마로 생각했던 사람은 떠났죠."

"아…… 슬프네요."

글로리아가 안주로 치즈를 꺼내 왔다.

"술안주가 없네요."

"이거면 훌륭합니다."

둘은 캠핑카 안의 작은 테이블에 앉아 이야기꽃을 피웠다. 글로리아는 아주 매력적인 여자였다. 그가 오랜 세월 여자에 굶주려 여자 보는 안목이 바닥이라고 쳐도 글로리아는 최고의 여성임은 확신할 수 있었다.

"밤이 아름답네요. 별들도 많고."

창밖으로 보이는 밤하늘이 오늘따라 아름다웠다. 둘의 시선이 갑자기 부딪쳤다. 그리고 그가 무슨 생각을 할 겨를도 없이 글로리아의 입술이 그의 입술을 덮어 버렸다.

그녀의 촉촉한 입술이 그의 입술 선을 따라 움직이고 있었다.

"으음……."

그녀의 혀가 그의 입안으로 들어와 그를 미치게 만들고 있었다. 글로리아는 인간이었다. 더 이상 진전했다가는 글로리아를 다치게 할 수도 있었다.

"그만!"

그가 글로리아의 양팔을 잡고 떼어 냈다.

"왜?"

"……."

글로리아는 이해할 수 없다는 표정이었다. 콘라드는 그대로 캠핑카를 뛰쳐나갔다. 글로리아는 루나가 아니었다. 늑대의 피가 섞인 여인이 아니기 때문에 그를 감당할 수 없었다. 이렇게 나오는 게 그녀를 위한 최선의 방법이었다. 아무리 그가 첫눈에 반한 여자라고 해도 말이다.

뜬눈으로 밤을 새웠다. 병원 근무를 하는 내내 그는 멍했고 창밖만 바라보다가 아더에게 혼이 났다. 하지만 오늘 그는 글로리아를 한 번도 보지 못했다. 아마 어젯밤에 떠난 게 분명했다. 콘라드는 자신이 평생 후회할 걸 알았지만 그들은 이루어질 수 없었다.

"뭘 그렇게 넋을 놓고 있어?"

"……."

"오늘 파티에는 올 거지?"

"네."

아더가 병원을 나가며 물었다. 콘라드는 퇴근 후에 잡화점에 들러 어제의 와인을 사서 알렌의 집으로 향했다.

집 안으로 들어서자 모두 다 와 있었다. 콘라드는 인사를 하고는 소파로 가서 앉았다. 밥이나 먹고 갈 생각이었다. 어제 뜬눈으로 밤을 새웠더니 피곤했다.

"콘라드."

"알렌, 축하해."

"고마워."

"이브는?"

"주방에."

아더와 알렌 그리고 콘라드는 소파에 마주 앉아 준비가 끝날 때까지 이야기를 나누었다.

"준비 다 됐어요."

이브의 말에 모두가 자리에서 일어났다.

"아참, 마샤 왔어."

콘라드의 미간에 주름이 잡혔다. 요즘 가장 그를 괴롭히던 문제였다. 마샤와 다이렉트로 이야기를 하는 편이 나을 것 같았다. 한마을에 의사 둘은 안 된다고 말이다.

"앉으세요."

"……."

주방에 들어서자마자 콘라드의 몸은 그대로 굳어 버렸다. 어제의 글로리아가 이브 옆에 서 있었다.

"당신이 어떻게……?"

"콘라드, 마샤가 그렇게 반가워?"

알렌이 그의 어깨를 툭 치며 말했다.

"미샤?"

"그래, 마샤잖아. 하긴 어릴 땐 많이 뚱뚱했는데 지금은 저렇게 말라깽이가 돼서 왔지 뭐야."

이브가 동생의 엉덩이를 툭 치며 말했다.

"언니는."

"오랜만이야……."

콘라드는 그렇게 말하고는 말없이 자리에 앉았다. 마샤는 아주 다른 사람이 되어 있었다. 그들은 어릴 때 검은 머리였던 마샤를 블랙 울프라고 놀렸었다. 하지만 지금의 마샤는 너무나 아름다운 여인이었다.

울프 빌리지의 공식 미녀인 이브보다도 더 아름다웠다. 식사를 하는 내내 콘라드는 마샤와 눈을 마주치지 않기 위해 노력했다. 의사로서 마샤는 콘라드에게는 적이었다. 식사를 얼른 마치고 집으로 돌아갈 생각인 콘라드였다.

다들 즐겁게 이야기를 하는데 콘라드는 음식을 먹기에 바빴다.

"콘라드 그렇게 먹으면 체해요. 바쁜 일 있어요?"

"네, 급하게 처리할 일이 있어서요."

그는 포크를 내려놓고 자리에서 일어났다. 그리고 뒤도 돌아보지 않고 알렌의 집을 나와 버렸다. 배신감이 드는 콘라드였다.

"꼭 뭐에 홀린 기분이야."

콘라드는 집으로 가서 찬물에 샤워를 했다. 정신을 차릴 필요가 있었다. 샤워를 끝내고는 수건으로 머리카락을 털며 냉장고에서 맥주 하나를 꺼냈다. 술에 약한 콘라드는 오늘은 술기운에라도 잠을 자야겠다고 생각했다.

쾅쾅쾅!

그의 집에 사람이 찾아온 모양이었다.

"누구세요?"

콘라드가 문을 열며 물었다.

"이거, 언니가 가져다주라고 해서요."

하늘하늘한 원피스를 입은 마샤였다. 가슴이 거의 드러나 보이는 꽃무늬 원피스는 콘라드의 정신을 쏙 빼놓기에 충분했다.

"어, 고마워."

그는 음식만 받고 마샤를 돌려보낼 생각이었다.

"나도 맥주 한 잔 주면 안돼요?"

"안 돼!"

"왜요?"

마샤의 얼굴에 당황한 기색이 역력했다. 미안했지만 어쩔 수가 없었다. 그녀는 적이었다.

"어서 돌아가."

"싫어요."

마샤가 그의 집 안으로 불쑥 들어왔다.

"마샤!"

"집이 근사해요. 한번 와 보고 싶었거든요. 콘라드는 어떻게 살까 진짜 궁금했어요."

"......."

그녀는 진짜 꿈에 그리던 집을 찾은 듯이 아주 좋아했다.

"앉으란 소리도.……."

그가 마샤의 손을 잡아 벽과 그 사이에 마샤를 가두었다.

"도대체 뭐 하는 거지?"

"제가 뭘요?"

그녀는 아주 당당하게 그를 보았다. 푸른색의 아름다운 눈이 그를 다시 사로잡았다. 30년 전에 그는 지금보다 통통했던 마샤에게 끌렸었다. 이상하게 가슴이 뛰었었다. 하지만 그때의 마샤는 그보다는 공부를 선택했었다.

"어제 날 놀린 게 재미있었나?"

"아뇨, 난 진심이었어요."

"그게 진심이었나? 이름도 글로리아라고 하고……."

"이름은 글로리아가 맞아요. 마샤는 이곳에서만 써요. 인간 세상에선 글로리아로 살았어요."

"마샤."

"보고 싶었어요."

마샤의 눈이 반짝였다.

"날 싫어하는 거 알아요. 그래서 30년 전에도 도망쳤죠. 그런데 지금은 아니에요. 차이더라도 내 마음을 알리고 싶었어요."

"마샤……."

"난 당신을 어릴 때부터…… 읍!"

콘라드가 마샤의 입술을 탐했다. 어제는 인간일까 봐 조심했던 걸 오늘은 조심하지 않아도 된다는 생각에 콘라드는 기뻤다. 그의 혀가 마샤의 입안으로 거침없이 들어갔다.

"으음."

마샤도 적극적으로 그의 키스에 답하고 있었다. 그의 손이 마샤의 원피스를 단번에 벗겨 버렸다. 그녀는 완벽하게 나신으로 그의 앞에 서 있었다.

"속옷이 필요 없을 것 같아서……."

"이런, 마녀가 따로 없군."

"콘라드."

콘라드가 그녀를 안아 이제껏 다른 누구도 누워 본 적이 없는 그의 침대로 향했다. 그는 깃털처럼 가벼운 마샤를 침대 위에 내려놓았다. 너무나 아름다운 몸의 마샤가 그에게 손짓했다. 반바지를 단숨에 벗어 버린 콘라드는 빠르게 침대로 들어갔다.

그녀의 몸을 애무할 시간이 그에겐 없다. 너무 흥분한 나머지 그녀 안에 들어가지 않으면 죽을 것만 같았다.

"콘라드, 어서요."

그건 마샤도 마찬가지인 것 같았다. 콘라드는 주저 없이 그녀 안으로 들어갔다.

"아아악!"

"으윽!"

콘라드는 마샤의 안에서 극도의 쾌감을 느끼고 있었다. 처음이었다. 콘라드는 그녀가 자신의 짝임을 느꼈다.

"마샤!"

"으으음……."

"헉헉헉, 마샤……."

그의 허리가 격하게 움직였다. 가만히 있을 수가 없었다. 콘라드는 자신이 굉장히 이성적이라고 생각했는데 마샤의 몸 안에선 모든 게 무너졌다.

"사랑해요."

"나도 사랑해."

그는 확신을 가졌다.

"나의 영혼의 짝은 마샤 너야."

"콘라드……."

"헉헉헉……."

숨이 극도로 차올랐지만 콘라드는 사랑의 몸짓을 멈출 수가 없었다.

"으윽!"

그가 자신의 분신들을 그녀의 안에 뿌렸다. 콘라드는 거친 숨을 몰아쉬며 마샤의 몸 위로 무너졌다.

"사랑해……."

그가 마샤의 얼굴을 쓰다듬으며 말했다. 어릴 때부터 같은 곳에서 자란 그들이었다. 이렇게 그녀와 영원을 함께할 거라고는 생각지 못했다. 콘라드는 속으로 생각했다. 울프 빌리지에 또 하나의 병원이 생길 거라고 말이다.

콘라드의 입가에 미소가 번졌다.

··· THE END ···